T0267456

Anatomía. Una historia de amor

Dana Schwartz

Anatomía. Una historia de amor

Obra editada en colaboración con Editorial Planeta – España

Título original: *Anatomy. A Love Story*

© del texto: Sidley Park, 2022
© de la traducción: Victoria Simó Perales, 2023
© Editorial Planeta S. A., 2023 – Barcelona, España

Derechos reservados

© 2023, Editorial Planeta Mexicana, S.A. de C.V.
Bajo el sello editorial CROSSBOOKS M.R.
Avenida Presidente Masarik núm. 111,
Piso 2, Polanco V Sección, Miguel Hidalgo
C.P. 11560, Ciudad de México
www.planetadelibros.com.mx

Primera edición impresa en España: junio de 2023
ISBN: 978-84-08-26983-0

Primera edición impresa en México: septiembre de 2023
ISBN: 978-607-39-0554-1

Impreso en los talleres de Impresora Tauro, S.A. de C.V.
Av. Año de Juárez 343, Col. Granjas San Antonio,
Iztapalapa, C.P. 09070, Ciudad de México
Impreso y hecho en México / *Printed in Mexico*

A Jan,
el dueño mi corazón

Para examinar las causas de la vida,
debemos recurrir a la muerte.

Mary Wollstonecraft Shelley,
Frankenstein

Prólogo

—¡Date prisa!

—Excavo lo más deprisa que puedo, Davey.

—Pues hazlo más rápido.

Apenas había luna esa noche. De ahí que Davey, que estaba de pie sobre la hierba húmeda, no viera a Munro poner los ojos en blanco en el fondo de la tumba. Tardaba más de lo habitual; la pala de madera que Munro había robado atrás de la posada, en Farbanks, era más pequeña que la de metal que había llevado consigo. Pero también hacía menos ruido, y eso era lo más importante. Desde que el cementerio de Thornhill había contratado a un guardia para vigilar las tumbas, el silencio era esencial. El guardia ya había atrapado a tres amigos suyos con las manos en la masa, y no pudieron pagar las multas. Desde entonces, Davey no había vuelto a verlos por las calles.

Algo estaba mal. Davey no sabía definirlo, pero la noche emanaba algo extraño. Tal vez fuera el aire. La niebla que flotaba baja sobre la ciudad vieja de Edimburgo siempre era densa, impregnada con los olores del aceite de cocina, el tabaco y una tóxica combinación de excrementos humanos y basura, la misma que había empujado a las personas pudientes a los edificios elegantes que poblaban la falda de la colina y el otro lado de los Jardines de Princes Street. Esa noche no soplaba viento.

Davey no le comentó a Munro su extraño presentimiento. No quería que se burlara de él. «Tu trabajo es avisar de la presencia de serenos, no de tus malas sensaciones», le habría dicho.

Davey distinguía a lo lejos una vela encendida en la ventana de la rectoría, detrás de la iglesia. El cura estaba despierto. ¿Vería movimientos en el cementerio a tanta distancia, en la oscuridad? Seguramente no, pero ¿y si decidía salir a dar un paseo nocturno?

—¿No te puedes dar más prisa? —susurró Davey.

La respuesta fue el inconfundible choque de una madera contra otra. Munro acababa de llegar al ataúd. Los dos muchachos contuvieron el aliento solo de pensar en lo que venía a continuación: Munro levantó la pala tanto como pudo y la estampó con fuerza hacia abajo. Davey se encogió al oír el crujido de la tapa al romperse. Esperaron, atentos a un grito, a ladridos de perros, pero nada quebró el silencio.

—Lánzame la cuerda —pidió Munro. Davey obedeció y, al cabo de un momento, Munro había atado la soga en torno al cuello del cadáver con movimientos expertos—. Ahora estira.

Mientras Davey tiraba de la cuerda, Munro, que seguía dentro de la tumba, lo ayudó a conducir el cuerpo por el pequeño hueco del ataúd y luego a la superficie, como un extraño parto a la inversa de un cuerpo muerto y enterrado. Si bien Munro se las arregló para retirar los zapatos del cadáver conforme lo sacaba del ataúd, era tarea de Davey despojarlo del resto de la ropa y lanzar las prendas de vuelta a la fosa. Robar un cuerpo iba contra la ley, pero llevarse alguna propiedad de la tumba se convertía en un delito grave.

El cadáver pertenecía a una mujer, tal como les había informado Jeanette. Ella trabajaba como espía para el resurreccionista que mejor pagara esa semana. Merodeaba por los funerales y se acercaba tan solo lo necesario para asegurarse de que no enterrarían al difunto bajo una losa tan cara que impidiera el mismo delito exacto que estaban cometiendo en ese instante.

—No lleva armazón contra ladrones ni tiene familia —les había dicho Jeanette cuando apareció en el piso de Munro de Fleshmarket Close, rascándose el cuello y sonriendo bajo una cortina de cabello cobrizo. Jeanette no tendría más de catorce años, pero ya le faltaban unos cuantos dientes—. O, al menos, no demasiada familia. El ataúd también parecía barato. De pino o algo así.

—Por casualidad no estaría embarazada, ¿verdad? —había preguntado Munro esperanzado, enarcando las cejas. Los médicos estaban tan ansiosos por diseccionar cadáveres de mujeres encinta que estaban dispuestos a pagar el doble por ellos. Jeanette negó con la cabeza y extendió la mano para recibir el pago. En cuanto cayó la noche, Munro y Davey se pusieron en marcha pertrechados con su carretilla, además de palas y cuerda.

Davey desvió la mirada mientras despojaba al cadáver del delgado vestido gris. Sintió que se sonrojaba, pese a la profunda oscuridad. Nunca había desnudado a una chica viva, pero había perdido la cuenta de la cantidad de mujeres que había desvestido al día siguiente de ser enterradas. Volvió la vista hacia la lápida medio oculta por la tierra y las tinieblas: PENELOPE HARKNESS. «Gracias por las ocho guineas, Penelope Harkness», pensó.

—Tíralo aquí —le ordenó Munro desde abajo. Davey le lanzó el vestido. Tan pronto como las prendas de la mujer

13

retornaron al ataúd vacío, Munro salió a pulso del hoyo y se incorporó sobre la hierba mojada—. Muy bien —dijo mientras se sacudía la tierra de las manos—. Vamos a rellenar esto y acabemos de una vez.

Munro no lo dijo, pero él también notaba algo raro, como una extraña falta de aire que le impedía respirar con normalidad. La vela que antes ardía en la ventana de la rectoría se había apagado.

—No crees que murió de fiebres, ¿verdad? —susurró Davey. La piel de la mujer no tenía marcas ni parecía sanguinolenta, pero no podían hacer oídos sordos a los rumores que corrían últimamente. Si de verdad las fiebres romanas habían regresado a Edimburgo...

—Pues claro que no —replicó Munro con seguridad—. No seas tonto.

Davey respiró aliviado y esbozó una sonrisa lánguida en la negrura. Munro siempre se las arreglaba para que se sintiera mejor, ahuyentaba los miedos que correteaban por su mente como roedores por las paredes.

En silencio, los dos muchachos concluyeron la tarea. Dejaron la tumba tan cubierta de tierra y hierbajos como estaba por la mañana. El cuerpo, rígido por el *rigor mortis*, descansaba en la carretilla tapado con una capa gris.

Algo se movía en el lindero del camposanto, junto al murete de piedra que circundaba el lado este. Tanto Davey como Munro lo vieron y volvieron las cabezas a toda prisa en busca del movimiento, pero antes de que sus ojos se adaptaran a la oscuridad, ya había desaparecido.

—Será un perro —dijo Munro fingiendo una seguridad que no sentía—. Vamos. Los médicos nos quieren fuera antes del alba.

Davey empujó la carretilla y Munro caminó a su lado aferrando el mango de la pala con más fuerza de lo habitual.

Casi habían salido del cementerio cuando tres hombres embozados con capas les salieron al paso.

—Hola —saludó el primero. Era el más alto de los tres, y parecía todavía más espigado si cabe por el sombrero de copa alta que llevaba.

—Una noche maravillosa —dijo el segundo, un tipo calvo y más bajo que los demás.

—Perfecta para dar un paseo —añadió el tercero, cuya sonrisa amarillenta era visible bajo el bigote incluso en la oscuridad.

No eran vigilantes, comprendió Davey. Quizá fueran resurreccionistas, igual que ellos.

Al parecer, Munro pensó lo mismo.

—Largo de aquí. Es nuestra, busquen sus propios fiambres —les dijo mientras se plantaba delante de Davey y su carretilla. Apenas le tembló la voz.

Davey bajó la vista y advirtió que los tres caballeros calzaban zapatos elegantes, de piel. Ningún resurreccionista llevaba zapatos como esos.

Los hombres rieron casi al unísono.

—Tienes mucha razón —dijo el más bajo—. Y, por supuesto, no tenemos la menor intención de llamar a los serenos.

Avanzó un paso y Davey vio un largo trozo de cuerda bajo la manga de su capa.

De pronto, el tiempo se aceleró infinitamente. Los tres hombres avanzaron y Munro los esquivó de un salto antes de salir corriendo como alma que lleva el diablo sendero arriba y camino de la ciudad.

—¡Davey! —gritó—. ¡Davey, corre!

Pero Davey estaba petrificado detrás de la carretilla, retenido por la duda de si abandonar a Penelope Harkness o no, mientras veía a Munro salir disparado y desaparecer. Cuando sus pies reaccionaron, era demasiado tarde.

—Te tengo —dijo el hombre alto del sombrero, mientras aferraba la muñeca de Davey con una mano carnosa—. Vamos, no te va a doler.

El hombre extrajo un cuchillo del bolsillo.

Davey forcejeó para soltarse, pero, por más que tironeara y se retorciera, no lograba liberarse.

El desconocido deslizó la hoja del cuchillo por el antebrazo de Davey con delicadeza, y el filo dejó a su paso un surco de sangre roja que parecía casi negra en la oscuridad.

Davey estaba demasiado asustado para gritar. Observó en silencio, con ojos desorbitados por el terror, cómo el tipo calvo sacaba un frasquito de algo morado y viscoso. El hombre retiró el corcho del frasco y extendió el brazo.

El caballero de la chistera agitó el cuchillo sobre el frasco hasta que una sola gota de sangre cayó en el líquido del interior. El fluido se oscureció y luego el color cambió a un tono dorado y brillante. El resplandor iluminó las caras de los tres hombres, que ahora sonreían.

—Maravilloso —dijo el caballero del bigote.

Al día siguiente, mientras daba su paseo diario, el cura encontró la carretilla abandonada. Contenía el cuerpo rígido de la mujer que había enterrado el día anterior. Sacudió la cabeza con incredulidad. Los resurreccionistas de la ciudad se estaban volviendo cada vez más temerarios... y peligrosos. ¿En qué se estaba convirtiendo Edimburgo?

Del *Tratado de anatomía del doctor Beecham o Prevención y cura de las enfermedades modernas* (17.ª edición, 1791), del doctor William R. Beecham:

El médico que desee tratar de manera efectiva la enfermedad o cualquiera de las heridas domésticas más habituales debe empezar por aprender anatomía. El conocimiento del cuerpo humano y las partes que lo componen es un aspecto fundamental de nuestra profesión.

En este tratado resumiré las nociones básicas de anatomía que he tenido ocasión de aprender a lo largo de décadas de estudio, acompañadas de ilustraciones que yo mismo he confeccionado. No obstante, las ilustraciones en ningún caso pueden sustituir los conocimientos anatómicos activos, de primera mano, que revela la disección, y ningún médico en ciernes debería aspirar a ejercer nuestra profesión sin haber examinado, al menos, una docena de cadáveres y haber estudiado sus componentes.

Si bien algunos de mis colegas profesionales de la ciudad de Edimburgo recurren a medidas indignas al contratar los servicios ilegales de los conocidos como resurreccionistas —que roban los cuerpos de almas inocentes—, los sujetos con los que trabajan los alumnos de la Escuela de Anatomía que dirijo en Edimburgo proceden siempre de desdichados hombres y mujeres que fueron ejecutados en la horca y que, según dicta la ley británica, estaban en la obligación de prestar ese último servicio a sus compatriotas, como pena postrera.

1

La rana estaba muerta, no le cabía la menor duda. Ya estaba tiesa cuando Hazel Sinnett la encontró. Había salido a dar su paseo diario después del desayuno y la rana yacía allí, en el sendero del jardín, tumbada de espaldas como si tomara el sol.

Hazel no daba crédito a su buena suerte. Una rana tirada en el suelo. Una ofrenda. Una señal divina. Los grandes nubarrones grises que cubrían el cielo amenazaban con una lluvia inminente, lo cual significaba que hacía un tiempo ideal. Pero las condiciones climáticas no durarían demasiado. Tan pronto como la lluvia se desatara, su experimento se arruinaría.

Escondida tras los arbustos de azaleas, Hazel echó un vistazo al entorno para asegurarse de que nadie la estuviera observando antes de arrodillarse —su madre no estaba asomada a la ventana de su alcoba en la primera planta, ¿verdad?—. Y, disimuladamente, envolvió la rana con su pañuelo para esconderla en la cintura de la enagua.

Las nubes se acercaban. Disponía de poco tiempo, así que Hazel dio por finalizado el paseo y emprendió el regreso a toda prisa al castillo Hawthornden. Entraría por atrás para que nadie le hiciera preguntas y de inmediato regresaría sigilosamente a su alcoba.

Hacía calor en la cocina cuando Hazel la recorrió a toda prisa. Grandes nubes de vapor brotaban de la olla de hierro que borboteaba en la lumbre, y el fuerte olor de la cebolla impregnaba todas las superficies. Un bulbo yacía abandonado sobre una tabla, a medio cortar. La cebolla y la tabla, así como el cuchillo que alguien había dejado caer al suelo, estaban salpicados de sangre. Los ojos de Hazel siguieron el rastro de gotas rojas hasta que vieron a la cocinera. Estaba sentada en un taburete en un rincón de la cocina, junto al hogar, sujetándose una mano y meciéndose adelante y atrás mientras se lamentaba murmurando.

—¡Ah! —exclamó la cocinera cuando vio a Hazel. Había lágrimas en su rostro rubicundo, que estaba más enrojecido de lo habitual. La mujer se enjugó los ojos y se levantó alisándose las faldas—. Señorita, no esperaba verla aquí abajo. Estaba... dándoles un respiro a estas piernas que ya no me aguantan.

Intentó ocultar la mano detrás del delantal.

—Pero, Cook, ¡está sangrando! —Hazel intentó que la mujer le mostrara la mano herida. Pensó de pasada en la rana que llevaba escondida en la enagua y en la tormenta inminente, aunque solo un momento. Tenía que concentrarse en el caso que tenía entre manos—. Déjeme ver.

Un rictus de dolor atravesó el rostro de la cocinera. El corte era profundo y cruzaba la carnosa base de la palma sembrada de callos.

Hazel se secó las manos en la falda y levantó la vista para ofrecerle a la mujer una pequeña sonrisa que la reconfortara.

—No será nada, ya verá. Estará de maravilla antes de la cena. Usted, este... —Hazel llamó con gestos a la ayudante de cocina—. Susan, ¿no? ¿Me puede traer una aguja?

La tímida ayudante asintió y se alejó a toda prisa.

Hazel acercó la palangana a la cocinera, le lavó la mano herida y se la secó con un trapo. Conforme la sangre y la suciedad desaparecían, el profundo corte asomó con claridad.

—Bueno, no parece tan grave ahora que hemos limpiado la sangre —la animó Hazel.

Susan regresó con la aguja. Hazel la sostuvo junto al fuego hasta que se ennegreció y luego se levantó la falda para extraer una larga hebra de seda de su enagua.

La cocinera lanzó un gritito.

—¡No estropee esas cosas tan finas, señorita!

—Bah, pamplinas. No es nada, Cook, de verdad. Bueno, me temo que le va a doler un poquito. ¿Se encuentra bien?

La mujer asintió. Sin perder un instante, Hazel fue deslizando la aguja por el corte de la mano para cerrarlo con puntos de sutura. La cocinera palideció y entornó los ojos.

—Ya casi estamos. Un poquito más y... ya está —dijo Hazel al mismo tiempo que ataba el hilo de seda con un nudito. Cortó la hebra con los dientes. Se le escapó una sonrisa al examinar su trabajo: una serie de puntos minúsculos, pulcros y uniformes que por fin le permitían hacer buen uso de la práctica adquirida con los aburridísimos bordados de su infancia. Hazel volvió a levantarse la falda (con cuidado, para que la rana no se moviera) y se arrancó una gruesa tira de tela de la enagua antes de que la cocinera pudiera protestar o lanzar una exclamación horrorizada ante el estropicio. Hazel vendó la mano recién curada tensando la tela—. Bueno, esta noche retire el vendaje y lave la herida, por favor. Mañana le traeré una cataplasma. Y tenga cuidado con el cuchillo, Cook.

Los ojos de la mujer seguían llorosos, pero alzó la mirada para sonreír a Hazel.

—Gracias, señorita.

Sin más contratiempos, Hazel subió a su alcoba y salió corriendo al balcón. El cielo todavía mostraba un tono gris. Aún no había llovido. Hazel respiró aliviada y rescató del interior de la falda la rana envuelta en el pañuelo. La desenvolvió y dejó caer la tela, que aterrizó húmeda sobre la baranda de piedra.

De todo el castillo de Hawthornden, las partes favoritas de Hazel eran la biblioteca —con el papel de las paredes moteado en verde, los libros encuadernados en cuero y la chimenea que se encendía cada tarde— y el balcón de su alcoba. Tenía vista al arroyo flanqueado de árboles que discurría al fondo y desde el cual, hasta donde alcanzaba la vista, no se veía nada más que naturaleza. Su dormitorio daba a la fachada sur del castillo. Desde allí no veía el humo que brotaba del corazón de Edimburgo, a una hora de distancia cabalgando en sentido norte, de modo que estando en el balcón podía imaginar que no había nadie más en el mundo, que era una exploradora plantada al borde del abismo que constituía la suma de todo el conocimiento humano, reuniendo el valor necesario para dar un solo paso adelante.

El castillo de Hawthornden estaba construido en lo alto de un risco. Sus muros de piedra cubiertos de enredaderas se cernían sobre los indómitos bosques escoceses y el pequeño arroyo que los atravesaba, cuyo cauce se perdía más lejos de lo que Hazel se había aventurado nunca a explorar. Su familia por parte de su padre lo habitaba desde hacía más de cien años. El castillo tenía la historia Sinnett grabada en los muros, en el hollín, en la hierba y en el musgo que se adhería a las antiguas piedras.

Unos cuantos incendios en las cocinas a lo largo del año 1700 habían obligado a reconstruir buena parte de Hawthornden, piedra a piedra. Lo único que quedaba de la estructura original eran los portalones, al principio de la avenida, y una fría mazmorra excavada en la falda de la colina que, por lo que recordaban los vivos, nunca se había usado salvo a modo de amenaza: cuando la señora Herberts atrapaba a Percy robando pudín antes de la merienda o aquella vez que el lacayo, Charles, intentó pasar un día entero allí encerrado para ganar una apuesta, aunque no duró ni una hora.

La mayor parte del tiempo, Hazel tenía la sensación de vivir completamente sola en Hawthornden. Percy casi siempre estaba jugando afuera o estudiando sus lecciones. Su madre, todavía de luto, rara vez abandonaba el dormitorio, que recorría de pared a pared como un alma en pena. A veces añoraba tener compañía, pero, por lo general, Hazel agradecía la soledad. Sobre todo cuando tenía previsto hacer un experimento.

La rana era pequeña y de un color café grisáceo. Sus delgadas extremidades, que cuando la había recogido en el camino se habían desplegado en sus manos como las de una muñeca de trapo, estaba rígidas en ese momento y tenían un tacto viscoso y desagradable. Pero la rana estaba muerta y se avecinaba tormenta; las condiciones eran ideales. Todo estaba preparado.

De atrás de una piedra que había en el balcón, Hazel extrajo un atizador de la chimenea y un trinche que había escondido semanas atrás, a la espera del momento ideal. Bernard se había mostrado vago hasta extremos irritantes respecto al tipo de metal que había usado el mago científico en Suiza —«¿Era latón? Tú solo dime, Bernard, ¿de qué color era?». «¡Ya te lo dije, no me acuerdo!»—, así que Hazel había decidido arreglárselas con los objetos metálicos que pudiera conseguir sin que nadie se diera cuenta. El atizador lo había tomado del despacho de su padre. Ni siquiera los criados entraban en esa estancia desde que habían enviado al hombre y a todo su regimiento a la isla de Santa Elena.

Un trueno distante retumbó por el valle que se extendía a sus pies. Había llegado el momento. Cruzaría la línea entre la vida y la muerte usando la electricidad para reanimar la carne. Al fin y al cabo, ¿qué eran los milagros sino ciencia que el hombre todavía no entendía? ¿Y acaso el mayor milagro de todos no era que los secretos del universo estuvieran ahí, al alcance de cualquiera, en forma de códigos que podías descifrar si eras lo bastante inteligente, lo bastante obstinado?

Con delicadeza, Hazel colocó el atizador a un lado de la rana, y luego, con aire de solemne devoción, depositó el tenedor de cocina en el otro.

No sucedió nada.

Acercó un poco más los dos objetos al animal muerto. Y luego, ya con impaciencia, los puso en contacto con la piel. ¿No tendría que...? No, no, si hubieran empalado la cabeza del reo con una lanza, Bernard lo habría mencionado. Cuando su primo regresó de su viaje por Europa, ella lo asedió con preguntas acerca de la exhibición protagonizada por el hijo del gran científico Galvini, la cual Bernard solo había comentado de pasada en la carta que le envió desde Suiza. Empleando la electricidad, el segundo Galvini había conseguido que las ancas de rana bailaran y que la cabeza cortada de un convicto parpadeara como si hubiera vuelto a la vida.

«Fue aterrador, a decir verdad —le había dicho Bernard antes de llevarse la taza de té a los labios y pedirle con señas al criado que le trajera otra galleta de jengibre—. Pero también fascinante y extraordinario a su extraña manera, ¿no te parece?»

Hazel no habría podido estar más de acuerdo. Y si bien Bernard se había negado a seguir hablando de ello —«¡Pero vaya que eres morbosa, prima!»—, ella descubrió que podía evocar mentalmente los detalles de la escena como si la hubiera presenciado en persona: el hombre enfundado en una chaqueta de estilo francés, plantado en el escenario de un minúsculo teatro con las paredes forradas de madera, delante de un telón de terciopelo rojo cargadas de polvo. Hazel visualizaba la hilera de ancas de ranas agitándose arriba y abajo, como bailarinas de cancán, antes de que Galvini descubriera la atracción principal: la cabeza de un hombre ajusticiado en la horca. En la imaginación de Hazel, el reo conservaba el cuello entero, de modo que todavía se distinguían los moretones allí donde la cuerda le había mordido la carne.

«Todos tememos a la muerte —imaginaba diciendo a Galvini con fuerte acento italiano—. ¡La muerte! ¡Cuán espantosa y terrible! ¡Cuán inevitable y absurda! Bailamos hacia ella como lo haríamos hacia una mujer hermosa —a los italianos les encantaba hablar de mujeres hermosas—, y la muerte se desliza hacia nosotros haciéndonos señas para que nos acerquemos, cada vez un poco más. Y luego, cuando cruzamos el velo, no hay vuelta atrás. Sin embargo, acabamos de entrar en un nuevo siglo, amigos míos.»

A esas alturas del discurso, Hazel lo visualizaba sosteniendo una varilla de metal igual que Hamlet sostenía una calavera, y luego levantando una segunda vara para que el rayo bailara entre ambas mientras el público se deshacía en exclamaciones de asombro. «¡Y la humanidad está a punto de conquistar las leyes de la naturaleza!»

El público contenía el aliento cuando las luces del escenario chisporroteaban, estallaba el humo gris de la pólvora para dramatizar el momento y la cabeza del reo cobraba vida.

Bernard le describió la escena a Hazel en una carta. Ella la había leído tantas veces que se sabía de memoria hasta la última línea. Cómo se había agitado la cabeza del reo cuando le acercaron las varillas a las sienes y cómo se le habían abierto los ojos. Por un momento, cabría pensar que había recuperado la consciencia y que parpadeaba por la escena que se desplegaba ante él —la multitud de hombres acompañados de sus esposas, engalanadas con sus mejores guantes y sombreros—, viéndola realmente. Bernard no había mencionado que la boca se abriera también, pero Hazel imaginaba una lengua negra que caía hacia delante, como si la cabeza estuviera harta de que la exhibieran en otro espectáculo más, en otra sesión matinal para una nueva concurrencia.

Cuando la actuación terminaba, Galvini saludaba con una reverencia entre aplausos de asombro, y luego los caballeros regresaban a sus villas y *châteaux* para entretener a sus huéspedes con la descripción de la velada tomando vino de Oporto.

«Parecía brujería —le había escrito Bernard—. Aunque me cuesta imaginar a un brujo usando unos pantalones tan flojos.» En la misiva, Bernard también mencionó que había comprado un capote de caza por cuatrocientos francos y que había visto al príncipe Friedrich von Hohenzollern luciendo la misma prenda.

Sin embargo, allí estaba ella, bajo un cielo electrizado, con una rana muerta enmarcada por dos metales; y, a diferencia de los especímenes de Galvini, el de Hazel permanecía sumido en una triste, enloquecedora e inconfundible inmovilidad. Hazel miró detrás de ella. La alcoba estaba vacía; su doncella, Iona, siempre la dejaba ordenada antes de que terminaran de desayunar. Hazel oía el tintineo del pianoforte, cuyas notas surgían por la ventana abierta de la sala de música, donde Percy tomaba su clase. La señora Herberts preparaba la comida para llevarla al dormitorio de la madre de Hazel, como de costumbre. La mujer comía en el tocador, delante del espejo, envuelta en prendas de gasa negra.

Hazel contuvo el aliento y levantó el atizador una vez más. Había una cosa que aún no había probado, pero... De pronto la invadió un mareo y sintió el cerebro liviano, como si flotara en el interior de su cabeza. Le temblaban los dedos. Sin darle tiempo a su cuerpo a detenerse, clavó el atizador en la espalda de la rana hasta que la punta le asomó por la barriga. El metal penetró la carne con una facilidad desconcertante; el atizador atravesó la piel parda limpiamente y asomó por el otro lado húmedo y brillante de unas vísceras indeterminadas.

—Lo siento —dijo Hazel en voz alta, y de inmediato se sintió una boba. Solo era una rana. Solo era una rana muerta. Si quería ser cirujana, tendría que acostumbrarse a ese tipo de cosas. Como para demostrarse su propia presencia de ánimo, hurgó en la rana un poco más con el atizador—. Toma —murmuró—. Te lo mereces.

—¿Con quién hablas?

Era Percy, que estaba a su espalda. Tenía los ojos adormilados, el cabello apelmazado y llevaba una sola media en la pierna. Con tanta emoción, Hazel no había advertido que la música del pianoforte había dejado de sonar.

Aunque Percy ya contaba siete años, su madre todavía lo vestía como a un niño que tuviera la mitad de su edad, con una camisola de algodón ornamentada de puntilla azul y abierta por el cuello. Lady Sinnett lo consentía hasta lo indecible, como si fuera una figura de cristal de inmenso valor e infinitamente frágil. Era un niño egoísta y mimado, pero Hazel no podía guardarle rencor, porque lo cierto era que lo compadecía. El hecho de que su madre lo colmara de atenciones le proporcionaba a ella una libertad poco frecuente. Percy, en cambio, apenas tenía permitido salir de casa, no fuera a ser que, Dios no lo quisiera, se raspara la rodilla en el sendero del jardín.

—Con nadie —respondió Hazel, que se dio la vuelta y devolvió la rana a su escondrijo, en la cintura de la falda—. Anda, vete. ¿No deberías estar en clase?

—El maestro Poglia me dejó salir antes por portarme tan bien —explicó él con una sonrisa que dejó a la vista una fila de dientes pequeños y puntiagudos. Hazel se fijó en la mella de la hilera superior. Percy se meció sobre los pies—. Vamos, juega conmigo. Mamá dice que tienes que hacer lo que yo diga.

—¿Eso dice? —El cielo empezaba a despejarse y una cinta azul despuntaba en el horizonte lejano. Si quería que su experimento funcionara, tenía que apresurarse. Debía llevarlo a cabo mientras todavía había electricidad en el aire—. ¿Por qué no le pides a mamá que juegue ella contigo?

—Con mamá me abuuurro —canturreó Percy, saltando sobre un pie y luego sobre el otro. Agitó la cabeza para quitarse los rizos rubios de los ojos—. Si entro en la alcoba de mamá, me pellizcará las mejillas y me obligará a recitarle la lección de latín.

Hazel se preguntó si su hermano George también habría sido así en la infancia, quejumbroso y tan ávido de atención como Percy, que estaba siempre a la caza de un testigo que le diera un beso en la mejilla por cada cabalgata y lección que concluía. Le parecía imposible. Además, su madre no era tan temerosa y asfixiante en aquel entonces.

George había sido un chico callado e introspectivo. Sus sonrisas se te antojaban secretos que compartiera de lejos cada vez que las esbozaba. A los siete años, Percy ya había aprendido a esgrimir sus propias sonrisas como armas. ¿Se acordaba Percy siquiera de George? Era muy pequeño cuando el hermano de ambos murió.

Percy suspiró.

—Muy bien. Podemos jugar a piratas —dijo el niño con aire condescendiente, como si hubiera sido Hazel la que se había colado en la habitación de su hermano para suplicarle que jugara con ella, y Percy, por pura benevolencia, hubiera accedido al fin.

Hazel puso los ojos en blanco.

El niño hizo un puchero.

—Si no dices que sí, gritaré y llamaré a mamá, y se enojará contigo.

Otra nube se desplazó. Un rayo de sol empezó a ascender por el dobladillo del vestido de Hazel y ella sintió su calor amplificado por las enaguas.

—¿Por qué no bajas a las cocinas y le preguntas a Cook qué va a preparar para merendar? Seguro que, si se lo pides ahora, te prepara tus pasteles de limón favoritos.

Percy lo meditó. Torció el gesto en dirección a Hazel y a lo que fuera que escondía debajo de la falda, pero después de pensarlo un momento dio media vuelta y salió corriendo, sin duda en camino a la angosta escalera para atormentar a la cocinera y a la señora Herberts. El truco de Hazel había dado resultado: entre jugar con ella y comer pasteles de limón, no había duda.

A Hazel no le quedaba mucho tiempo, pero antes de continuar tenía que asegurar la puerta. No podía permitirse más intrusiones. Entró en la alcoba y giró la pesada llave hasta que oyó el chasquido del cerrojo. Al momento, regresó corriendo al balcón, donde las pocas gotas de lluvia que habían caído en los escasos segundos transcurridos salpicaban de negro las musgosas piedras. Si su experimento tenía que salir bien, lo haría en ese momento.

Aferró el trinche y lo agitó sobre cada una de las extremidades de la rana como un chamán. Nada. Quizá la exhibición que presenció Bernard no fuera más que un truco. Tal vez nunca hubo un cadáver, tan solo un hombre escondido debajo de la mesa asomando el cuello por un orificio de la madera y con la cara cubierta de espeso maquillaje que daba un aspecto ceroso y lívido a su piel, como si estuviera muerto. Cómo debían de haberse reído el actor —el farsante— y el hijo de Galvini después del espectáculo mientras contaban los billetes que se habían agenciado y se emborrachaban con otros artistuchos de quinta cubiertos de maquillaje grasiento.

Y entonces, la rana se movió.

¿De verdad se había movido? ¿No habría sido un efecto de la luz? ¿U obra de la brisa procedente del valle? Pero Hazel no había notado nada. Las capas de su falda no habían ondeado. Agitó el trinche sobre la rana muerta y empalada, una y otra vez, cada vez más deprisa, y entonces lo comprendió.

Extrajo la enorme llave de su bolsillo, la acercó a la rana con cuidado y el batracio empezó a bailar. La rana, que instantes antes yacía exangüe en su pica, ahora vibraba de energía. Todavía conservaba la voluntad de vivir, como si quisiera escapar. «Parecía algo sacado de un cuento de hadas», pensó Hazel. «Quítame el palo —parecía decir la rana— y te concederé tres deseos.» O quizá algo sacado de una pesadilla, como esas noveluchas que el tutor de Percy le pasaba a veces con un guiño. Los muertos cobran vida y quieren vengarse de los vivos.

¡Funcionaba! ¿A qué se debía? ¿Al magnetismo? El secreto era el material conductor de electricidad, pero ¿de qué metal estaba hecha la llave? Tendría que examinarla a fondo, hacer una serie de pruebas usando todas las combinaciones de metales que pudiera identificar. Exultante, Hazel siguió pasando la llave por las temblorosas extremidades de la rana. Pero, al cabo de un minuto, los movimientos disminuyeron y pronto cesaron del todo. Cualquiera que fuera la magia presente en la atmósfera, en los humores de la rana muerta, en el atizador o en la llave de la alcoba se había agotado.

La rana estaba muerta otra vez, y de nuevo, procedente de la alcoba contigua, Hazel oía el llanto de su madre. Lloraba casi todos los días desde que George sucumbiera a las fiebres.

Del *Tratado de anatomía del doctor Beecham o Prevención y cura de las enfermedades modernas* (17.ª edición, 1791), del doctor William R. Beecham, modificado por el doctor William Beecham III:

El primer síntoma de las fiebres romanas (*plaga romanus*) son los forúnculos en la espalda del paciente. Pasados dos días, los forúnculos empiezan a abrirse y manchan de sangre la camisa del enfermo (de ahí el nombre de «fiebres romanas», por su parecido con las diversas puñaladas en la espalda de Julio César). Otros síntomas incluyen: encías oscuras, apatía, disminución de la micción y dolores. Nombres comunes de la enfermedad: mal romano, forúnculos, fiebres del albañil, muerte roja. Casi siempre es mortal. En 1815 estalló un brote en Edimburgo que se llevó cinco mil almas.

Si bien la tasa de supervivencia es mínima, aquellos que la superan conservan la inmunidad. No existe cura conocida.

2

En el carruaje que la llevaba a la Casa Almont, Hazel intentaba en vano quitarse la tinta de los nudillos y de debajo de las
uñas. Había pasado la noche anterior en vela copiando notas
de un viejo libro de su padre, el manual de anatomía del doctor Beecham. Mientras lo hacía, tenía un panfleto abierto sobre el escritorio, el mismo anuncio que había visto en la
puerta de un bar desde la ventanilla de su carruaje.

«¡Pare, pare!», había gritado al verlo, golpeando la puerta
del carruaje con el puño. Salió a toda prisa, arrancó el anuncio
de la puerta y volvió al vehículo sin aliento, demasiado emo-
cionada como para preocuparse por si alguien la había visto.

Ese mismo cartel estaba ahora doblado en el bolsillo de
su falda. Hazel lo buscó con sus dedos manchados y lo palpó
para que la tranquilizara y le diera suerte.

Bernard no le concedería importancia a la tinta —Hazel
dudaba que se fijara siquiera—, pero lord Almont sí, y cono-
ciendo la devoción que sentía su tío por las buenas maneras,
sin duda el incidente llegaría a oídos de su madre. «Ojalá no
me avergonzaras delante de tu tío, Hazel —diría la mujer
llevándose una taza de té a los labios o estirando una hebra
a través del bordado, mientras alguna criada añadía troncos

al fuego matutino del hogar—. No es que me importe que tengas el aspecto de una mendiga cuando visitas la ciudad, pero sé que te perjudicará de cara a las invitaciones de la próxima temporada.»

Hazel no quería ni imaginarse qué habrían hecho lord Almont o su madre de haber visto el cartel que llevaba en el bolsillo: el anuncio de una exhibición de anatomía que pronto llevaría a cabo el famoso doctor Beecham III, nieto del legendario anatomista y sin duda el cirujano vivo más famoso de Edimburgo, si no es que de todo el reino.

La joven prácticamente vibraba de la emoción al pensar en ello.

¡ESPÉCIMEN VIVO!
¡EXHIBICIÓN GRATUITA DE ANATOMÍA!
VEAN AL DOCTOR BEECHAM, JEFE DE CIRUGÍA
DE LA UNIVERSIDAD DE EDIMBURGO, LLEVAR A CABO
UNA DISECCIÓN Y AMPUTACIÓN RECURRIENDO
A SU TÉCNICA MÁS RECIENTE. LOS INTERESADOS
PODRÁN PEDIR INFORMACIÓN SOBRE EL SEMINARIO
DE ANATOMÍA DEL DOCTOR BEECHAM.
8 EN PUNTO DE LA MAÑANA
ACADEMIA DE ANATOMISTAS DE EDIMBURGO

¡Ese era el tipo de evento con el que Hazel soñaba! No las horribles comidas con viudas desaliñadas e insufribles jovencitas que debutaban en sociedad, ni los aburridos e interminables bailes. Tan pronto como Hazel cumplió quince años, su madre se empeñó en que acudiera a Londres para la temporada social, donde Hazel tenía que cargar con un polisón del tamaño de un sillón pequeño para poder revolotear por distintos salones de baile en brazos de diversos chicos con mal aliento.

En teoría, pasar la temporada en Londres significaba que uno de esos jóvenes con mal aliento se enamoraría perdidamente de Hazel (o de su respetable dote) y se casaría con ella; aunque no tenía demasiado sentido, pues todo el mundo sabía que Hazel acabaría contrayendo matrimonio con Bernard, para que el título de los Almont y el dinero se quedaran en la familia.

Bernard estaba bien, se dijo Hazel. Era simpático y tenía una tez considerablemente pálida. Era un poco presuntuoso y le importaba más su indumentaria que ninguna otra cosa del mundo. Pero sabía escuchar. Hazel y él habían chapoteado juntos en el lodo en su primera infancia, así que no esperaba de ella que fuera la frágil dama de porcelana que otras chicas de su círculo social fingían ser.

Conocía a Hazel desde hacía tanto tiempo que consideraba su deseo de ser cirujana una excentricidad, no un escándalo. Contar con un hombre a su lado sería esencial cuando tuviera que inscribirse en una escuela y presentarse al examen oficial de capacitación médica; y mejor que fuera un hombre poderoso, con un título en su haber. Hazel deslizó los dedos por el doblez del anuncio, esperanzada.

Era un frío día de otoño, y el aire de septiembre estaba más limpio que nunca, teniendo en cuenta lo cerca que se encontraba de la ciudad vieja de Edimburgo, donde los edificios de madera se amontonaban en lo alto de la colina como los dientes torcidos de una boca que exhalara el flemoso hollín de la vida diaria. Lord y lady Almont vivían al otro lado de los jardines de Princes Street, justo en la falda de la colina, pero a todo un universo de distancia de la ciudad vieja; ellos residían en la ciudad nueva, en una casa blanca y elegante de Charlotte Square, con columnas en la fachada y espacio suficiente para dos carruajes en la parte trasera.

A pesar de tanto esfuerzo, Hazel no se había podido retirar la tinta de las manos, así que las escondió en sus bolsillos, junto con el cartel secreto, tan pronto como el cochero cerró la portezuela tras ella.

El lacayo abrió la puerta de la casa antes de que Hazel llegara a llamar siquiera. Le llamó la atención que el hombre llevara el cuello de la camisa empapado de sudor y que incluso le brillara la calva.

Algo sucedía en el vestíbulo principal; había actividad por doquier. Hazel buscó la mirada de Samuel, el ayuda de cámara, que pasó corriendo pertrechado con una palangana vacía y un trapo. Samuel se limitó a saludarla con una leve inclinación de la cabeza.

Había un hombre muy raro allí, un mendigo vestido con prendas de color indefinido, sentado en una sencilla silla de madera que Hazel nunca había visto y que, con toda probabilidad, procedía de las alcobas de los criados. Un médico envuelto en un largo gabán le examinaba el interior de la boca.

El pordiosero parecía cohibido en aquella mansión tan aseada y bien atendida. Todo en él desentonaba, estaba fuera de lugar. Su camisa era la única de todo el vestíbulo que nadie había planchado y almidonado; solo su cabello estaba despeinado; únicamente su cara exhibía suciedad, un anillo de sudor y mugre que le manchaba la piel debajo de la barbilla, allí donde no se había lavado. El doctor hizo una mueca y le propinó al hombre unas palmaditas en la mejilla. El mendigo, obediente, cerró la boca.

Lord Almont, que estaba sentado en la otra punta del vestíbulo, en una butaca más grande y mullida traída del comedor, se levantó cuando Hazel entró.

—Ah, Hazel —la saludó—. Te ruego disculpes el estado en el que se encuentra hoy la casa. Imagino que Bernard bajará enseguida. Samuel, avisa a Bernard que la señorita Sinnett ha llegado.

Hazel respondió con la pequeña reverencia de rigor antes de devolver toda su atención al extraño pordiosero. Se preguntó qué estaba pasando allí. ¿Acaso lord Almont había decidido acoger al mendigo bajo su tutela? ¿Era un beneficiario de las obras de caridad de su señoría? ¿Era un hombre postulando a un puesto en el servicio a punto de ser rechazado? Hazel dudaba mucho que lord Almont se ocupara en persona de contratar a miembros del servicio. ¿Y por qué su tío necesitaba que lo examinara un médico?

—¿Estamos listos para empezar? —preguntó el doctor con voz queda.

Por primera vez, Hazel se fijó en la cara del médico. Su tez exhibía abundantes marcas y cicatrices, profundas arrugas y crestas rojas. Se tapaba el ojo izquierdo con un parche de satín, pero Hazel pudo distinguir la hinchazón rojiza que asomaba por los bordes. El médico llevaba el cabello largo y lacio, sujeto con una cinta negra a la altura de la nuca. En la mano sostenía un utensilio semejante a unas pinzas de metal que relucía a la luz de las ventanas del recibidor. Los bordes de su abrigo estaban manchados de alguna sustancia color óxido.

El mendigo abría tanto los ojos que Hazel veía el blanco en torno al iris. Retorcía el sombrero café que sostenía en el regazo como si intentara escurrirlo después de lavarlo. Tras unos segundos de aterrado silencio, hizo un gesto de asentimiento en dirección al médico, se echó hacia atrás y abrió la boca.

—Tal vez la señorita... —empezó lord Almont, pero antes de que pudiera terminar la frase, el doctor ya había completado su tarea: insertando las pinzas en la boca del mendigo, giró la mano con brusquedad y extrajo un molar entre un espeluznante crujido.

La palangana que Samuel había traído cumplió su función al instante. Colocándosela debajo de la barbilla, el mendigo la usó para recoger la sangre y la baba que le manaba entre los labios. Ni siquiera tuvo tiempo de gritar.

El doctor resopló y examinó la muela, que todavía estaba cubierta de sangre.

—Deprisa —le dijo a lord Almont—. Hay que proceder mientras la muela esté recién extraída si queremos prenderla a su encía.

Obediente, lord Almont se echó hacia atrás y abrió la boca.

El médico aplicó una pasta plateada a la raíz del molar y se lo insertó al caballero en alguna parte de las profundidades de su boca, con ayuda de un pequeño escalpelo. El mendigo lanzó un suave gemido tras ellos.

—Bueno —dijo el médico mientras terminaba—, olvídese de masticar carne en un mes, a menos que su cocinera se la prepare muy blanda. Limítese a los licores blancos y nada de tomates.

Lord Almont se puso de pie enderezándose la corbata.

—Por supuesto, doctor. —Extrajo unas pocas monedas del bolsillo interior de la chaqueta, calculó su valor y se las tendió al mendigo a tanta distancia como le permitió la extensión de su brazo—. Si no me equivoco, este es el precio de mercado por una muela hoy día.

Hazel pensó que lord Almont parecía demasiado ansioso por guardar las distancias con un hombre cuya muela acababa de alojarse en su boca. El mendigo, con las mejillas empapadas de lágrimas silenciosas, guardó las monedas en su bolsa y se marchó.

—Te ruego me disculpes, Hazel —repitió lord Almont, una vez que el eco del portazo se apagó—, por obligarte a presenciar esta horrible escena. Aunque Bernard mencionó que te interesan este tipo de cosas. —Se frotó la zona exterior de la mandíbula—. Qué asunto tan espantoso, pero es el precio a pagar por la propia salud y bienestar. No creo que conozcas al célebre doctor Edmund Straine, de la Academia Médica de Edimburgo, ¿verdad? Doctor Straine, le presento a la señorita Sinnett, la hija de mi hermana Lavinia.

El doctor Straine se volvió a mirar Hazel. No había terminado de guardar su instrumental y todavía sujetaba un pequeño escalpelo en la mano, salpicado de sangre, cuando inclinó apenas el cuello a modo de saludo.

—¿Cómo está usted? —le dijo Hazel. El doctor Straine no respondió. Su ojo bueno se posó directamente en la tinta que manchaba las manos de la joven. Ella se apresuró a esconderlas entre las faldas. Los delgados labios del facultativo se volvieron todavía más finos si eso es posible.

Cuando el médico habló, fue para dirigirse de nuevo a lord Almont:

—Tenga presente la factura que la masticación le puede pasar a la muela, su señoría.

Sin una palabra más, recogió su maletín, giró sobre los talones y salió por la puerta trasera de la estancia entre el revuelo de su gabán negro.

—El trato con los pacientes no es su fuerte, me temo —susurró lord Almont una vez que Straine se hubo marchado—. Pero me han dicho que es el mejor de la ciudad. Un protegido del insigne doctor Beecham en persona, por increíble que parezca, antes de que falleciera. Te quedarás a tomar el té, supongo.

Hacía dos años que el padre de Hazel había sido destacado a la isla de Santa Elena —como capitán de la Marina Real, encargado de supervisar el encierro de Napoleón— y, desde entonces, lord Almont había asumido la responsabilidad de cuidar de su sobrina. Hazel viajaba en carruaje a Edimburgo una o incluso dos veces por semana para tomar el té o cenar con los Almont, sentarse en la galería a leer los libros del vizconde o para acompañar a Bernard a alguno de esos acontecimientos sociales que parecían inevitables. Al menos, en la Casa Almont el recuerdo de George no flotaba denso como el humo, a diferencia de todas y cada una de las estancias del castillo de Hawthornden.

Cuando se casara con Bernard y se convirtiera por fin en lady Almont, podría dejar atrás los malos recuerdos como quien cierra un libro grueso. Tendría un nuevo nombre y un nuevo hogar. Tendría una nueva vida. Sería una persona nueva, una persona que estaría fuera del alcance de la tristeza.

—¡Ah, Bernard! —dijo lord Almont cuando su hijo apareció en lo alto de la escalera—. ¿Vas a comer aquí? Puedo decirle a Samuel que avise a la cocinera.

—En realidad, tío —respondió Hazel—, esperaba que Bernard me acompañara a dar un paseo.

Bernard saltó el último peldaño y le ofreció el brazo. Para cuando los dos abandonaban el recibidor, los criados habían borrado cualquier señal de la operación que se había llevado a cabo dos minutos atrás.

De *Las ciudades de Escocia: guía de bolsillo* (1802),
de J. B. Pickrock:

Edimburgo se conoce como «la Atenas del norte» por sus
avances en filosofía, pero ahora el nombre hace honor también a su arquitectura: piedra blanca, avenidas anchas y
rectas, columnas. Empezaron a construir la ciudad nueva
en la explanada que se extendía a la sombra del castillo
de Edimburgo en la década de 1760, si no me equivoco
—cuando el hedor y el hacinamiento de los edificios de
High Street, en lo alto de la colina, se volvieron insoportables para cualquier persona mínimamente refinada—. Pero
solo a partir de 1810 comenzaron a surgir edificios de estilo
romántico clásico verdaderamente imponentes. De hecho,
me atrevería a decir que Edimburgo ofrece un ejemplo del
estilo romántico clásico más hermoso que ninguna otra capital de Europa.

3

—Por favor.

—No.

—Te lo pido por favor.

—Rotundamente no.

—Pero no me dejarán entrar si no voy contigo. No tengo la más mínima posibilidad. En cambio, no me negarán la entrada si llego con el vizconde de Almont.

—Futuro vizconde de Almont. Mi padre todavía está vivo, por si no te has dado cuenta.

—Bueno, pero algún título tienes, ¿no? De seguro eres *baronet*, como mínimo. Eso también cuenta, futuro vizconde de Almont.

—Hazel —le advirtió Bernard.

—Ni siquiera tienes que mirar. Puedes taparte los ojos todo el tiempo.

—Lo oiré de todos modos.

Hazel agitó el cartel que sostenía en la mano.

—Vamos, Bernard. ¿Cuándo te he pedido un favor? Si no voy a ver esto, no podré pensar en ninguna otra cosa en toda mi vida. No dejaré de sacar el tema en las cenas cuando los dos seamos viejos y tengamos el cabello gris, y tú ansiarás haberme acompañado solo para que me calle la boca.

Bernard siguió caminando.

—No.

Su primo llevaba un nuevo sombrero de copa, color gris perla, y Hazel notó, por su manera de volver la cara al volver la vista al frente, que cuidaba de adoptar el ángulo adecuado para que el ala captara la luz a la perfección y acentuara su prominente barbilla. La chaqueta también era gris, y el chico vestía además un chaleco de seda amarillo canario.

Si bien al inicio del paseo una agradable brisa otoñal refrescaba el ambiente, la tarde se estaba tornando cada vez más asfixiante. Hazel sintió que le resbalaba una gota de sudor por la espalda, bajo las capas de tela.

—¿Te preocupa que mi madre se enoje contigo por...?

Bernard se volvió a mirarla y la interrumpió:

—Sí. Para serte franco, eso es lo que me preocupa. Me preocupa que tu madre se enoje conmigo, Hazel, pero más que eso me preocupa que tu madre se enoje contigo. ¿Tienes idea del lío en el que te vas a meter si tu madre, o tu padre, en una de esas, descubren que asististe a una clase de anatomía? ¡Una lección pública de anatomía! ¡Entre toda la gentuza que frecuenta esos eventos! ¡Alcohólicos... y violadores! ¡Y... y... actores de teatro!

Hazel puso los ojos en blanco y se alisó los guantes color marfil. Su padre se los había comprado antes de embarcar rumbo a Santa Elena.

—Estudiantes, Bernard. Esa es la gentuza que asiste a esos eventos. Además, lo tengo todo pensado: le diré a mi madre que me voy contigo de pícnic a los jardines de Princes Street y que no me espere antes de la noche. Podemos bajar caminando y estar de regreso en tu casa para la hora del té.

Pasó un carruaje señorial, y Bernard no respondió hasta después de haber saludado educadamente con un circunspecto asentimiento al caballero que viajaba en el vehículo. Cuando se volvió hacia Hazel, su rostro recuperó la expresión exasperada.

—Estudiar medicina es una cosa. Algo útil, incluso. Mi amigo de Eton, John Lawrence, está ahora en París y tiene la intención de convertirse en un excelente galeno. Se casará con una chica de buena familia y lo invitaremos a nuestras cenas. Si te avinieras a fingir que vas a ser médica, o enfermera, no habría problema. Pero cirujana... Hazel, la cirugía es para hombres sin recursos. Carece del más mínimo prestigio. ¡Los cirujanos no son más que carniceros!

Avanzó unos cuantos pasos antes de darse cuenta de que Hazel no caminaba a su lado.

—¿Hazel?

—¿A qué te refieres con «fingir»?

—¿Qué he...?

—Dijiste que «fingiera» que voy a ser médico.

—Yo solo quería decir que... Hazel. A ver. En realidad no pensarías que... —Bernard se interrumpió y volvió a empezar—. Será muy útil, cuando estemos casados, que sepas curar heridas y bajar la fiebre.

—Siempre has sabido que quería ser cirujana —dijo Hazel—. Hace siglos que hablamos de eso. Siempre me has apoyado.

—Bueno, sí —concedió Bernard mirándose los pies—. Cuando éramos niños.

De pronto, Hazel sintió un sabor metálico en la boca. Tenía la lengua pastosa. Estaban a una manzana de la Casa Almont y sus relucientes columnas blancas eran visibles a la luz de la tarde.

—Mira —dijo Bernard, que ya estaba cambiando de postura para emprender el camino de nuevo—. Volvamos a casa. Tomemos el té. —Hazel todavía sostenía el anuncio en las manos, sin fuerza, y Bernard se lo arrebató. Lo rompió a la mitad, luego en cuartos y arrugó los pedazos. Los tiró a su espalda, a la humedad del desagüe, donde Hazel vio los trozos de papel convertirse en pasta—. Ya está. Han estrenado un espectáculo en Le Grand Leon. Iremos juntos un día de estos. Y trae a tu madre. ¿No te parece maravilloso?

Hazel asintió con desmayo.

—Mira, si no te importa, me parece que voy a caminar un poco más. Por el paseo. Antes de subirme al carruaje para volver a casa a cenar.

Bernard miró nervioso a su alrededor.

—¿Sin chaperona? No me parece...

—Solo un ratito. Estamos muy cerca de tu casa. Mira, se ve desde aquí. Ni siquiera me perderás de vista.

—Si te parece que... —accedió Bernard poco convencido.

—Insisto.

—Está bien. —Fue así de fácil. Bernard asintió, dándose por satisfecho. Había recuperado su expresión afable. Era el hijo de un vizconde y nada en el mundo estaba mal. Estaba a pocos pasos de su casa, donde habría un asado esperándolo para cenar—. Iré a Hawthornden la semana que viene. Dile a Percy que insisto en volver a jugar al *whist* con él.

Hazel respondió con lo más parecido a una sonrisa que fue capaz de esbozar. La mantuvo en el rostro mientras veía las largas piernas de Bernard alejarse calle abajo, hasta que desaparecieron en las sombras de la Casa Almont.

Solo entonces se concedió permiso para mirar los arrugados restos del anuncio que llevaba varios días escondido en su armario, a salvo de los ojos fisgones de su madre y de la señora Herberts, con el objetivo de poder enseñárselo a

Bernard. Unas pocas palabras todavía eran legibles entre el lodo que corría por la canaleta, a lo largo de la calle; fragmentos parecidos a las piezas de un rompecabezas.

ESPÉCIMEN VIVO
BEECHAM
EDIM DISEC
AMPUT
EVA TÉCNICA

Suspirando, se encaminó hacia el carruaje que la estaba esperando. Había alguien en el exterior de la Casa Almont, en una entrada de servicio, allí donde la carretera se alejaba de Charlotte Square para curvarse hacia Queensferry Street Lane, con el chapitel de la catedral de Saint Mary de fondo, que clavaba la aguja de su corona de hierro en el cielo azul.

Era una mujer con cabello tirando a pelirrojo —que lo sería aún más si no lo tuviera tan sucio— embutido bajo una cofia de criada. ¿Sería una sirvienta de la Casa Almont? Hazel no la conocía, pero eso en sí no era tan extraño. En una vivienda como esa, debía haber una docena de criadas o más, e intentaban pasar desapercibidas cuando había invitados presentes. Tal vez fuera nueva. Era joven, muy joven. Más que Hazel. Debía estar esperando a alguien, a juzgar por su manera de mirar por encima del hombro y hacia la calle; pero no parecía nerviosa.

Hazel se detuvo y la observó con curiosidad. Y entonces, en un segundo, había un hombre a su lado. No, no era un hombre. Un chico. Un muchacho alto, todo líneas verticales y rasgos abruptos. Los dos hablaron y la criada le tendió un papel con aire furtivo.

¿Se disponían a robar en la Casa Almont? Todavía brillaba el sol. La plaza no estaba desierta, ni por asomo; varios carruajes habían pasado traqueteando a su lado en el rato que Hazel llevaba espiando a la pareja. Nadie les prestaba la menor atención. Es cierto que la sombra de la mansión los ocultaba, pero cualquier ladrón preferiría trabajar al amparo de la noche.

Hazel se acercó disimuladamente, fingiendo que admiraba un rosal. Aunque se encontraba a unos veinticinco metros de distancia, los desconocidos no alzaron la vista. La criada de cabello cobrizo extendió la mano y el muchacho alto le depositó unas monedas en la palma. Ahora que estaba más cerca, Hazel distinguió una nariz alargada bajo la pelambrera oscura del chico.

—Cuidado con ese, Jack —le dijo la doncella pelirroja.

Y con las monedas a buen recaudo en la cintura de la falda, se alejó pegada a la pétrea fachada de la Casa Almont y se deslizó tras el recodo por la entrada de servicio.

«Qué raro», pensó Hazel.

—¿Volvemos a casa, señorita?

Era el cochero, el señor Peters, que la llamaba desde la esquina. Sacudió las riendas y los caballos echaron a andar.

El chico que se camuflaba entre las sombras alzó la vista en ese momento y, por un instante, las miradas de ambos se encontraron. Hazel sintió un escalofrío en la nuca. El muchacho tenía los ojos brillantes y claros, de color gris. «Con esa nariz larga, parece un ave de presa», pensó Hazel. Él le dirigió algo que tal vez fuera una sonrisa o una mueca, o tal vez un efecto de la luz, porque un instante más tarde había desaparecido trotando por la calle principal, donde el humo negro y denso se cernía sobre la ciudad vieja. Hazel subió en su carruaje, de regreso a Hawthornden, mientras trataba de evocar el rostro en su mente, aunque el recuerdo ya se estaba desvaneciendo.

4

Morir en Edimburgo era lo más fácil del mundo. Pasaba cada día. Había incendios causados por la grasa de las cocinas y apuñalamientos en los callejones traseros de sórdidos bares. Cortes que parecían inofensivos se inflamaban, se infectaban y supuraban, y antes de que tuvieras tiempo de pedir ayuda a un médico de la caridad, habías estirado la pata. Ahorcaban a los ladrones en Grassmarket Square, Jack lo había visto con sus propios ojos. Había presenciado cómo los cuerpos se retorcían al caer y luego dejaban de moverse.

Era fácil morir en Edimburgo, pero Jack había llegado a los diecisiete porque sabía qué hacer para sobrevivir.

Para cuando Jack llegó al final de la pendiente, Jeanette ya lo estaba esperando en la puerta de servicio que daba a Queensferry.

—Es un nuevo empleo —le dijo ella en un tono casi suplicante antes de que él pudiera disculparse siquiera por llegar tarde—. Me las estoy arreglando para compaginarlo. La comida es buena. Avena como Dios manda para desayunar cada mañana, con crema.

—Fuiste tú la que me dijo que nos reuniéramos en pleno día, maldita sea.

—Ahora tengo un empleo, Jack, por si necesitas que te lo recuerde. Eso significa que no puedo andar correteando de un hoyo apestoso a otro día y noche para entregar vete a saber qué.

Jack sintió un escalofrío en la nuca y se le tensaron los sentidos como las cuerdas de un piano. Una chica los miraba a unos quince metros de distancia, en la calle. Jeanette no había reparado en ella. La joven estaba demasiado lejos para oírlos, supuso Jack, pero sin duda se había fijado en la pareja, aunque en ese momento fingía estar aspirando el aroma de una rosa. Era pudiente; su atuendo la delataba, los tejidos caros y las plumas auténticas en el tocado. Estaba casada, tenía que estarlo si se atrevía a pasear por la ciudad nueva sin chaperona; pero no parecía mayor que él. Tendría dieciséis o diecisiete años. Con esas muchachas ricas, acicaladas como muñecas de papel, era difícil adivinarlo.

Jack la observaba por el rabillo del ojo, atisbaba el modo en que la línea desnuda de su nuca, tan blanca que era casi translúcida, se dejaba ver cuando se agachaba. El punto débil en la armadura de su vestido y su cabello.

Jeanette carraspeó.

—Lo quieres, ¿no? Porque si no lo quieres, conozco a un montón de resurreccionistas que estarían encantados de ocuparse de un pedido doble como este. ¡Lo digo en serio, Jack Currer, no creas que no tengo a nadie!

Remarcó cada sílaba de su nombre: *Cur-rer*.

—No, no, lo quiero, claro que sí.

Agarró el papel que Jeanette le ofrecía y luego buscó las monedas en el bolsillo.

Jeanette siguió hablando mientras contaba el pago.

—Uno es un pequeñito. Murió de algo. No estaba enfermo, así que lo habrá ahogado la nodriza sin querer. Imagínate. Sucede constantemente. Esos pequeños herederos tan envueltos en blusones y faldones mamando de una mujer que no puede ni mantener los ojos abiertos. El otro es un hombre. Cuidado con ese, Jack. He oído decir a un mozo de cuadra que estaba enfermo.

Jack miró los nombres y el mapa del camposanto garabateados a toda prisa en el papel que Jeanette le había entregado.

—No son fiebres romanas, Jeanette, y no deberías ir extendiendo esos rumores por ahí. Asustan a la gente.

—¿Tú no tienes miedo? —le espetó ella.

Jack se golpeó la pierna con los dedos. Llevaba años trabajando de resurreccionista, había sacado de la tumba cuerpos descompuestos por la enfermedad y la podredumbre, pero nada de eso, por alguna razón, había afectado a su salud. No sabía si atribuirlo a una clemencia divina que sin duda no merecía o a la suerte pura y dura, aunque se inclinaba más por esta última.

—No —dijo—. No tengo miedo.

Jeanette se encogió de hombros y luego se marchó a toda prisa por los jardines traseros de la casa, donde podría volver a colarse por la puerta de servicio y fingir que nunca había salido.

Jack dobló el papel y se lo guardó en el bolsillo de los pantalones. A continuación, alzó la vista hacia la mujer que admiraba las rosas. Ella lo estaba observando con los ojos entornados, de un café tan oscuro que casi parecían negros. Era guapa, de ese modo que lo son todas las chicas ricas, siempre con la cara limpia y la cabellera peinada. Su cabello era castaño, rojizo y abundante, ondulado bajo el sombrero. Tenía una nariz larga y recta, un lado del labio curvado. De repente, Jack se sintió desnudo y un cosquilleo ascendió por su nuca. No podía apartar la vista de ella. Era como si lo estuviera acusando de algo. O conspirando con él. ¿Estaba sonriendo o solo era el gesto natural de sus labios violáceos?

Por fin, descubrió Jack aliviado, la mujer apartó los ojos y levantó un pie enfundado en una delicada zapatilla para subir al elegante carruaje.

Llevaba guantes blancos, y cuando desapareció, Jack pudo distinguir apenas una mancha roja que se extendía por la yema del dedo de la mano izquierda, la que había usado para acercarse una rosa a la nariz. Sangre. Una espina había perforado la delicada tela y la joven no se había dado cuenta. Una flor escarlata del tamaño de un dedal en sus manos de marfil.

De la *Enciclopedia caledoniana* **(29.ª edición, 1817):**

William Beecham, (de nombre completo William Beecham, barón Beecham de Meershire, también llamado sir William Beecham, *baronet*) nació el 5 de abril de 1736 en Glasgow, Escocia, y falleció el 7 de enero de 1801 en Portree, isla de Skye, Escocia. Fue un cirujano, médico y científico escocés, presidente de la Academia de Anatomistas de Edimburgo, y más conocido por sus investigaciones anatómicas y por la publicación del *Tratado de anatomía del doctor Beecham o Prevención y cura de las enfermedades modernas.* El tratado, con sus detallados esquemas anatómicos y registro de enfermedades actualizado, aportó las bases para la siguiente generación de estudiantes de Medicina. Desde entonces, se ha publicado más de una docena de veces en ediciones actualizadas. Como nacionalista escocés, según los rumores, se cuenta que el doctor Beecham rechazó un puesto como médico personal del rey Jorge III, tras lo cual se le prohibió regresar a Londres.

En sus últimos años, Beecham adquirió fama de anacoreta que rechazaba atender pacientes o dar conferencias y dedicaba sus esfuerzos al estudio de la alquimia y el conocimiento oculto. El propósito expreso era la búsqueda de la vida eterna. Sucumbió al envenenamiento debido a los efectos del consumo experimental de oro, mercurio y plomo en altas dosis. Su nieto, William Beecham III, continuó revisando y reeditando el *Tratado del doctor Beecham* tras la muerte de su abuelo.

Casado con: Eloise Carver Beecham de Essex (nacida en 1742, fallecida en 1764). Descendencia: John (n. 1760), Philip (n. 1763), Dorothea (n. 1764).

Ver: William Beecham III, nieto.

5

Se las arreglaría sin Bernard, estaba segura. Solo era cuestión de sincronizarlo todo a la perfección. Saldría después de desayunar y le diría a su madre que iba a dar un paseo por los parques de los alrededores. A continuación, tendría que tomar un gabán largo de su padre y encaminarse a los establos sin que la vieran. Percy no supondría un problema; estaría en clase toda la mañana. Y el dormitorio de su madre daba a la fachada oriental del edificio, de modo que, aun en caso de que mirara por la ventana mientras terminaba de escribir sus cartas, no vería a Hazel escapando por el camino principal.

No podía tomar un carruaje. Armaría demasiado escándalo y atraería una atención excesiva. Alguien lo vería camino a Edimburgo y reconocería el coche. No, sería mucho más seguro desplazarse a lomos de un caballo. Tendría que subirse el cuello del abrigo de su padre todo lo que pudiera y mantener la cabeza baja.

Hazel nunca había visitado la ciudad vieja sin chaperona, pero estaba segura de que no se perdería. La zona estaba distribuida como la columna vertebral de un pescado: el centro era High Street, que discurría de lo alto del castillo de

Edimburgo hasta el palacio de Holyrood en la parte inferior, con pasajes y callejones distribuidos a ambos lados. Sabía cómo era la fachada de la Sociedad de Anatomistas de Edimburgo; su tío se la había mostrado: vigas de madera oscura y piedra, con una placa dorada junto a la puerta. No sería difícil de encontrar. Tenía los seis peniques de la entrada calientitos en el bolsillo, consecuencia de su manía de frotar las monedas con los dedos, pero si todo salía de acuerdo con el plan, no los necesitaría.

Esa mañana había repasado el ardid mentalmente, paso a paso, mientras comía un cuenco de avena frente a su madre, que estaba sentada al otro lado de la vasta mesa de roble. El comedor informal tal vez fuera la única habitación de Hawthornden que se podía considerar acogedora. Como estaba situado junto a la cocina, siempre reinaba un ambiente cálido y, por lo general, impregnado de los agradables aromas del asado que la cocinera estuviera preparando ese día para cenar. Si bien las paredes de las otras salas estaban profusamente decoradas —sombríos retratos al óleo, armas de metal y especímenes de los viajes de su padre protegidos en estuches con tapa de cristal—, allí solo había madera, de un atractivo tono castaño e iluminada por la alegre lumbre que calentaba la tetera en el hogar.

Ojalá Bernard no hubiera roto el anuncio. No porque Hazel no lo hubiese memorizado, sino porque habría sido un consuelo poder leerlo y releerlo. El cartel no especificaba que las mujeres tuvieran prohibida la entrada a la clase de anatomía, pero no hacía falta. Además, Hazel no quería que nadie la reconociera por si le iba con el cuento a su madre —o, Dios no lo quisiera, a su tío—. No, en vez de eso esperaría a que las campanas de la catedral de Saint Giles tocaran las ocho, la hora a la que daba comienzo la lección, y se quedaría fuera hasta que cerraran las puertas. Luego, cuando todo el mundo estuviera distraído con la técnica milagrosa que el doctor Beecham se proponía presentar, fuera cual fuera, se deslizaría al interior en silencio y sin que nadie se percatara de su presencia.

El verdadero doctor Beecham, aquel cuyos libros habían marcado un antes y un después en los estudios de anatomía y que había convertido a Edimburgo en la capital mundial de las ciencias médicas, había fallecido algún tiempo atrás, por supuesto. Era su nieto, el doctor Beecham III, quien ahora ocupaba el cargo de director de la Academia de Anatomistas de Edimburgo.

Hazel repasó el plan una y otra vez en silencio, como una oración: «Caballo, ciudad, conferencia. Caballo, ciudad, conferencia». Si se daba prisa en volver, llegaría a tiempo para la cena y podría fingir que se había despistado en el bosque. Su madre no se daría cuenta; apenas si reparaba en la existencia de Hazel. George había muerto y Percy era el heredero. ¿Qué importaba lo que hiciera Hazel con su tiempo?

—Gracias a Dios que estaremos en Londres durante la temporada.

Hazel estaba tan distraída con sus propios pensamientos que la voz de su madre la sobresaltó tanto como el retumbar de un trueno.

—Perdona, ¿decías?

Lady Sinnett irguió la espalda y el velo que siempre le cubría la cara se estremeció.

—Nos vamos a Londres —repitió con brusquedad—. A pasar la temporada. No seas pesada, Hazel.

—Sí, por supuesto. A Londres.

Unos meses desdichados durante los cuales la atiborrarían como a un pavo de Navidad, la obligarían a sonreír a extraños de ojos vidriosos y la empujarían hacia el brazo de Bernard.

—Gracias a Dios que nos vamos —repitió lady Sinnett—, teniendo en cuenta lo que me han contado.

Hazel tuvo que contenerse para que no le temblara la voz.

—¿Qué te han contado?

Apenas si podía respirar. Su madre estaba al corriente. Conocía el asunto de la conferencia y de la escuela de Anatomía. Pues claro que sí. ¿Cómo se le había ocurrido a Hazel que se lo podría ocultar si...?

—Lo de las fiebres, Hazel —respondió lady Sinnett con desmayo—. No en los barrios donde vive la gente civilizada, por supuesto, sino en lo alto de Edimburgo, allí donde los edificios se amontonan unos sobre otros y los pobres ya están medio muertos de todos modos. Hay efluvios tan nocivos en Edimburgo que, sinceramente, cuanto antes nos marchemos a Londres, mejor. Sobre todo teniendo en cuenta la constitución delicada de Percy.

—Ah. Sí. Claro. —Las campanas de la abadía tocaron la hora al otro lado del parque y la cocinera entró en el comedor para llevarse los platos—. Esta mañana iré a dar un paseo —dijo Hazel, rompiendo el silencio de nuevo—. Un largo paseo. Para respirar aire puro y fresco.

En algún lugar de la planta superior, Percy aporreaba el pianoforte sin el menor sentido de la armonía.

—Sí, muy bien —respondió lady Sinnett, distraída. Hazel tomó otro sorbo de té para que su madre no la viera sonreír.

La carrera a Edimburgo le llevó menos de una hora y no había nadie en la carretera salvo media docena de granjeros a los que Hazel no reconoció y que no se molestaron en alzar la vista a su paso. Se limitó a seguir el camino principal hacia el tembloroso humo negro, visible a kilómetros de distancia. Edimburgo, la vieja chimenea, el corazón latiente de la ciencia y la literatura en Escocia. Antes de marcharse, el padre de Hazel los había llevado a ella y a George a la Casa Almont para escuchar a sir Walter Scott hacer una lectura de su poema narrativo *La dama del lago*. Las fiebres romanas se habían llevado a George menos de una estación más tarde. Hazel también cayó enferma y acabó aferrada a las mantas y empapando la cama de sudor y sangre procedente de las llagas que tenía en la espalda. Y entonces, una mañana, cuando la pálida luz amarillenta del día empezaba a asomar por su ventana, descubrió que podía sentarse. La cocinera se echó a llorar cuando Hazel pidió avena, la primera comida que solicitaba en una semana. Ella sobrevivió y su hermano mayor, que siempre fue más fuerte, listo y valiente que ella, murió.

Hazel sabía que la ciudad vieja era un laberinto de callejones serpenteantes. Si bien recordaba el aspecto que tenía la puerta principal de la Academia de Anatomistas, Hazel ensayó en silencio las palabras con que, muy educadamente, abordaría a un desconocido para pedirle indicaciones. Sin embargo, tan pronto como dejó el caballo en una posada y echó a andar por las calles adoquinadas, distinguió a un par de estudiantes de anatomía entre la multitud. Eran inconfundibles: gabanes negros raídos, zapatos manchados y, lo más revelador, ejemplares del *Tratado del doctor Beecham* aferrados bajo el brazo. Perfecto.

Hazel los siguió entre las piedras salpicadas de lluvia hasta que se internaron en un callejón que apestaba a pescado pasado. El pasaje desembocaba en una especie de plaza pequeña rodeada de edificios de tres pisos de altura como mínimo. Todos los edificios parecían inclinarse hacia delante. El cielo, vasto y azul mientras Hazel cabalgaba hacia la ciudad, se había transformado en un recuadro lejano de color gris turbio. La ropa puesta a secar y el hedor de los orines pendían en el aire.

Pero Hazel había llegado. La inscripción ACADEMIA DE ANATOMISTAS DE EDIMBURGO estaba grabada en una placa de latón junto a la puerta negra. Varios de los hombres que pululaban por las inmediaciones llevaban la hoja informativa en las manos. A Hazel le sorprendió descubrir que la mayoría, en realidad, tenían aspecto de caballeros. Hasta ese momento, estaba convencida en secreto de que Bernard tenía razón y que se iba a internar voluntariamente en una guarida de rufianes y actores teatrales. Pero no; abundaban los sombreros de copa y los zapatos de cuero auténtico. Aunque no recordaba sus nombres, reconoció el semblante de un par de hombres con los que había coincidido en los salones de la Casa Almont. Contuvo el aliento y se pegó contra una pared de piedra húmeda para pasar desapercibida. No hacía falta que se molestara. Los hombres solo estaban pendientes de su propia importancia y a ninguno de ellos se le habría ocurrido mirar a nadie que se encontrara un centímetro por debajo de su línea de visión.

De pronto, tañeron las campanas de Saint Giles, las más potentes que Hazel había escuchado jamás, tan sonoras que sintió su vibración en las entrañas. Los hombres siguieron intercambiando murmullos y cambiando de postura todavía un momento antes de que la pequeña puerta se abriera y procedieran a entrar entre codazos.

Hazel se mantuvo apartada, observándolos. Advirtió su impaciencia y el modo en que se saludaban con fría cautela. Y, en ese momento, a través de las capas y los gabanes, descubrió a un hombre que le arrancó un resuello al reconocerlo. Era el médico del parche en el ojo que había extraído la muela al mendigo para insertársela a su tío: el doctor Straine. El hombre no la vio, o al menos no dio muestras de hacerlo, pero Hazel se pegó aún más a la pared de ladrillo del recinto, por si las dudas.

Las campanas tocaron el primer cuarto en lo que todos los hombres entraron y las diversas interjecciones y exclamaciones que intercambiaban los conocidos se acallaron por fin. Hazel se quedó a solas en la plaza cuando la puerta negra se cerró.

Esperaría cinco minutos —cinco largos, generosos minutos— antes de colarse al interior. Los contaría ella misma, contaría cinco minutos mientras veía ondear con delicadeza las sábanas manchadas que colgaban de las ventanas. «La ciudad vieja no estaba tan mal, al fin y al cabo», pensó Hazel. Su madre le había contado historias de asesinos agazapados en cualquier rincón, antiguos caballeros transformados en animales por la corrupción de la propia ciudad. Según lo pintaba lady Sinnett, no se podía recorrer una manzana de la ciudad vieja sin cruzarse con media docena de monstruos que parecían sacados de las novelitas por entregas. Pero allí estaba Hazel, con solo diecisiete años, y había llegado al corazón de la ciudad por su propio pie.

Bueno, se acabó. Habían pasado cinco minutos. Entraría a hurtadillas, al amparo de la oscuridad, y vería con sus propios ojos al doctor Beecham —¡el nieto del mismísimo doctor Beecham!— efectuar la demostración de algo que, según prometía el anuncio, constituía «una revolución en el campo de la cirugía». Se oyeron unos cuantos aplausos a través de la puerta. La función acababa de empezar. Había llegado el momento.

Se encontró con un problema. La puerta estaba atrancada. Hazel tiró una vez más con la esperanza de que la madera se hubiera combado o hinchado contra el marco..., pero no. Estaba cerrada y asegurada con firmeza. Hazel se dejó caer al suelo, sin preocuparse de que los faldones se le mojaran con la humedad de las piedras. Se había desplazado hasta allí para nada.

—¡Eh!

Una voz la llamó desde el otro lado de la pequeña plaza. Sin embargo, las sombras ocultaban a la persona que había hablado. Hazel levantó la cara, medio esperando encontrarse con alguno de los monstruos de su madre. Pero no; era un chico. Un muchacho que había visto anteriormente, de ojos grises y cabello largo, negro. El mismo al que había espiado en el exterior de la Casa Almont. Se acercó a ella con parsimonia y le ofreció la mano. La tenía sucia y sus dedos asomaban por los guantes agujereados, pero tenía las uñas limpias. Hazel se la estrechó y dejó que el chico la ayudara a levantarse.

El joven carraspeó.

—Atrancan la puerta cuando empieza la exhibición. El doctor Beecham odia las interrupciones.

Hazel le ofreció una pequeña sonrisa.

—Me lo imaginé.

El chico se retiró las greñas de la cara.

—No entraste con los demás. Estaba mirando. O sea, no te estaba mirando a ti, pero te vi.

—Esperaba —respondió Hazel mientras se alisaba las faldas— poder colarme una vez que la exhibición hubiera empezado. Para evitar que me vieran. No creo que abunden las mujeres en este tipo de funciones.

—No, supongo que no.

Hazel esperó. El chico cambió de postura e intentó limpiarse las manos en los pantalones. Por fin, Hazel habló.

—Soy la señorita Sinnett —dijo.

En cuanto pronunció su nombre, se arrepintió. Una pequeña sonrisa asomó a los labios del muchacho antes de saludarla con una profunda reverencia.

—Un placer, señorita Sinnett.

Todavía sonreía cuando se incorporó.

Hazel sintió una sensación ardiente en la nuca.

—Es costumbre presentarse cuando alguien te dice su nombre.

La sonrisa del chico se convirtió en una mueca burlona que dejó a la vista el destello de sus colmillos lobunos.

—¿Ah, sí? —respondió, pero no le dijo su nombre. En vez de eso, comentó—: Si todavía quieres ver lo que están haciendo ahí dentro, conozco una manera de entrar.

—¿En el teatro quirúrgico?

El chico asintió.

—¡Sí! ¡Por favor! —Hazel captó la emoción de su propia voz—. O sea, si no es mucha molestia.

—No lo es. No me importa.

Sin más demora, el muchacho tomó la mano de Hazel y la arrastró por un pasaje tan estrecho que ni siquiera había reparado en él, flanqueado de paredes húmedas que apestaban a moho y a sudor. El polisón de Hazel rozaba las dos paredes. El chico, por su parte, caminaba con seguridad, saltando y esquivando los irregulares adoquines como si fueran de humo. Al llegar a una puerta de madera, golpeó la hoja con los nudillos dos veces. La puerta se abrió hacia dentro y, en menos de lo que canta un gallo, el muchacho había arrastrado a Hazel al interior y la guiaba por un oscuro pasadizo iluminado por la luz de una antorcha que brillaba al fondo.

—¿Trabajas aquí? —le susurró Hazel mientras él la conducía hacia delante—. ¿Para los anatomistas?

—En cierto sentido —fue la respuesta de él. Se volvió a mirar a Hazel. Sus ojos grises parecían relumbrar en la oscuridad y, aunque hacía calor allí adentro, Hazel se estremeció—. Ven, por aquí.

Habían llegado al final del oscuro pasadizo. La antorcha de la pared ofrecía una apariencia extraña al rostro del muchacho, que había cambiado a un conjunto de ángulos y sombras. Hazel oía voces cercanas —murmullos, la cantinela atronadora de una voz de barítono—, pero no distinguía las palabras.

—Si quieres verlo, la puerta está aquí —indicó él.

—¿No me acompañas? —preguntó Hazel.

—No... —respondió el muchacho con desdén—. He visto suficiente dolor en la vida real como para ponerme a mirar cómo alguien lo inflige a cambio de unos aplausos.

Hazel no estaba segura sobre si él bromeaba o no. Al otro lado de la pared, un hombre gritó. A la luz de la antorcha, vio a su guía enarcar una ceja como diciendo: «¿Qué te dije?».

El chico empujó la puerta una pizca, pero Hazel no distinguía lo que había al otro lado. Titubeó.

—No pasa nada —la tranquilizó él—. Todo estará bien. Confía en mí.

Ella asintió y se recogió los faldones para deslizarse junto al muchacho lo más silenciosamente que pudo. Cuando sus cuerpos quedaron pegados entre las angostas paredes, él apartó los ojos. Hazel acercó la mano a la perilla y empujó con suavidad. La puerta de madera se abrió sin hacer ruido y ella comprendió por qué el muchacho estaba tan seguro de que no tendría problemas: la entrada daba a la parte inferior de la grada en la que se sentaban los espectadores. Tendría que mirar entre sus piernas y botas, pero la vista al escenario del doctor Beecham, que estaba a menos de veinte metros de distancia, era perfecta desde allí.

Hazel volteó para darle las gracias, pero él ya había desaparecido en la oscuridad.

**Del *Manual básico del noble arte de la Medicina*
(1779), de sir Thomas Murburry:**

Las diferencias entre los cirujanos y los médicos del siglo
XVIII son claras y notorias. El médico suele ser un caballero
de buena posición social y considerables recursos, con acceso a las escuelas de Medicina y una adecuada educación
en latín y bellas artes. Su función es la de orientar y aconse-
jar en las cuestiones que atañen a cualquier enfermedad,
interna o externa, y proporcionar las cataplasmas o medicamentos que puedan proporcionar alivio al enfermo.

El cirujano, en cambio, suele ser un hombre de baja clase social que es consciente de que destacar en el estudio de
la anatomía podría granjearle el acceso a una jerarquía más
elevada. Debe estar dispuesto a trabajar con los pobres y
deformes, con esos monstruos repudiados y repulsivos a
causa de la guerra u otras circunstancias.

El médico trabaja con la mente. El cirujano trabaja con
las manos y su fuerza bruta.

6

Había ayudado a la chica guapa. No sabía por qué motivo. Ella era rica, la clase de muchacha que debería arreglárselas sola. Pero Jack estaba allí de todos modos. Se había colado por los pasadizos del teatro de la Academia de Anatomistas más veces de las que podía contar. Quizá se había compadecido de ella, al verla allí parada en la placita, desvalida a más no poder y con las mejillas encendidas por el bochorno o por el frío. Había sangre en su guante la última vez que la había visto, en la ciudad nueva, donde los edificios estaban rectos y pulidos como monedas de medio penique y la hierba crecía confinada en pequeñas placitas. Ella desentonaba allí, en la ciudad vieja.

Jack no debería haber deambulado por las inmediaciones de la Academia a esas horas de la mañana. Ya le había vendido la mercancía a Straine. Los resurreccionistas debían desaparecer a la luz del día, como vampiros que ofrecían carnaza a los estudiantes de Medicina de la ciudad. La entrega había durado más de lo esperado; Straine se había negado a pagarle la última guinea porque el ejemplar llevaba muerto una semana. Era verdad, pero Jack no tenía la culpa. Cada día resultaba más complicado conseguir cadáveres; los serenos

extremaban la vigilancia en las inmediaciones de los campo-
santos de Edimburgo. Sin embargo, no servía de nada rega-
tear con Straine, el tipo del ojo negro y desviado, la piel cerosa y el cabello grasiento. No le extrañaba que la Academia lo
hubiera nombrado encargado de la compra de los cuerpos;
prácticamente parecía un fiambre.

Fuera como fuera, lo de ayudar a la chica... ya estaba hecho. No había tardado mucho, si podía considerarlo un consuelo, y Jack no se iba a quedar por allí. Ya había efectuado
su venta del día; al final, el ayudante había accedido de mala
gana a pagar el precio completo y la plata tintineaba alegre
en su bolsillo. Y ya solo tenía que regresar a su empleo en Le
Grand Leon, el teatro que había en el corazón de la ciudad,
donde barría el escenario, lavaba los trajes, construía los decorados y hacía el resto de tareas que le encargaba el señor
Anthony. Esa noche, después de la función, cuando Isabella
terminara y se retirara el polvoriento maquillaje blanco, la
invitaría a tomar una pinta de cerveza; y tal vez, solo tal vez,
ella aceptaría.

7

En el teatro quirúrgico reinaba la oscuridad, quebrada tan solo por la luz de las velas que rodeaban la escena central y las pocas antorchas que chisporroteaban en las paredes. El escenario estaba ubicado por debajo del nivel de los asientos destinados al público. De ese modo, quedaba garantizado que todo el mundo tuviera buena vista de las intervenciones. Bajo los bancos elevados, envuelta en sombras, Hazel era totalmente invisible. A través del humo y de los pares de piernas impacientes, vio al doctor Beecham en el escenario, escogiendo un cuchillo de la bandeja que sostenía un ayudante de aspecto nervioso.

Beecham era un hombre apuesto que debía rondar los cuarenta y cinco años. Tan solo unas vetas grises encanecían su cabello tirando a rubio. El ambiente en el teatro era cargado y opresivo, pero él vestía camisa de manga larga y chaqueta con un cuello que lo cubría hasta la barbilla, además de guantes de piel negra.

—Por lo visto nunca se los quita —le susurró un hombre al tipo que tenía al lado. Estaban sentados en un banco, en una fila superior a la de Hazel—. Nunca hace nada sin guantes.

—¿Tendrá miedo de mancharse las manos de sangre? —susurró el vecino de asiento.

Fuera cual fuera el motivo, los guantes de Beecham seguían en sus manos cuando escogió un cuchillo de la bandeja, una hoja larga con el borde serrado y el mango de plata pulida. Beecham lo observó sonriente y se entretuvo examinando los reflejos que le arrancaba la luz de las llamas antes de devolverlo a la bandeja con cuidado. Parecía como si hubiera olvidado que se encontraba en un lugar repleto de hombres pendientes de cada uno de sus movimientos. Hazel estaba tan absorta mirándolo que pasaron unos minutos antes de que reparara en el paciente, un hombre de mediana edad tendido en una mesa detrás del médico, con una sábana sobre las piernas.

Por fin, Beecham habló:

—Les prometí que presenciarían algo extraordinario, caballeros, y eso es lo que les voy a ofrecer. Mi abuelo fundó esta sociedad para brindar a los insignes hombres de ciencia un lugar donde compartir sus trabajos y descubrimientos. Hoy, llevaré a Edimburgo al siglo XIX.

Mientras hablaba, dirigió su atención al paciente que yacía en la mesa y, con una reverencia, apartó la sábana que le cubría la pierna.

El público retrocedió de golpe. Hazel tuvo que ahogar una exclamación, casi un grito en el que por fortuna nadie reparó. La pierna del hombre parecía algo sacado de una pesadilla. Estaba hinchada y abotargada, verdosa por algunas zonas, rojiza en otras, el doble de gruesa que una pierna normal y surcada de abultadas venas moradas.

El doctor Beecham escogió otra arma de la bandeja: una sierra. La enarboló casi con sorna, y el rostro del paciente se crispó de puro horror.

—Vamos, vamos, señor Butcher. No es momento de amedrentarse.

El señor Butcher no era capaz de seguir el consejo. Se retorcía como un gusano en el anzuelo, pateando con la pierna buena, intentando mover la mala y sacudiendo la cabeza de lado a lado. Beecham dejó caer la mano que sostenía la sierra y suspiró.

—Caballeros, si son tan amables...

Dos hombres salieron de entre las sombras, uno tocado con un sombrero de copa y el otro exhibiendo un gran bigote rojizo. Se plantaron a ambos lados de la mesa y sujetaron al señor Butcher por los hombros entre los dos.

—Le he asegurado al señor Butcher, antes de que viniera hoy a someterse a nuestra intervención, que la operación sería completamente indolora, pero al parecer no me cree —siguió diciendo el doctor Beecham. El público rio en voz baja—. Sin embargo, yo nunca miento. ¡Caballeros!

Del interior de la chaqueta, el cirujano extrajo un frasquito que contenía un líquido azul lechoso. El frasco no sería más alto que un naipe. El doctor Beecham lo sostuvo en alto para que todos los asistentes lo vieran.

—En este frasco —dijo— se encuentra el futuro de la cirugía. Un compuesto químico que yo mismo he inventado. Es cierto lo que mi abuelo escribió en su libro, que los médicos en ocasiones deben actuar como farmacéuticos, y haciendo eso mismo, he descubierto algo extraordinario. Lo que tienen delante, caballeros (y les ruego disculpen mis palabras), es un milagro, ni más ni menos. —Se levantaron murmullos de desaprobación e interés en la sala, unos cuantos bastones golpearon la grada, pero el doctor Beecham prosiguió—: He creado por mi cuenta y riesgo una pócima que convertirá la cirugía en un proceso indoloro.

Esta vez ni siquiera Hazel pudo contener la risa. El doctor Beecham dirigió una leve sonrisa a la multitud.

—Enseguida lo verán con sus propios ojos, amigos míos, sean pacientes. Pero antes de empezar, me gustaría mostrarles otro de mis inventos.

Ladeó la cabeza y, cuando lo hizo, se dejó oír una pequeña detonación, un siseo y un tintineo de cristal. Al momento, el escenario se inundó de cegadora luz blanca. Hazel levantó el brazo para protegerse los ojos. Beecham fue el único que no se encogió ante el súbito resplandor. El escenario estaba rodeado de lámparas de gas que Hazel no había visto en la oscuridad, todas conectadas por tubos. Arrojaban la luz más brillante que Hazel había visto jamás en un espacio interior.

—El futuro —anunció Beecham— son estas lámparas de gas. He descubierto que, con unas pocas modificaciones, pueden facilitarnos enormemente el trabajo en la sala de operaciones.

Los hombres aplaudieron. Beecham asintió con suavidad y saludó con una reverencia. A continuación, cuando la multitud se tranquilizó, miró el frasco que tenía en la mano. El fluido azul magenta parecía arremolinarse en el interior. Ahora que la sala estaba bien iluminada, Hazel veía el color con claridad, zafiro mezclado con plata. Las lámparas de gas eran tan potentes que ni Beecham ni el frasco proyectaban sombra.

Mostrando el frasco a la concurrencia, Beecham lo descorchó. Durante un instante, Hazel percibió un extraño olor dulzón, como una mezcla de flores silvestres y podredumbre. A continuación, de otro bolsillo del abrigo, el doctor extrajo un pañuelo blanco que llevaba bordadas las iniciales «W. B». Sostuvo el pañuelo en el aire como si fuera un mago, antes de empaparlo con el líquido azul. Hazel recibió otra breve bocanada del tufo dulzón. El frasco descorchado había liberado algo más, otro olor muy específico, pero Hazel no fue capaz de identificarlo.

El doctor Beecham se acercó al aterrado paciente sosteniendo el pañuelo. Aunque los dos hombres fornidos seguían sujetándolo con firmeza, el hombre se retorcía todo lo que le permitía su situación. Beecham sonrió, si bien no llegó a mostrar los dientes.

Se volvió a mirar al público.

—Caballeros, esto que ven es *ethereum*. O, como suelo llamarlo en el laboratorio, «la falacia del escocés».

En la grada se levantaron murmullos de desconcierto e interés. Unos cuantos hombres patearon el suelo, y a Hazel le cayó una araña en el cabello.

Mientras el paciente se debatía, el doctor Beecham le presionó el pañuelo contra la cara, con firmeza, ahogando sus gritos. El forcejeo cesó. En la grada, el público guardaba silencio. Con un movimiento elegante, Beecham tomó la sierra de la bandeja que sostenía su ayudante y procedió a serrar la pierna desfigurada.

Con cinco movimientos de vaivén y en menos de un minuto, la pierna cayó al aserrín del suelo con un chapoteo nauseabundo. Beecham permaneció impasible, incluso cuando un chorro de sangre le dibujó una línea rojo brillante de la frente al labio superior. Cambió la sierra por un largo instrumento metálico con un gancho en el extremo y extrajo unas cuantas venas, todavía sangrantes, de lo que quedaba de pierna. Ató cada una con un nudo llano y le hizo un gesto a otro ayudante, que procedió a vendar el muñón ensangrentado.

El paciente no despertó ni gritó en toda la intervención. Dormía como un niño que soñara plácidamente.

—La falacia del escocés, caballeros —repitió el doctor Beecham con voz queda.

La sala estalló en aplausos entusiastas. Varias arañas más llovieron sobre la cabeza de Hazel. Ya fuera por el ángulo de visión, algún efecto de la luz o por la expresión de autoconfianza absoluta de su rostro, Hazel advirtió hasta qué punto el doctor Beecham se parecía al esbozo en tinta de su abuelo que aparecía en la primera página del famoso tratado. La pequeña nariz, la frente prominente e incluso los profundos hoyuelos que aparecían en su rostro a la menor insinuación de una sonrisa. Era asombroso. Era inequívoco. La única diferencia estribaba en la sangre que todavía goteaba por la barbilla del actual doctor Beecham.

Los ayudantes del médico empezaron a limpiar el escenario. Lavaron la sangre de la mesa y se llevaron la pierna amputada. El aserrín que había acogido la extremidad estaba tan oscuro por el fluido vital que casi parecía negro, incluso al resplandor grotesco de las lámparas de Beecham. Para cuando terminaron, el paciente empezaba a despertar.

—¿Hemos...? —balbució.

—Acabado —añadió el doctor Beecham. La concurrencia estalló en aplausos una vez más.

Hazel estaba mareada a causa del calor, del olor metálico de la sangre recién derramada y de las imágenes que acababa de ver. ¡Una intervención quirúrgica! ¡Con sus propios ojos! Carne amoratada y pútrida amputada, el muñón rojo y brillante, las venas atadas con la misma precisión con la que un maestro de la costura haría un bordado. Y, lo más emocionante de todo, ese brebaje, el *ethereum*, que había inducido el sueño al paciente.

Por fin, Beecham levantó un brazo para silenciar a la arrebatada multitud.

—Mis lecciones de anatomía volverán a empezar este semestre. Hay que efectuar el pago completo el primer día de clase. Se los advierto, el curso es exigente en grado sumo, pero les aseguro una cosa: ni uno solo de mis alumnos ha reprobado jamás el examen de capacitación médica.

Sonrió entre nuevas ovaciones entusiastas.

¡Clases de anatomía! Ahí estaba por fin. La respuesta que Hazel había buscado antes de saber siquiera lo que perseguía. El hilo invisible que la había arrastrado desde Hawthornden hasta ese lugar, en ese mismo instante. Ya no tendría que colarse en el despacho de su padre para memorizar una edición obsoleta del *Tratado del doctor Beecham*, cuyo lomo se caía a pedazos, ni llevar a cabo los insignificantes experimentos que pudiera improvisar con materiales del jardín. Podría pasar un semestre entero aprendiendo de un cirujano de verdad, examinando cuerpos, resolviendo casos. ¡Podría ser ella quien encontrara la cura a las fiebres romanas! ¡Llegar a ser la salvadora de Escocia! ¿Cómo podría oponerse su madre a sus deseos cuando fuera célebre y famosa?

Aun estando en Santa Elena, su padre recibiría las noticias, las cartas y los recortes de periódico. Napoleón, prisionero, se caería muerto de la impresión al conocer la existencia de una brillante médica, y su padre, desaparecido el motivo del destacamento, podría regresar a casa. Si su madre pensaba que Hazel iba a pasar en Londres los meses de la temporada, estaba muy equivocada. Ni en sueños. Tendrían que atarla a los caballos para obligarla a abandonar Edimburgo en un momento como ese, cuando el siglo XIX acababa de empezar y Hazel tenía la oportunidad de estar en el centro del cambio.

Concluyó que sería más seguro esperar a que la sala se hubiera vaciado casi por completo antes de cruzar el pasadizo que daba al exterior y salir a la calle. Despacio, la multitud empezó a salir, aunque unos cuantos hombres se abrían paso a codazos hacia el escenario para estrecharle la mano al doctor Beecham, con la esperanza de que parte de su talento e importancia se les contagiara a través de su mano.

Por fin el ambiente se distendió y Hazel intuyó que casi todos los caballeros habían abandonado el teatro. Los ayudantes ya habían limpiado la mesa y se habían retirado junto con el doctor Beecham a la sala trasera. Hazel buscó la puerta auxiliar y avanzó por el angosto pasaje que daba a la calle.

La luz del sol empezaba a declinar. Hazel no tenía ni idea del rato que había durado la exhibición, pero la ciudad se había tornado extraña en torno a ella. El aire hedía a grasa y a pescado. Tenía que volver a casa. Ya se había saltado la merienda y sin duda su madre estaría furiosa, pero Hazel podía fingir que se había perdido en el bosque o algo así. Cabalgaría lo más deprisa que pudiera y...

—La señorita Sinnett, ¿verdad?

Una voz dulce irrumpió en sus pensamientos.

Hazel se dio la vuelta y se encontró cara a cara con el médico tuerto que había conocido en casa de su tío.

—Doctor Straine.

El corazón le azotaba el pecho a toda potencia cuando Hazel lo saludó con una torpe reverencia.

El médico era más bajito de lo que ella había supuesto la primera vez que lo vio. Su porte, su talante y las largas ondas de la capa negra le daban el aspecto de un buitre, pero Hazel se quedó de piedra al descubrir que, a menos de un metro de distancia, ambos tenían la misma estatura exacta.

—Me horroriza pensar lo que una jovencita de su posición social pueda estar haciendo en la ciudad vieja. —Frunció los labios y entornó el único ojo visible—. Sin acompañante.

Las manos de Hazel se humedecieron en el interior de los guantes. Obligó a su cara a esbozar un amago de sonrisa y se ordenó no mirar la puerta de la Academia de Anatomistas.

—Solo estaba dando un paseo para disfrutar del buen tiempo —explicó.

La obviedad de la mentira se reflejó en el semblante del médico. El doctor Straine flexionó los dedos. La piel de sus guantes crujió.

—Es una pena —dijo— que no permitan la entrada a las mujeres en la Academia de Anatomistas. Siempre me ha parecido que el sexo débil ejerce una... una influencia tranquilizadora en las tendencias sanguíneas de los hombres.

—Ciertamente —respondió Hazel, lacónica.

El ojo de Straine parecía penetrar las capas de tela y de su piel hasta los huesos. Por fin, habló de nuevo:

—Dele recuerdos a su tío.

Dio media vuelta y, antes de que Hazel pudiera responder, se había marchado.

Las calles habían cambiado, sin duda. La oscuridad aumentaba y había extraños que le lanzaban miradas maliciosas desde las ventanas y los portales. Hazel se recogió la falda y emprendió el camino a toda prisa hacia la calle principal, donde los últimos destellos de luz solar se reflejaban en los adoquines.

Para cuando Hazel llegó a Hawthornden, la única lumbre encendida era la que ardía en la cocina. Hazel se agenció una vela para escabullirse a su alcoba sin que nadie la viera. La cocinera jugaba a las cartas con la sirvienta; la joven vio sus sombras proyectadas en la pared de la galería y oyó la estrepitosa risa de la mujer mayor. Subió la escalinata y descubrió que la puerta de la alcoba de lady Sinnett estaba cerrada. La doncella de Hazel, Iona, dormitaba en la silla junto a las brasas del hogar. Se despertó para desatar el vestido de Hazel y la ayudó a acostarse.

—¿Estaba en...? —empezó a preguntar. Hazel negó con la cabeza. De pronto, se sentía tan cansada que apenas podía hablar. La magnitud de aquel día había caído sobre ella de golpe y sus extremidades se habían vuelto tan pesadas como plomo fundido.

Mientras yacía extenuada en la cama, Hazel evocó una y otra vez la exhibición. Intentaba grabar cada detalle en su memoria como si imprimiera una litografía en su cerebro. Solo cuando estaba a punto de quedarse dormida y apenas conservaba un resquicio de consciencia, comprendió con sobresalto cuál era el tercer olor del frasco de *ethereum* color violeta. Era un recuerdo encerrado en lo más profundo de su mente, al final de sinuosos pasillos y laberínticos compartimentos, de cuando Hazel se hallaba postrada en esa misma cama, mareada de náuseas y deshidratación. En aquel momento, estaba convencida de que la enfermedad iba a poner fin a su vida. El frasco mágico del doctor Beecham olía a flores silvestres, a moho y a muerte.

8

Hazel esperaba un buen sermón por lo menos, un buen golpe de vara en los nudillos o un amenazador «cuando le cuente a tu padre lo que has hecho, vas a saber lo que es bueno». Es cierto que el tiempo que la madre de Hazel no se dedicaba a llorar a George, estaba tan ocupada mimando a Percy que apenas veía lo que pasaba más allá de su polisón, y sin embargo... estaba convencida de que alguna consecuencia tendrían sus actos.

Pero no. Al despertar por la mañana a una hora avanzada, cuando el sol ya brillaba intenso y amarillo a través de las cortinas, descubrió que su madre todavía no había abandonado su alcoba. Iona le dijo que lady Sinnett no había bajado a cenar la noche anterior.

La madre de Hazel no era así antes de la muerte de George. Cuando el hermano de Hazel todavía vivía —y cuando el padre de ambos aún seguía con ellos, de hecho— eran, bueno, una familia normal. Tomaban el té en la biblioteca. Compartían lecturas junto al hogar. Navidades en la Casa Almont. Tardes secretas en las que el padre de Hazel la llevaba al minúsculo manantial que brotaba más allá de los bosques de Hawthornden y le señalaba las distintas especies de urogallo que se contoneaban entre las ramas de las inmediaciones. Pero, entonces, su padre fue destacado —a un destino muy importante, como lady Sinnett se apresuró a recordarles a todos— y las fiebres se llevaron a George. Y ahora solo estaban ellos tres en el hogar familiar: Hazel, su madre y Percy. Su hermano Percy, el principito malcriado, el orgullo y la alegría de su madre, seguro y a buen recaudo como una perla en una ostra para que nunca enfermara... como había enfermado George. Lady Sinnett dedicaba todo su tiempo y atención a Percy, a sus lecciones, a sus prendas de vestir, al propio aire que el niño respiraba, y si alguna vez le dirigía la palabra a Hazel, solía ser para preguntarle si había visto a su hermano por alguna parte.

Hazel no coincidió con su madre hasta varios días más tarde. La mujer hacía aspavientos ante el tocino de Percy durante el desayuno y Hazel se deslizó a una silla sin que nadie reparara en su presencia mientras lady Sinnett usaba un pañuelo para limpiarle la grasa al niño de las mejillas.

Pero entonces, Hazel descubrió asombrada que su madre volteaba a mirarla.

—¿Tocino, querida? —le preguntó lady Sinnett al mismo tiempo que le extendía una fuente con su mano enguantada. Había transcurrido más de un año desde que George falleciera, pero su madre todavía vestía de luto de los pies a la cabeza. Su vestido era de tafetán negro y llevaba un guardapelo con un mechón de George sobre el pecho.

Hazel aceptó la oferta con cuidado. Allí había gato encerrado. De ser así, el nudo de la soga pronto se estrecharía. Tal vez, después de todo, la mujer sí hubiera reparado en que su hija se había escabullido, y su aparente indiferencia hubiera sido un engaño para inducir en Hazel una falsa sensación de seguridad.

—Percy, cariño, ¿por qué no subes y le dices al maestro Poglia que ya pueden empezar la lección? —propuso lady Sinnett con una sonrisa.

Percy miró a su hermana con recelo, pero obedeció a su madre y abandonó el comedor sin rechistar.

Lady Sinnett tomó un sorbo de té con estudiada despreocupación.

—Bueno, Hazel. El teatro (Le Grand Leon, por supuesto) tiene un estreno esta noche. Algún número de baile encantador, imagino. He pensado que tú y yo deberíamos asistir.

Hazel estuvo a punto de atragantarse con un trozo de pan tostado.

—¿Tú y yo? ¿Juntas?

—Claro —fue la respuesta de lady Sinnett—. ¿No te parece normal que una madre quiera pasar un rato con su hija?

—Supongo que sí. ¿Y qué hará Percy?

—Percy es demasiado joven para ir al teatro, cariño. Además, quién sabe lo que le podrían contagiar en una sala tan concurrida. Estará muy bien con la señora Herberts. Qué tontería por tu parte preguntar. —Lady Sinnett esperó a que Hazel dijera algo más. Como no lo hizo, la dama prosiguió—: Bueno, qué maravilla. Le diré a Iona que te ponga el vestido de seda nuevo. El verde arsénico. Con ese color tus ojos no parecen, bueno, tan cafés.

Así que Hazel no estaba en apuros, al fin y al cabo. Experimentó un alivio tan grande que se limitó a asentir.

Lady Sinnett captó el gesto y sonrió complacida.

—Ya sé que todavía estoy de luto, pero supongo que puedo ponerme las perlas que mi madre me regaló, y el anillo de esmeraldas de tu padre. Me lo compró cuando estábamos comprometidos. No sé cómo se las ingenió; en aquel entonces solo era teniente. Y ahí estaba yo, hija de un vizconde y tan fácilmente subyugada por la idea de vivir un romance y

—lanzo una carcajada breve, triste— un amor. Como sabes, me crie en la Casa Almont. Teníamos una mansión de verano en Devon y un departamento en Londres para pasar la temporada. —Reparó en la expresión de extrañeza que exhibía Hazel—. ¿Por qué me miras así, como las vacas a un tren? Te acentúa la arruga de la frente.

Hazel se forzó a tomar un sorbo de té.

—No dedicabas tanto tiempo a hablar conmigo desde que... —era demasiado lista como para pronunciar el nombre de George—, desde que padre se marchó.

Lady Sinnett resopló.

—Oh, sinceramente, Hazel. No te queda decir tonterías.

Siguieron sentadas un rato, sin intercambiar palabra. Tan solo el sonido de los tenedores contra los platos de porcelana y alguno que otro chasquido del fuego quebraban el silencio. Cuando lady Sinnett volvió a hablar, su voz había cambiado. Era más densa y grave. No posó la vista en Hazel. En lugar de eso, miró por la ventana, a los parques cubiertos de neblina y las cuadras de más allá.

—Hazel, cuando tu padre muera —empezó— la casa será para Percy. Ya lo sabes. La casa, la finca, el dinero que tiene, el dinero que yo aporté al matrimonio... Todo lo heredará Percy.

Como si hubiera oído su nombre, se dejaron oír las risas y las carreras del niño procedentes de la galería superior.

—Con eso quiero decir —prosiguió la madre de Hazel con cuidado— que sería conveniente para ti conseguir que tu primo formalizara su compromiso cuanto antes.

Hazel rio con ganas.

—¿Formalizar? Madre, estamos prácticamente comprometidos desde la infancia.

Lady Sinnett no se reía. Apretó los finos labios.

—¿Ya te pidió matrimonio?

—Bueno, no, pero...

—No juegues con tu futuro. Corres el peligro de perderlo. —Lady Sinnett tocó la campanita para que la ayudante de cocina acudiera a quitar la mesa—. Tomaré la infusión en mi dormitorio —anunció, y se levantó para marcharse. Volviéndose para mirar a Hazel, añadió—: Dile a Iona que te ate el corsé muy estrecho esta noche. Que meta el corpiño debajo si hace falta. Asegúrate de que Bernard te vea como una mujer, no como una compañera de juegos infantil.

El fuego crepitó de nuevo cuando un tronco se desplomó. De pronto, Hazel fue incapaz de tragarse el tocino, que parecía haberse hinchado en su garganta.

Para cuando Hazel y su madre llegaron a Le Grand Leon, casi todos los carruajes ya habían descargado a sus pasajeros. Lady Sinnett iba de gris, con un anticuado vestido de manga larga. El de Hazel era rojo. Casi nunca lo usaba —un vestido de seda rematado por un bordado de chenilla en la orilla y en las mangas que su madre le había traído de París—, pero a Hazel se le había revuelto el estómago al ver el verde arsénico que Iona le había dejado preparado en la cama. Algo la empujó a escoger el rojo, que estaba escondido en el fondo de su guardarropa. Había olvidado ese vestido. Era más suave que su enagua y transparente en torno a los hombros.

—Lady Sinnett, ¡qué guapa está!

El generoso pecho de Hyacinth Caldwater apareció de la nada ante Hazel cuando subían la escalinata de Le Grand Leon. La señora Caldwater ya llevaba dos maridos y, por lo que parecía, iba a la caza del tercero. Su vestido, de un rosa despampanante, exhibía un escote exagerado. Se había aplicado tanto colorete en las mejillas que el efecto habría resultado aniñado en una mujer que tuviera la mitad de su edad.

El rostro de lady Sinnett adoptó un gesto tan tenso como la membrana de un tambor.

—Señora Caldwater. Cuánto me alegro de verla —la saludó con una expresión que sugería todo lo contrario.

—¡Hacía siglos que no coincidíamos! ¿Todavía de medio luto? Oh, pobrecita. Es maravilloso verla saliendo a divertirse. No me ha invitado a tomar el té como prometió, no crea que se me ha olvidado. ¡Ja, ja, ja! Y... ¡oooh! —La señora Caldwater miró a Hazel y gritó encantada—. Esta no puede ser Hazel. No. ¡No! ¡No es posible! Qué grande está. Lo juro, se ha convertido en una mujercita desde la última vez que la vi. No la habrá estado escondiendo, ¿verdad?

La mirada de lady Sinnett se perdió a lo lejos, como buscando a alguien con quien enfrascarse en una conversación distinta.

—No —dijo con aire ausente—. Me temo que a Hazel le gusta mucho leer y casi nunca abandona Hawthornden si puede evitarlo.

—Una lectora. Fascinante. ¿Y qué lee, querida mía? ¿Novelas?

Hazel miró a su madre antes de responder.

—Acabo de empezar *El anticuario*, del autor de *Aventuras del joven Waverley*. Mi padre lo pidió y me lo envió.

La señora Caldwater unió las manos como si rezara.

—Qué mente tan brillante, Lavinia.

La madre de Hazel tomó la mano de su hija.

—Tendríamos que ir buscando los asientos.

Hyacinth Caldwater gritó escalera arriba:

—¡Y no te olvides del té, Lavinia! ¡Me voy a sentir ofendida si sigues evitándome!

—Qué mujer más horrible —murmuró lady Sinnett mientras Hazel y ella avanzaban entre el gentío—. Ah, mira, allí están Bernard y tu tío.

Bernard saludó a Hazel y a su madre con una reverencia al verlas aproximarse.

—¿Todo bien, Hazel? Debo decir que ese rojo te sienta de maravilla.

Hazel no pudo obligar a su rostro a esbozar una sonrisa. Miraba a Bernard y lo único que veía era aquella expresión petulante y vacua del último día en la calle. «Cuando éramos niños», había dicho. ¡Si su primo supiera de lo que ella era capaz! ¡Si supiera lo que Hazel había visto!

Lady Sinnett propinó a su hija un fuerte codazo en las costillas.

—Muy bien, gracias, primo —respondió Hazel con frialdad.

—Esperamos verte en Londres durante la temporada, Bernard —apuntó la madre de Hazel a toda prisa, sonriendo como una serpiente—. Hazel está deseando asistir al baile de máscaras que el duque celebra en Delmont, ¿verdad, querida?

Hazel desvió la vista.

—Mmmm —fue su respuesta.

—No me lo perderé —prometió Bernard—. ¡Ah! Parece ser que mi padre me hace señas para que vaya al palco. Si me disculpan.

Hizo otra reverencia y se perdió entre el gentío.

Hazel y su madre subieron el resto de la escalinata para acceder a sus asientos, situados en un palco en el lado derecho del teatro. El telón, terciopelo grueso y polvoriento de color amarillo verdoso, pendía delante del escenario. La orquesta todavía estaba afinando los instrumentos y Hazel se entretuvo observando a la multitud para descubrir quién más había acudido esa noche.

Bernard y lord Almont estaban sentados en un palco del otro lado del teatro, al lado de los mellizos Hartwick-Ellis ni más ni menos: Cecilia y Gibbs. Hacía tiempo que Hazel no había visto a Cecilia; ¿cuándo fue la última vez? ¿En el baile de Morris? Eso fue el verano anterior. Cecilia había crecido; tenía un cuello tan largo y delgado como una cigüeña. Siempre había sido rubia; esa noche se había rizado la cabellera en tirabuzones que le colgaban a ambos lados de la cara. Hazel no podía dejar de verlos, ni nadie; los agitaba de lado a lado para que reflejaran la luz mientras soltaba risitas vulgares. Su hermano, Gibbs, parecía tan abatido como siempre, un chico rubio cuyos ojos, nariz y boca parecían demasiado pequeños y juntos para una cara tan grande como un pan redondo.

—Cecilia tiene buen aspecto —le dijo Hazel a su madre.

Lady Sinnett no respondió. Tenía los ojos clavados como dagas en Cecilia y, advirtió Hazel, en Bernard. Su primo, que parecía estar compartiendo risas con Cecilia mientras esquivaba con alegría cada embestida de sus tirabuzones y le propinaba cordiales palmaditas en la mano enguantada cuando ella tomaba las de Bernard entre las suyas. ¿Estaban... coqueteando? No era posible. Cecilia Hartwick-Ellis tenía tanta personalidad como un tazón de arroz con leche. Los dos hermanos —Cecilia y Gibbs— no podrían contar hasta cinco ni empezando por el cuatro. Sin duda no habían leído tantos libros ni entre los dos.

En ese momento, Cecilia soltó una carcajada tan absurda y falsa que Hazel la oyó desde el otro lado del teatro. Y Bernard... Bernard parecía estar divirtiéndose. La congestión ascendía por su cuello hacia las mejillas. Tenía el cabello distinto esa noche; se lo había peinado hacia delante y llevaba las patillas largas, como si quisiera parecerse a ese poeta tan escandaloso, lord Byron. Bernard susurró algo al oído de Cecilia y ella volvió a reír, echando la cabeza hacia atrás y provocando un temblor en sus rizos. Hazel no soportaba mirarlo. No sabía cuál de los dos le producía más vergüenza ajena. Por fin, los quinqués se atenuaron y la orquesta empezó a tocar una melodía lúgubre de acordes menores. Cuando el telón se abrió, apareció un escenario casi desierto. El fondo era un páramo envuelto en niebla, en tonos grises y pardos, tras un árbol de cartón y yeso, muerto y tortuoso y una luna baja, anaranjada. Una bailarina de cabello dorado enfundada en una vaporosa túnica blanca semejante a un camisón hizo piruetas por el escenario. Al poco rato, se le unió un hombre que supuestamente era su marido. Hazel trató de concentrarse en el argumento y desentenderse de lo que estaba pasando en el palco de enfrente. En el baile, el marido de la mujer debía partir a una guerra indefinida, lejana, y la mujer, durante su ausencia, giraba por el escenario y alzaba las manos al cielo —o, más bien, hacia las vigas del techo— sumida en la tristeza. Cada día, la mujer se acercaba a la ventana para esperar a su amor y, cada día, se retiraba decepcionada.

Hasta que llegaba un hombre vestido de negro, con bigote de villano y ojos oscuros, tenaces, enfundado en el abrigo del antiguo amor de ella. Tal vez fuera su marido, que regresaba por fin de la guerra, pensaba la mujer. Danzaban juntos, él la seducía. Sin embargo, mientras bailaban, el hombre misterioso perdía el disfraz. No era el marido después de todo, sino el mismísimo diablo. Desolada por el engaño, la mujer extraía una daga del cajón de su escritorio y se la clavaba en el pecho. Cintas rojas que hacían las veces de sangre flotaban por el escenario. La bailarina se desplomaba. Cuando el verdadero marido llegaba, solo encontraba su cuerpo frío, y el telón caía. Una tragedia.

«Un poco burdo», pensó Hazel. Pero Le Grand Leon nunca se había caracterizado por su sutileza. El mes anterior habían estrenado otra historia que tenía más o menos el mismo argumento —una mujer joven, bella y virtuosa que se descarriaba—, solo que esa vez el culpable era un vampiro extranjero que la tentaba con oro y joyas antes de absorber su corazón.

Se trataba de una lección que las jóvenes de toda condición escuchaban a lo largo de su vida: no te dejes seducir por los hombres que acudan a tu encuentro, protege tu virtud. Hasta que, por supuesto, su existencia entera dependía de que las sedujese el hombre adecuado. Era una situación imposible, una trampa de la sociedad en su conjunto: obligar a las mujeres a vivir a merced del primer hombre que expresara deseo por ellas, pero avergonzarlas por cualquier cosa que hicieran con el fin de despertar ese deseo. La pasividad se consideraba el colmo de la virtud. Lo peor que podía pasarte era convertirte en alguien como Hyacinth Caldwater, el cielo no lo quisiera. Sé paciente, sé silenciosa, sé hermosa y prístina como una orquídea. Entonces y solo entonces llegará tu recompensa: una campana de cristal que te protegerá.

Lady Sinnett se había pasado toda la función con las manos aferradas al apoyabrazos. Antes de que el aplauso hubiera terminado siquiera, arrancó a Hazel del asiento y la arrastró escalinata abajo para sacarla del teatro, directamente al carruaje.

Esperó a estar a buena distancia de la sala, ya enfilando por la tranquila avenida que llevaba a Hawthornden, antes de volverse hacia Hazel.

—¿Tienes la menor idea —le dijo entre dientes— de lo que te va a pasar?

—¿A qué te refieres? —preguntó Hazel.

Lady Sinnett tragó saliva y apretó los labios.

—El mundo no tiene compasión con las mujeres, Hazel. Ni siquiera con las mujeres como tú. Tu abuelo era vizconde, sí, pero yo solo era su hija y, en consecuencia, eso apenas te beneficia. Tu padre es el dueño de Hawthornden y cuando él... cuando tu padre muera, Percy heredará el castillo. ¿Sabes lo que les sucede a las mujeres solteras?

Hazel frunció el ceño.

—Pues supongo que... O sea...

Lady Sinnett la interrumpió con una risa amarga.

—No tendrás donde vivir. Estarás a merced de tus parientes. Estarás a merced de tu hermano menor y de quienquiera que elija como esposa. Tendrás que suplicar a tu cuñada algún retazo de decencia humana, rezar para que sea bondadosa.

Hazel no sabía qué decir. Se limitó a posar la vista en su regazo.

Su madre prosiguió, palpando el borde de su velo:

—Soy consciente... Soy consciente de que, desde que George nos dejó, tal vez no me haya mostrado tan solícita contigo como solía. Quizá no te haya remarcado la importancia de que te cases con Bernard Almont, porque daba por sentado que eras consciente de ella.

—Soy consciente.

—Sí, eso pensaba yo. Eres una chica lista, siempre con un libro en las manos. No todo el mundo será tan indulgente con tus pequeñas... manías como tu primo. Los libros de filosofía natural que sustraes del estudio de tu padre. No habrá nada de eso cuando vayamos a Londres. Te aseguro que Cecilia Hartwick-Ellis no se ensucia los vestidos de lodo... ni las manos con la tinta de los libros.

—Porque no sabe leer —murmuró Hazel hacia el cristal de la ventanilla del carruaje.

Lady Sinnett resopló por la nariz.

—En ese caso, tú sabrás lo que haces con tu vida. Yo ya te ofrecí todo el consejo materno que te puedo brindar.

El resto del trayecto transcurrió en silencio. Hazel miraba la lúgubre oscuridad a través de la ventanilla y veía las ramas muertas azotar el carruaje mientras los caballos las alejaban de la ciudad en dirección de su hogar.

9

Faltaban dos tramoyistas para la función de esa noche. A Jack le había tocado sustituirlos y en ese momento refunfuñaba mientras ayudaba con los trajes y comprobaba los quinqués que circundaban el escenario. A esa hora le gustaba estar en su puesto, en los puentes, listo para levantar el telón a la señal del señor Anthony.

Isabella hacía estiramientos entre bastidores, ya maquillada y envuelta en el vaporoso vestido de muselina. «Estaba hermosa de esa forma», pensó Jack, con el cabello rubio dorado recogido en un moño y colorete en las mejillas. Aunque Jack siempre la encontraba preciosa. Mientras duraba el espectáculo, él estaba en los puentes, encima del escenario, mirándola; contemplando cómo parecía deslizarse por los aires como un pez bajo el agua. Sin esfuerzo. Ella volteó al sentir que la miraba y le sonrió. Jack le devolvió la sonrisa.

—¡Eh, tú! ¡El enamorado! —lo llamó el señor Anthony. Estaba asegurando una cuerda, con un puro en equilibrio sobre el labio inferior—. No olvides retirar el árbol para el segundo acto. Carafree no está aquí, así que sus tareas te corresponden a ti. —Suspiró con pesar—. Te las arregla, ¿verdad Jack?

El señor Anthony había perdido un brazo luchando contra los franceses en las Indias Occidentales y en su lugar tenía una extremidad de cuero relleno con lo que pudiera ser crin de caballo, que asomaba de las costuras entre los falsos dedos, aunque a Jack nunca se le habría ocurrido preguntar.

Jack se quitó el cabello de los ojos.

—Pues claro que sí. Pero ¿dónde está Carafree? ¿Y John Nickels? No es propio de ellos desaparecer sin avisar.

—¿Me estás diciendo que no lo sabes?

—No, claro que no. ¿Saber qué?

El señor Anthony miró alrededor y se acercó a Jack mientras le daba la espalda a un grupo de chicas del coro que intercambiaban risitas.

—Que han muerto.

—¿Qué? ¿Los dos?

—Más tiesos que la cecina. Dicen que las fiebres del albañil han vuelto. Que se llevaron a Carafree antes de que le subiera la temperatura siquiera y a John Nickels aún más aprisa.

—No —replicó Jack apurado—. No, a los chicos del King's Arms les gusta hablar y asustar, nada más. Apuesto a que Carafree y John Nickels están en un carruaje camino a Glasgow, desternillándose de pensar en las deudas de juego que dejan atrás, y de seguro no pensaron ni medio segundo en que me iban a cargar a mí con todo el trabajo.

El señor Anthony se encogió de hombros.

—No es eso lo que oí, compañero. Me dijeron que las fiebres han vuelto. Se llevaron a una familia entera de Canongate el mes pasado.

—No pueden ser las fiebres romanas —insistió Jack con seguridad—. No es posible. Habrían cerrado los teatros. No tendríamos trabajo.

El señor Anthony lanzó una carcajada amarga que se transformó en tos.

—Hijo mío, si las fiebres han vuelto, nuestra menor preocupación será quedarnos sin empleo.

La maestra de baile tocó el timbre que indicaba el comienzo de la función. Jack lanzó una mirada esperanzada a Isabella, por si acaso aún lo miraba, pero ella estaba distraída subiéndose las mallas. Así que Jack saludó con la cabeza a Thomas Potter, el actor principal, y trepó por la escalera de mano para acceder a su puesto sobre el escenario.

En los puentes de Le Grand Leon, Jack se sentía como en un navío: había cuerdas, vigas de madera y las gruesas velas de lona en las que pintaban los decorados. Y entre todo ello, bajando, columpiándose, izando y soltando, estaba Jack. No sabía dónde había nacido —en las inmediaciones de Canongate, suponía—, pero el teatro era lo más parecido a un hogar que había conocido.

Recordaba vagamente unos años de miseria, después de escapar de una madre agotada y ebria; años de mendigar en High Street y hacer trucos de cartas para las damas de los Jardines de Princes Street, de pelearse con otros chicos de codos escuálidos por los huesos que el carnicero tiraba a la basura del callejón. Había vivido un tiempo allí cerca con un grupo de ladrones de Fleshmarket Close, donde el olor de la carne rancia procedente de la carnicería impregnaba las fosas nasales de Jack durante las horas de vigilia y de sueño. Munro también había anidado allí, un muchacho algo más grande que Jack que usaba pantalones de pescador hasta cuando dormía y que tenía la cara como un mapa, de tantas veces que se la habían partido. Fue Munro el que le enseñó a Jack lo que era un resurreccionista.

—Mira eso —le dijo Munro a Jack una tarde, cuando se toparon con un ahorcamiento en Grassmarket. El infeliz asesino tenía las manos atadas a la espalda y tuvo que pedirle al verdugo que le quitara la capucha, lo que dejó a la vista su cabello empapado de sudor. Ajusticiaban al hombre por haber golpeado a su esposa con tanta agresividad que la había matado, a ella y al bebé que llevaba en las entrañas. A lo largo de varias semanas, los chicos de la calle habían vendido panfletos con dibujos del asesino y detalles del crimen.

Jack y Munro se quedaron parados y esperaron a que el cuerpo traspasara la trampilla de madera, a que se produjera el espantoso rebote, cesaran las sacudidas y se acallaran los aplausos de la multitud. Cuando el cuerpo colgó exangüe, un enjambre de hombres empezó a luchar a brazo partido por quedarse con el cadáver.

—¿Ves a todos esos hombres que intentan llegar al cuerpo? —preguntó Munro—. ¿Los ves?

Jack mordió una manzana harinosa.

—¿Quién quiere los huesos de un muerto?

—No seas tonto —le dijo Munro, que le arrebató a Jack la manzana y le asestó una mordida. Hizo una mueca, pero le dio otro mordisco—. Intentan quedarse el cadáver para vendérselo a los médicos. A los estudiantes de la universidad. Necesitan cuerpos para estudiarlos y todo eso. Te pagan dos guineas y una corona por un muerto. Por una embarazada te pagan tres guineas, pero son más difíciles de conseguir, porque casi nunca ahorcan a mujeres encinta.

Munro inclinó la cabeza hacia el cadalso, donde cuatro o cinco hombres se afanaban en cortar trozos de cuerda con navajas.

—Venderán esos trozos de soga como recuerdos. Se supone que te protegen de los malos espíritus, supongo. O de los asesinos. O quizá de tu propia mala suerte, para que no seas tú el que acabe colgado. Pero lo más valioso es el cadáver —prosiguió el chico antes de comerse el corazón de la manzana—. El problema es que todo el mundo sabe dónde se celebran las ejecuciones y hay mucha competencia para quedarse con el cuerpo. Pero un fiambre es un fiambre, tanto si lo ahorcaron como si no, y a los médicos no les importa tanto la ley como podría parecer.

Así fue como Jack Currer se convirtió en resurreccionista. Tenía una pala y se colaba en los cementerios después del anochecer para robar los cuerpos recién enterrados; a veces a solas, casi siempre con Munro, en ocasiones con este y con cualquier pobre desgraciado que apareciera por el Fleshmarket necesitado de una buena comida.

¿Se podían meter en apuros? No sería peor que el apuro de ser pobre y vivir en las calles de Edimburgo. Los ladrones de cadáveres constituían un órgano vital de la propia ciudad. Era una práctica repugnante y las gentes refinadas preferían mirar a otro lado, pero se consideraban igualmente esenciales. Todo el mundo estaba al tanto; la policía se hacía de la vista gorda, siempre y cuando no se llevaran la ropa o las joyas de las tumbas. Las familias pudientes colocaban sólidas jaulas de hierro o pesadas lápidas para proteger a sus difuntos de personas como Jack. Las más pobres, en ocasiones, encargaban a alguien que vigilara la tumba, un centinela que se sentaba allí durante tres o cuatro días, hasta que el cuerpo estaba tan descompuesto que ya no resultaba valioso para el estudio médico. Las personas como Jack sorteaban esas medidas con facilidad; se situaban a veinte metros de distancia y excavaban un túnel para acceder por abajo y extraer el cuerpo sin que nadie se percatara.

No obstante, Jack se ganaba la vida ante todo con los difuntos que no le importaban a nadie, los que eran enterrados en fosas poco profundas y luego olvidados. Esos tenían un valor incalculable para Jack y para los médicos que los compraban. Por poca cosa que esas pobres almas hubieran hecho en vida, su contribución era inmensa después de muertas.

Había pensado que entrar a trabajar en Le Grand Leon le permitiría dejar esa vida, las largas noches cavando hasta acabar con los hombros entumecidos, sacando cuerpos hinchados de gas y porquería, extrayendo los gusanos que se le colaban en los zapatos. Tenía un sitio para dormir, alojado en la lona que se extendía sobre el escenario, y el señor Arthur preparaba guisados para el equipo a base de coles, cáscaras de papa y lo que sea que los trabajadores pudieran gorronear por ahí.

Tal como Jack lo veía, su vista desde allí era mejor incluso que la de esas personas tan finas de los elegantes palcos, y no tenía que hacer nada más que asegurarse de que el telón y los fondos se desplegaran en el momento oportuno. Los asistentes estaban atrapados en sus asientos, enfundados en seda —que se arrugaba si adoptabas una mala postura y no digamos si saltabas la valla de un jardín— y calzados con zapatos que les aprisionaban los pies. Pero la falta de dinero acechaba como un zorro en la oscuridad.

Y allí estaba Isabella. Siempre Isabella, bailando en el escenario que se abría a sus pies, noche tras noche. ¿Cómo no enamorarse de ella después de ver cómo se movía? ¿Cómo no amarla cuando las luces del escenario arrancaban reflejos a su cabellera y la hacían resplandecer? Era lo más parecido a un ángel que Jack había visto nunca en Edimburgo.

Jack llevaba trabajando dos meses como tramoyista en Le Grand Leon cuando decidió volver a robar cadáveres en plena noche.

—¿Todo bien por ahí? —le gritó Thomas a Jack desde las bambalinas, durante un entreacto. Thomas, el actor principal, ya se había enfundado en el traje de la escena siguiente, en la que aparecía en su papel de diablo disfrazado del gran amor de la dama.

Jack asintió. Thomas era de Birmingham. Solo Dios sabía cómo había acabado en Le Grand Leon, pero le gustaba decirle a cualquiera dispuesto a escucharlo que pensaba ahorrar lo suficiente para marcharse a Londres, donde representaría a Shakespeare para el rey. Era apuesto, al estilo musculoso de los actores, dotado de la clase de atractivo que arrancaba risitas detrás del escenario a las encargadas del vestuario. Jack tendía a desaparecer en las sombras, pero eso era por voluntad propia. Como un animal nocturno, lo más seguro para Jack era pasar desapercibido.

La vida en Le Grand Leon se parecía a vivir en una caja de música. El techo con molduras doradas estaba dividido en cuatro partes que representaban las cuatro estaciones, cada una con sus propios querubines regordetes de mejillas rosadas y piel blanca como marfil. E igual que en las cajas de música, había una bailarina que era el centro de atención, Isabella Turner. Jack se la imaginaba como una de las bailarinas de porcelana que había visto en el escaparate de un anticuario de Holyrood Street, en equilibrio sobre un pie, la otra pierna extendida tras ella, un brazo en alto y todo el cuerpo en tensión como la cuerda de un arco. Girando despacio en escena al son de la música de cuerda.

Cuando vivía en Fleshmarket Close, pasaba delante de aquel anticuario a diario. Pero hasta la semana anterior no había reunido valor para entrar. La dependienta lo miró mal y su gesto se torció todavía más cuando lo vio tomar la cajita del escaparate.

—¿Cuánto cuesta?

—Más de lo que te puedes permitir, seguro —respondió ella, pero no en un tono tan hostil como cabría esperar.

—Tengo trabajo. Lo tengo, se lo juro. Trabajo en Le Grand Leon. ¿Cuánto cuesta esta?

La bailarina de la caja era rubia, como Isabella.

La dependienta suspiró y golpeó el mostrador con el dedo.

—Te he visto antes por aquí, ¿verdad? Mirando el escaparate. —Jack asintió—. Lo mínimo que puedo pedir por ella son diez chelines.

A Jack por poco se le salen los ojos de las órbitas. Era el sueldo de un mes de trabajo. Pero había ido a la tienda con la decisión tomada. Hundió la mano en el bolsillo y sacó las monedas.

—Me la llevo —dijo. Y se marchó antes de que le diera tiempo de cambiar de idea. Era para Isabella y le parecía perfecta. Solo requería otra noche en el cementerio, y robaría y vendería mil cadáveres con tal de poder comprarle a Isabella cosas que le demostraran hasta qué punto la adoraba. Pasaría todas las noches hundido en la tierra si eso le permitía pasar las mañanas con ella.

El espectáculo terminó con el aplauso habitual. Jack dejó caer el pesado telón verde e hizo una mueca al oír el chirrido de la cuerda. Isabella sonrió al público, extendió los brazos como si fuera a saltar e hizo una reverencia que cualquiera habría tomado por la genuflexión de una dama. Cuando volvió a esconderse tras la seguridad del telón, su sonrisa se esfumó. El hechizo se había roto, todos volvían a ser humanos y el público empezaba a desfilar hacia los carruajes, quejándose del mal tiempo.

Jack tendría que ser rápido si quería ver a Isabella antes de que se escabullera por la puerta trasera y se marchara a casa. Rescató la caja de música de debajo de su abrigo, con el que la había envuelto para protegerla, y bajó por la escalera de mano aferrado solo de un lado para sostener el juguete en vertical.

Oía a Isabella en su camerino —los pasos, el roce al encender una vela, el frufrú de una falda—, pero no se atrevía a llamar a la puerta. Todavía no. Por enésima vez, deslizó los dedos por los suaves bordes de la cajita de música. A continuación, Jack inhaló hondo y golpeó la puerta con los nudillos, dos veces.

Abrieron antes de que hubiera terminado de llamar. No era Isabella; era la hija de la maestra de baile, Mary-Anne, una chica de ocho o nueve años y mirada pétrea, que se encargaba de ordenar los camerinos y coser el dobladillo de los trajes.

—No está aquí —dijo ella, lacónica, mientras miraba a Jack de arriba abajo. Sus ojos se posaron en la caja de música.

—¿Sabes adónde fue? —le preguntó Jack, intentando esbozar lo que esperaba fuera una sonrisa pícara.

Mary-Anne se encogió de hombros.

—No entró después de la caída del telón, que yo sepa.

Jack suspiró. En ese momento, oyó la risa de Isabella. La habría reconocido en cualquier parte, a kilómetros de distancia, esas carcajadas suyas como el tintineo de una campanita. Se colaban por la ventana del callejón. Jack empujó un cajón contra la pared y lo usó de tarima para observar la escena. ¿Por qué lo hizo? ¿Por qué no simplemente se limitó a irse? ¿Por qué no se fue a dormir después de comprender que no encontrar a Isabella en el camerino había sido una señal del destino y que debía olvidarse de ella? Pero media vida en los puentes del escenario había imprimido en Jack el instinto de mirar a los demás a hurtadillas. Y cuando se asomó a la ventana, vio a Isabella en el exterior, rodeando con los brazos al actor principal, y a este abrazándola para besarla.

La caja de música se deslizó de su mano y repicó contra el suelo. Jack se cayó del cajón y, al hacerlo, tiró dos árboles de cartón y yeso.

—Estoy bien —gritó a la gente que lo miraba, aunque nadie había preguntado.

Al golpear el suelo, la caja de música se abrió y empezó a tocar bajito su metálica melodía. Mientras la recogía, Jack advirtió que la bailarina se había descarapela y roto. Los brazos, la cabeza, el cuello y el cuerpo habían desaparecido. Solamente quedaba una pierna, prendida a su minúsculo escenario, y el aro rosa de la falda. Pero seguía girando, hasta que Jack cerró la caja de golpe.

Volvió a trepar a los puentes, donde había instalado su lecho y guardaba sus ridículas pertenencias. Hundió la caja bajo su abrigo de repuesto. No quería volver a verla; solo de mirarla le ardía la cara de vergüenza. Isabella no era más que una fantasía, siempre lo fue. ¿Qué creía Jack, que al regalarle una estúpida cajita de música ella caería rendida en sus brazos? ¡Ni siquiera sabía si le gustaban esos objetos! Qué tonto era. No, era algo peor. Era un tonto romántico.

Jack se envolvió en una cortina vieja y rescató el vino que guardaba escondido bajo un rollo de cuerda. Bebió a placer hasta que la oscuridad se apoderó del teatro y se quedó a solas en el silencio, que tan solo rompían el sonido de las ratas en las paredes, los ratones en los asientos y el latido de su corazón solitario.

La Gaceta Vespertina de Edimburgo

11 de noviembre de 1817

SEIS FALLECIDOS MÁS DE LA ENFERMEDAD MISTERIOSA

Seis fallecimientos a lo largo de las dos últimas semanas en la ciudad vieja de Edimburgo hacen temer a las autoridades otro brote de las devastadoras fiebres romanas. Cuatro cuerpos siguen pendientes de identificación (tres hombres y una mujer), pero las dos víctimas restantes han sido identificadas como Davey Jaspar, un limpiabotas de doce años, y Penelope Marianne Harkness, de treinta y uno.

La señora Penelope Harkness trabajaba como mesonera en el Deer and Stag, cuyos clientes la describen como una persona afable, de risa fácil. El viernes por la noche comentó que creía tener fiebre. Su casero la encontró muerta el domingo por la mañana, después de subir a buscarla al advertir que no había bajado para asistir a misa.

«Es una situación terrible —afirma William Beecham III, director de la Academia de Anatomistas de Edimburgo y jefe de cirugía del King's University Hospital—. Examiné el cuerpo en persona y descubrí horrorizado lesiones compatibles con las fiebres romanas en la espalda de la señora Harkness. Como es evidente, esperamos que no se declare un nuevo brote de la enfermedad en la ciudad, pero aconsejo precaución y máxima alerta.»

La fiebre romana hizo estragos en Edimburgo dos años atrás, en el verano de 1815, cuando dejó a su paso más de dos mil muertes.

10

Hazel sabía lo que se avecinaba. Aunque lady Sinnett detestaba la prensa e intentaba mantener Hawthornden tan aislado del mundo exterior como un capullo de mariposa, estaba al tanto de los rumores y los miedos que empezaban a burbujear por Edimburgo. Si las fiebres habían regresado, lady Sinnett movería cielo y tierra por mantener a Percy a salvo. Pese a todo, la decisión fue más rápida de lo que Hazel esperaba: los baúles preparados en el recibidor, las frenéticas gestiones que se habían llevado a cabo para encontrar un departamento en Bath.

—Pero siempre pasamos la Navidad en Hawthornden —había protestado Hazel al ver a su madre envolviendo cuidadosamente las joyas con un paño de lino.

—Este año, no —respondió la mujer—. Este año pasaremos unos días en Bath antes de ir a Londres.

Más de diez veces al día, lady Sinnett posaba suavemente el dorso de su fría mano contra la frente de Percy y ronroneaba:

—Las aguas termales de Bath te harán bien, cariño mío —repetía. Revoloteaba por la casa como una polilla que no encontrara la salida mientras abría y cerraba ventanas al azar, murmurando cosas sobre el «aire puro» que necesitaba Percy.

El día anterior al viaje, Hazel empezó a toser de manera llamativa. Por la noche, se quejó de que tenía frío. Al día siguiente no bajó a desayunar. Le pidió a Iona que le dijera a su madre que creía tener fiebre. Desde la cama, Hazel oyó el grito de su madre en la planta baja. Después, llegaron a sus oídos el movimiento frenético y los susurros ininteligibles, seguidos de unos suaves golpes con los nudillos en la puerta de Hazel.

—Soy yo, señorita —dijo Iona con suavidad desde el otro lado—. Su madre me pidió que me quede aquí afuera por si está contagiada. Me pregunta qué síntomas tiene.

Hazel lo meditó un momento.

—Fiebre, sin duda. Me parece que solo fiebre. Y veo borroso. —Y, ¿por qué no?—. Y la lengua se me puso verde.

Pasos que se iban. Luego pasos que regresaban. Hazel notó que Iona titubeaba en el pasillo.

—Su madre... Lady Sinnett se pregunta si quizá no sería más conveniente que usted se quedara aquí descansando, en Hawthornden, y se reuniera con ellos en Bath cuando se encuentre mejor. —Lady Sinnett gritó algo desde el pie de la escalera—. O incluso —rectificó Iona— esperar a que vayan a Londres para la temporada y acudir allí directamente. Solo para estar seguros de que se recupere, señorita.

Hazel escondió la sonrisa bajo la manta. Había usado el calentador de cama para aumentar la temperatura de las sábanas y con un vaso de agua se había humedecido el nacimiento del cabello, por si su madre necesitaba pruebas de que la aquejaba un sudor frío. Pero debería haber sabido que lady Sinnett tendría demasiado miedo para pasar del rellano.

—Me parece muy bien —dijo Hazel. Al momento, advirtiendo que su voz había sonado quizá demasiado animada, añadió—: Si a madre le parece más apropiado. Por la seguridad de Percy.

Resonaron nuevos pasos, más pesados esta vez, y Hazel supo que su madre estaba en el pasillo, al otro lado de la puerta.

—Hazel —dijo lady Sinnett—, cuídate. Iona y la cocinera estarán aquí. Y le he pedido a lord Almont que envíe una doncella más si acaso la necesitas. —Un silencio—. Lo entiendes, ¿verdad? —preguntó la madre de Hazel—. Podríamos retrasar el viaje, pero...

—No te preocupes, madre —respondió Hazel—. De hecho, insisto en que se marchen. Supongo que solo necesito descanso. Y no tiene sentido poner en peligro la salud de Percy. Haré reposo en Hawthornden y me reuniré con ustedes en el sur cuando me haya recuperado. —Añadió una tos histriónica—. En este momento estoy demasiado enferma para levantarme siquiera.

—Bueno, maravilloso —asintió lady Sinnett pasado un momento—. Nos vemos pronto. Te dejé la dirección del departamento de Bath. Por favor, escríbenos para decirnos cómo evolucionas.

—Lo haré.

El roce de unos faldones contra la tarima del suelo llegó a sus oídos. Durante la hora siguiente, Hazel guardó silencio para poder oír los ruidos que indicaban los últimos preparativos del viaje a Inglaterra: el ladrido de los perros cuando sacaron los baúles al exterior, la cocinera envolviendo empanadas para el viaje, la colocación de los arreos a los caballos. Por fin, oyó los últimos pasos de Percy y lady Sinnett, que abandonaban sus habitaciones, y los ecos cuando el servicio salió a despedirlos.

Hazel esperó a que el traqueteo del carruaje contra la grava del camino se perdiera a lo lejos. Y luego siguió esperando otra media hora más, el tiempo aproximado que tardarían en llegar al final de la avenida y cruzar la verja que separaba la finca Hawthornden de la carretera principal. Entonces Hazel apartó la manta, se levantó de la cama y llamó a Iona para pedirle una taza de té. Lo había conseguido. Tenía largos meses de soledad por delante, sin lady Sinnett, sin Percy; sin nadie a quien tuviera que hacerle creer que estaba demasiado enferma para salir de casa.

Iona regresó con la tetera y dos tazas. Dejó la bandeja con cautela antes de alzar la vista para mirar a Hazel y sonreír.

—¿Crees que estoy loca, Iona? —preguntó Hazel con voz queda, más en tono de afirmación que de pregunta.

Iona negó con la cabeza.

—Además, no tendrá mucho tiempo para hacer locuras cuando sea la vizcondesa de Almont. Más le vale quitarse ahora esa espinita que tiene clavada.

Hazel intentó disimular la sonrisa que le bailaba en las comisuras de los labios.

—Y mi madre... ¿sospecha algo?

Iona soltó una carcajada.

—Claro que no. Está tan preocupada por Percy que solo con que la hubiera visto demasiado pálida a la hora del desayuno, la habría dejado aquí. Pobre niño.

—¿Pobre niño? ¿Te refieres a Percy? Pero si es el centro de atención...

—No es bueno atosigar tanto a los niños. Ese muchacho necesita aire fresco y ensuciarse las rodillas de lodo de vez en cuando.

—George salía a montar cada día y mira cómo acabó. Ay... vaya, Iona, lo siento mucho.

Iona había estado perdidamente enamorada de George desde que, cierto verano, el muchacho volvió a casa para las vacaciones estivales con un fino bigotito y quince centímetros más. Lo seguía por todas partes como una cachorrita enamorada, repetía sus palabras al resto del servicio y derramaba el té de los nervios si él estaba en la misma habitación.

—Era muy guapo, ¿verdad? —dijo la doncella.

Hazel asintió y tuvo que ahuyentar el pensamiento que llevaba dos años burbujeando para ascender a su consciencia como suciedad que emerge a la superficie de un lago: «Quizá debería haberse salvado él y no yo». Era una idea que la corroía por dentro, ilógica, terrible y cruel. Hazel ya lo sabía. Pero no podía librarse de ella.

Iona miró por la ventana con expresión ausente y llorosa. Algún recuerdo lejano de George le bailaba en el semblante.

—¿Sabes qué? —dijo Hazel—. Charles, el lacayo, se está convirtiendo en un joven muy apuesto, por si no lo has notado. Y no te quita los ojos de encima. Lo he visto más de una vez merodeando por la biblioteca con la esperanza de encontrarte encendiendo la chimenea. Está enamorado, salta a la vista.

—¿Charles? ¿De verdad?

—Y no será lacayo por toda la eternidad. Recuerdo que mi padre, antes de marcharse, le mencionó al mayordomo que Charles sería un ayuda de cámara excelente.

Iona permaneció un momento sumida en sus pensamientos, o en sus fantasías, y Hazel advirtió que una sonrisa le curvaba las comisuras de los labios.

—¿Y dice que me mira?

—Te lo juro por lo más sagrado.

La luz que entraba por la ventana alcanzó las mejillas de Iona, bajo la cofia, y Hazel habría jurado que se estaba sonrojando.

—Bueno, basta de tonterías. Tenemos una tarea entre manos —se despabiló la doncella. Retrocedió y miró a Hazel entornando los ojos—. Se parece mucho a su hermano, creo yo. De perfil. La misma nariz, las mismas cejas. —Sin darse cuenta, las dos echaron un vistazo al pasillo, en cuya pared pendía un retrato de George. Iona intentaba ser amable, Hazel lo sabía. Ella era bien parecida, pero a la gente siempre le había llamado la atención el increíble atractivo de George, desde que eran niños.

—Lo más importante —dijo Hazel— es que no era mucho más alto que yo.

Con ayuda de Iona, Hazel pronto estaba enfundada en una camisa de muselina que había pertenecido a su hermano. Un chaleco, una casaca y unos pantalones completaron el atuendo.

—Estos pantalones son bonitos. Aunque quizá no lo bastante modernos —había dicho la doncella mientras separaba unos pantalones largos por la rodilla mientras examinaban el guardarropa de George—. Supongo que se consideraban elegantes hace unos años.

—No —fue la respuesta de Hazel—. Pantalones largos. Con rodilleras. Se supone que soy un estudiante de medicina, no un dandi.

Una vez que terminaron, después de desempolvar el sombrero que habían sacado de un desván, Hazel Sinnett podría haber pasado por un caballero.

—Me temo que las botas serán demasiado grandes —comentó Iona examinando unas elegantes botas de húsar. En teoría, debían llegar a media pantorrilla, pero a Hazel le alcanzaban hasta la rodilla.

—No importa —dijo Hazel—. Rellenaremos las puntas con calcetines. Debe de haber un gabán en alguna parte... Aunque sea de mi padre...

—¿Una chalina?

—No, quiero parecerme a George, no a Beau Brummell.

Iona agrandó los ojos.

—No se puede hacer pasar por George. Seguro que saben que su hermano mu...

—No tendrán ni idea de quién era George, te lo aseguro. Pero me parece que tienes razón. Será mejor usar un nombre falso. ¿Qué te parece George... Hazelton?

Iona se enjugó las lágrimas incipientes y sonrió con desmayo.

—Ese nombre le queda bien, señor George Hazelton.

—Además —añadió Hazel—, si pago la colegiatura por adelantado, con dinero contante y sonante, dudo mucho que pongan objeciones ni aunque me presente como Mary Wollstonecraft.

**De las *Memorias del Reverendo Sydney Smith*
(1798), de Sydney Smith:**

No hay hedores comparables a los de Escocia... Mientras
recorres las calles, tienes la sensación de que los médicos
han administrado purgantes a cada uno de los hombres,
mujeres y niños de la ciudad. No obstante, el lugar posee
una belleza singular y me debato sin cesar entre la admiración y el temor.

11

Las paredes del aula eran de madera negra y desarapelada. El ambiente apestaba a aserrín y a líquido de embalsamar. Una fila de estanterías cubría la pared del fondo, del suelo al techo. Hazel intentó ojear el contenido antes de sentarse; reconoció una fila formada por diversas ediciones del *Tratado del doctor Beecham*, cada cual más gruesa que la anterior, pero también había libros en francés, alemán e italiano. Incluso había volúmenes en idiomas que Hazel no supo identificar. Vio un libro encuadernado en piel parda que tal vez fuera humana, según comprendió Hazel al pasar el dedo por el lomo. Las otras paredes estaban repletas de frascos con especímenes que ya habían captado la atención de los demás asistentes al curso de Beecham: animales conservados en fluidos turbios y amarillentos, órganos humanos, colecciones enteras de dentaduras sonrientes. Hazel reparó en un frasco que contenía una pareja de minúsculos fetos humanos, no mayores que la palma de su mano, unidos por la cabeza. Había manos y pies amputados y una hilera entera de cerebros color gris lechoso de todos los tamaños, desde uno pequeño como una nuez hasta uno grande como una toronja. Y, por último, en un estante alto que discurría a lo largo de la pared, vio una tétrica colección de calaveras, una docena al menos, casi todas con extrañas deformidades y en diversos estadios de deterioro.

Sobre su cabeza, el esqueleto de un enorme animal marino, perfectamente preservado y reconstruido, pendía del techo como si aún se deslizara por corrientes invisibles. Tan absorta estaba Hazel observando aquel despliegue de singularidad, que no reparó en que el mismísimo doctor Beecham se hallaba parado detrás del estrado hasta que el hombre carraspeó con suavidad y estiró los dedos en el interior de los guantes arrancando un crujido al cuero negro.

Su llegada tomó igualmente desprevenidos a los demás alumnos, que corrieron de inmediato a sus asientos.

Mientras esperaba a que los murmullos se acallaran, el doctor Beecham iba posando los ojos en cada alumno alternativamente. Cuando le tocó el turno a Hazel, la muchacha sintió un picor en el cuero cabelludo, debajo del sombrero. Los pasadores que Iona y ella habían usado para sujetarle el cabello se volvieron súbitamente afilados en su cabeza. Antes de vestirse con las prendas de George, había albergado la fantasía de que le proporcionarían más libertad que el corsé, el polisón y la falda. En ese momento, sin embargo, enfundada en unos pantalones demasiado grandes y con el cuello de la camisa abrochado hasta la barbilla, se sentía incomodísima, y el sudor empapaba el grueso tejido en la zona de las axilas.

La mirada de Beecham descendió al pupitre de Hazel y se posó en la gastada edición de la *Guía del doctor Beecham*, pelada en la zona del lomo y sembrada de manchas amarillentas. Emitió un ruidito de desaprobación al reparar en el deterioro del libro, pero, por suerte para Hazel, desvió la vista al alumno siguiente, un chico que no pasaría de los quince años, todavía imberbe.

—Bienvenidos —dijo el doctor Beecham por fin—. Antes de que empecemos la clase propiamente dicha, me gustaría pronunciar unas palabras a título personal. Algunas personas (quizá no de este grupo que tengo delante en este momento, pero sin duda en diversos salones de Londres, Edimburgo y París) podrían pensar que disfruto de una posición privilegiada en la universidad y en el seno de la Academia Anatómica gracias al nombre de mi abuelo. Se los aseguro: no le debo nada al nepotismo.

Beecham esperó para comprobar si alguien le llevaba la contraria. Nadie lo hizo. ¿Quién osaría? «Por supuesto, nadie que hubiera visto la exhibición llevada a cabo en la sala de operaciones —pensó Hazel–, su destreza con el bisturí, el uso del... *ethereum*.» El abuelo del doctor Beecham se habría caído muerto por segunda vez de haber visto los avances de la cirugía desde su fallecimiento.

Mientras proseguía su presentación, el doctor Beecham no perdía en ningún momento la postura extremadamente erguida. Al mismo tiempo que hablaba, se ajustaba la costura de los guantes de piel negra.

—Les advierto que el curso que están a punto de comenzar no es sencillo. Les pasará factura física. Les pasará factura mental. Tendrán que enfrentarse con lo extraño, con lo macabro. La medicina está al borde de un cambio sin precedentes, y yo tengo la intención de liderarlo junto con mis alumnos para que nos internemos juntos en el futuro. Aprenderemos anatomía básica, fisiología básica y técnicas quirúrgicas. Exploraremos algunas nociones de farmacia. Al final de mi curso, estarán preparados para presentarse al examen oficial de capacitación médica antes de Navidad, tras lo cual contarán con el título necesario para practicar la medicina en cualquier rincón del imperio de Su Majestad. El ámbito de la medicina te obliga a mirar a la muerte cara a cara. Sería negligente por mi parte no mencionar que he dejado atrás a más de un estudiante en el tiempo que llevo dando clases. Me atrevería a decir que poseo la experiencia necesaria para saber, mirando ahora sus rostros, quiénes de entre ustedes no poseerán el temple necesario para llegar hasta el final. —Se interrumpió. Los alumnos se removieron incómodos en los asientos—. Se ensuciarán las manos de sangre. Tal vez el alma.

El doctor Beecham extrajo un conejo de atrás del estrado. Un conejo vivo, en apariencia indiferente a que lo exhibieran delante de toda una clase, a juzgar por la tranquilidad con que devolvía la mirada a los alumnos. Una ola de risitas recorrió el aula, entre ellas la de Hazel. Beecham enarcó una ceja y, llevándose el conejo al pecho, lo acarició con sus largos dedos.

—Lo que les estoy diciendo —prosiguió el médico— es que, si desean abandonar la clase en este mismo instante, no se los reprocharé. De hecho, opino que el conocimiento de uno mismo es una forma de sabiduría. La medicina es un área de conocimiento ardua. Les mentiría si dijera que no he perdido a más de un paciente en lo que dura un semestre. —Extrajo un pequeño escalpelo de su bolsillo y estudió la hoja mientras hablaba—. Víctimas de infecciones. De enfermedades. Hubo uno —depositó el conejo en la superficie de la tribuna. El animal dio un pequeño brinco, pero luego se relajó bajo la mano de Beecham— que murió de la impresión.

Dicho eso, el doctor Beecham hundió el escalpelo en el conejo. Hazel jadeó, aunque por fortuna no fue la única. El médico recurrió a un pañuelo para enjugarse la sangre que le había salpicado la frente.

—Lo repito. Si desean abandonar la clase, háganlo ahora. —El chico que estaba sentado junto a Hazel parecía a punto de desmayarse. Empujó la silla hacia atrás y salió corriendo del aula—. ¿Alguien más? ¿No? Bien.

Beecham tocó una campanita de latón que guardaba detrás del estrado y entró un ayudante envuelto en un delantal cargado con un cajón lleno de conejos. Para alivio de los estudiantes, los animales estaban muertos. El hombre distribuyó los conejos junto con una serie de escalpelos que parecían llevar años en desuso. Hazel arrancó con la uña la gota parduzca de sangre seca que manchaba el mango del suyo.

—Les han entregado un conejo —dijo Beecham—. Me he tomado la libertad de sacrificarlos yo mismo. Este semestre empezaremos estudiando anatomía, pero hasta que algún otro hombre quiebre las leyes de Su Majestad, el acceso a sujetos humanos es escaso, por no mencionar los precios desorbitados. Así pues, para empezar, tendrán que trabajar con conejos. Su primera tarea será identificar y extraer los órganos principales: cerebro, corazón, estómago, pulmones, vejiga, hígado, bazo, intestino grueso, intestino delgado.

Escribió el nombre de cada órgano en la pizarra que tenía detrás y los fue subrayando.

Hazel miró a su animal, una nervuda tira de jaspeado pelaje café. El tufo le recordó al que emanaban las cocinas de su hogar cuando su padre y George volvían de caza. Alzó la vista y vio al doctor Beecham mirando a los alumnos con expresión impaciente y expectante.

—¿Qué esperan? —les espetó—. ¡Empiecen!

De inmediato se formó un revuelo, según los chicos de alrededor hundían los escalpelos en los animales y procedían a despedazar las vísceras. Hazel se concedió un momento para examinar al conejo que tenía delante. No levantó el instrumento hasta haber imaginado a la perfección todas las incisiones que debía llevar a cabo; las mínimas posibles. Solo entonces procedió a cortar.

111

—Ya está. Es decir, he terminado, señor.

Unos cuantos chicos de alrededor levantaron la cabeza con incredulidad. Estaban empapados en sudor.

El doctor Beecham alzó la vista del periódico que leía sentado en su mesa, frente a la clase.

—Todos los órganos —dijo—. No solo el primero de la lista.

—Ya lo sé, señor. Los tengo todos.

Beecham se levantó y se encaminó despacio a la mesa de Hazel, donde ella había extraído los órganos requeridos con pulcritud y los había dispuesto en filas ordenadas junto al conejo destripado.

—Cerebro, corazón, estómago, pulmones, vejiga, hígado, bazo, intestino grueso, intestino delgado —recitó Hazel mientras los señalaba uno por uno.

Beecham parpadeó unas cuantas veces como si no diera crédito.

—¿Cómo se llama, joven?

A Hazel se le secó la boca.

—George. George Hazelton, señor.

—Hazleton. Hazleton. Me parece que no conozco el nombre. ¿Su padre es médico?

—No, señor. Sirve en la Marina. Pero le interesa la filosofía natural y he estudiado sus libros.

—Sus libros.

—Sí. En realidad, casi todo lo he aprendido en el libro de su abuelo, el *Tratado del doctor Beecham*.

El médico sonrió.

—Lo conozco bien. No podría haber encontrado mejor manual introductorio. Señores, dejen los escalpelos. El señor Hazleton los ha superado a todos. —Se inclinó para observar lo que quedaba del conejo de Hazel—. Debo decir que, en todos los años que llevo impartiendo este curso, ni

112

un solo alumno había conseguido efectuar unos cortes tan raudos y precisos. Bravo.

Atrás de Hazel, un chico tosió sonoramente.

—Adulador —dijo, volviendo a toser. Varios muchachos rieron. Hazel había pasado el tiempo suficiente en compañía de sus hermanos como para entender el comentario: la acusaba de tratar de complacer al profesor. El que había tosido tenía varios lunares muy llamativos en el rostro y tenía largas patillas, quizá para desviar la atención de ellos.

—Ya basta, señor Thrupp.

Thrupp puso los ojos en blanco mientras el doctor Beecham regresaba a la parte delantera del aula.

—Bueno, vamos a revisar lo que acaba de hacer el señor Hazelton —anunció el médico mientras empezaba a dibujar el diagrama de un conejo desollado en la pizarra.

Hazel sintió que algo húmedo y frío le golpeaba la nuca.

Era un corazón de conejo, que aterrizó tras ella en el suelo, todavía rebosante de sangre. Los amigos de Thrupp se rieron y este le dirigió a Hazel una sonrisita burlona, mientras ella notaba una humedad viscosa descender por su cuello hasta el interior de la camisa.

Le ardieron las mejillas, pero se obligó a no romper el contacto visual con el chico mientras extendía la mano para recoger el corazón del suelo. Mirándolo a los ojos, levantó la mano y estrujó el órgano con el puño.

Las risas cesaron y Hazel devolvió la atención a la clase del doctor Beecham, demasiado satisfecha consigo misma como para preocuparse por el tacto desagradable de la sangre y los viscosos tejidos entre los dedos durante el resto de la tarde.

7 de octubre de 1817
Henry Street, n.º 2
Bath

Mi querida Hazel:

Tras un viaje horriblemente largo (hemos tenido un tiempo espantoso, atroz) llegamos a Bath. El cambio de ambiente ya le ha sentado bien a Percy, pero lo llevaré a las aguas termales de inmediato como medida preventiva. Quién sabe qué terribles enfermedades podría haber contraído por culpa de los aires viciados del viaje. Pasaremos aquí varios meses y luego nos trasladaremos al departamento de Londres, donde espero te reúnas con nosotros. Le he dicho a lord Almont que confío en que Bernard te proponga matrimonio formalmente antes de que finalice el año, así que intenta estar comprometida cuando llegues a Londres si puedes.

Tu madre, lady Lavinia Sinnett

P. D.: Espero que tu estado haya mejorado. Escribe si tu salud empeora.

12

Las semanas pasaban para Hazel a un ritmo vertiginoso. Si bien las tardes de su infancia que había dedicado a memorizar el viejo ejemplar del *Tratado del doctor Beecham* en el suelo del despacho paterno le habían otorgado ventaja al principio frente a los demás alumnos, pronto se hizo evidente que tendría que aprender todo lo que pudiera en clase si quería aprobar el examen de Medicina al final del semestre.

Tomaba apuntes a toda velocidad para no perderse ni una sola de las explicaciones del doctor Beecham, que saltaba del sistema linfático a la estructura de los huesos o al uso de las sanguijuelas en las técnicas de sangría modernas; les recordaba cada dos por tres que las clases serían cada vez más complicadas, en particular cuando empezaran a presenciar disecciones humanas. Esa era la verdadera esencia del curso, aquello por lo que los alumnos habían pagado: la oportunidad de presenciar una autopsia realizada por un profesional. Hazel no estaba segura de si los cuerpos procedían de ejecuciones públicas o se los proporcionaban los resurreccionistas. A George lo habían enterrado en el camposanto familiar que había en los jardines de Hawthornden, así que nunca tuvieron que tomar medidas contra la chusma que frecuentaba la ciudad vieja de Edimburgo; los hombres que se colaban en los cementerios en plena noche, pertrechados con palas, para desenterrar cadáveres recién sepultados.

Al principio, a Hazel le preocupaba que alguien la desenmascarara, que algún experto en el cuerpo humano la mirara —disfrazada con un sombrero y unos pantalones tan grandes que ni los arreglos de Iona habían logrado ajustárselos— y la identificara como lo que era: una joven vestida con las prendas de su hermano. Sin embargo, el aula estaba en penumbra, iluminada únicamente por antorchas y velas, y sus compañeros estaban tan pendientes de escribir a toda prisa para no perderse ni una palabra de Beecham que nadie le prestaba demasiada atención. Bueno, nadie excepto Thrupp, el muchacho de los lunares en la cara y la expresión de un jabalí a punto de embestir. Cuando se hizo evidente que Hazel (o, más bien, George Hazelton) era por mucho la mejor de la clase, Thrupp adquirió la costumbre de aprovechar la menor ocasión para atormentarla. Una mañana, Hazel descubrió que habían sustituido su tinta por un chorrito de sangre. Al siguiente, encontró un trozo de cerebro clavado a su pupitre con un cortaplumas. Pero ni siquiera él tenía fuerzas suficientes para complicarle demasiado la vida a Hazel, ya que precisaba toda su concentración para no quedarse atrás.

El examen de Medicina estaba a la vuelta de la esquina, pero otra amenaza más inmediata se cernía sobre los estudiantes: pese al discurso que les había dado el día de su llegada, Beecham parecía ansioso por sacrificar a cualquiera que tuviera el más mínimo tropiezo. El segundo día, expulsó a un pobre chico que había olvidado la pluma. El cuarto día, echó sin contemplaciones a dos muchachos que fueron incapaces de identificar los principales sistemas del organismo.

—¡Usted! El del chaleco azul. Dígame cuáles son los síntomas de la fiebre romana, *plaga romanus*. Nombre de batalla: «la fiebre del albañil» o «la enfermedad». ¿Y bien?

Beecham había gritado la pregunta a un alumno la semana anterior. El muchacho había palidecido de terror. El pobre exhibía la misma expresión, supuso Hazel, que si hubiera visto a un león corriendo hacia él como una flecha.

—Eh... Pues... Bueno. ¿Fiebre? —dijo el chico con voz chillona. Thrupp soltó una risita. El doctor Beecham, enarcando las cejas con aire expectante, esperó a que el muchacho prosiguiera. Este miró a un lado y a otro como pidiendo ayuda. Como nadie se la prestó, el pobre se levantó, saludó al doctor Beecham con una profunda reverencia y salió disparado del aula.

A comienzos del segundo mes, apenas quedaban en la sala —antes rebosante de chicos que se empujaban y se propinaban codazos para hacerse sitio en los pupitres— diez o doce alumnos.

Beecham parecía complacido con el giro de los acontecimientos.

—Buenos días —dijo sonriente cuando llegó—. La *crème de la crème* sigue aquí. Saldrán de esta sala médicos excelentes, no me cabe duda.

Bajo el ala del sombrero, Hazel sonrió para sí.

Beecham impartió la lección del día (sobre cómo reparar fracturas de huesos y ligamentos de las piernas), pero cuando los alumnos empezaron a tomar los apuntes, levantó una mano para pedirles que esperaran un momento.

—Mañana tendremos una sesión distinta. Anoche ahorcaron a una mujer en Grassmarket, alguna desdichada asesina, y hemos tenido la suerte de conseguir el espécimen. —Se levantaron murmullos emocionados. Thrupp le atizó un puñetazo amistoso a su compañero en el brazo—. Por lo general, esperaría a que el seminario estuviera un poco más avanzado para introducir la disección humana, pero ¡el hombre propone y la carne humana dispone!

Demasiado impaciente y nerviosa para dormir, Hazel llegó a clase al día siguiente con casi una hora de antelación y la encontró desierta. El estrado del doctor Beecham había sido remplazado por una mesa alargada. Hazel preparó la pluma y el secante, y se dispuso a esperar. Los demás alumnos fueron llegando. Algunos la saludaron con una sonrisa educada, pero la mayoría la ignoró. Diez minutos antes de la hora prevista para el comienzo de la clase, dos ayudantes entraron por una puerta auxiliar cargados con un gran bulto envuelto en una sábana. Lo depositaron en la mesa con cuidado y retiraron la tela.

Ahí estaba. Un cuerpo sin vida. Una mujer que tal vez rondara los cincuenta años cuando falleció, aunque tal vez no pasara de los treinta; era difícil adivinarlo. Sus rizos estaban surcados de canas en la zona de las sienes, y profundas arrugas recorrían su rostro, abotargado pero sereno en cierto sentido. Si bien Beecham se había referido a ella como una asesina, nada en su semblante hacía pensar que fuera capaz de matar. La tenía delante: un objeto extraño, desnudo, desconocido, esperando a que un bisturí hendiera su carne como castigo final por sus pecados.

El estridente tañido de las campanas de la iglesia llegó a oídos de Hazel; en teoría, la clase debía empezar. Sin embargo, Beecham, que siempre llegaba antes que Hazel, aún no había aparecido. Los alumnos empezaron a removerse en los asientos.

—Quizá sea una prueba —dijo Gilbert Burgess, un chico nervioso de cabello lacio y rubio que parecía incapaz de memorizar los huesos de la mano—. Tal vez espere que seamos nosotros los que diseccionemos el cuerpo. ¡A lo mejor nos está observando! ¡Para ver qué hacemos!

Thrupp resopló entre dientes.

—Y tal vez tú deberías llenarte de algodón esa boca gordinflona, Burgess.

El otro se hundió en el asiento.

Hazel carraspeó.

—Al menos a Burgess le vemos la cara. ¿Hay una nariz debajo de todos esos lunares, Thrupp?

Hasta los amigos de Thrupp se desternillaron de risa, hasta que este acalló al que tenía más cerca con un fuerte codazo en las costillas. Burgess le dedicó a Hazel una pequeña sonrisa de agradecimiento.

—Eh —le espetó Thrupp a Burgess—. Tienes suerte de que el guapetón te proteja. ¿Te crees una especie de caballero con esos abrigos forrados, Hazleton?

—Sí —respondió Hazel con toda la arrogancia masculina que fue capaz de proyectar—. Eso me creo. Y diría que a las damas les encanta.

Burgess lanzó una sonora carcajada y Thrupp, poniendo los ojos en blanco, abandonó la discusión.

La sensación generalizada era que debían hacer algo. El reloj anunció que habían pasado diez minutos, luego quince. Hazel estaba a punto de dirigirse a la sede de la Academia de Anatomistas, situada al final de la calle, para preguntar si algo estaba reteniendo al doctor Beecham, cuando la puerta se abrió. Pero la persona que entró no fue el profesor. Hazel reconoció al recién llegado por su porte, la capa y el golpeteo de su bastón contra el suelo de tarima antes de ver siquiera el parche del ojo.

—Buenos días —dijo una voz parecida a grava mojada. El doctor Straine se encaminó a la parte delantera de la clase y se detuvo ante el cadáver desnudo. Su único ojo aterrizó directamente en Hazel. El día que se conocieron, ella iba vestida de Hazel. El hombre sabía quién era. Hazel intentó desaparecer bajo el cuello de la gran camisa de George. Rezó a cualquier dios que estuviera escuchando para que el disfraz ocultara su identidad.

El doctor Straine levantó un escalpelo y una ceja.

—Empecemos.

13

—La anatomía femenina —dijo el doctor Straine, mirando a Hazel a los ojos— es extraña. Esta mujer fue ahorcada ayer mismo a las once, en Grassmarket, por el asesinato a un hombre que se alojaba en su posada. Parece demasiado pequeña y débil como para llevar a cabo un acto semejante.

Unos cuantos alumnos rieron. Hazel guardó silencio.

El doctor Straine se limpió el escalpelo en la chaqueta.

—Soy el doctor Edmund Straine —empezó—. Yo impartiré las sesiones de anatomía, de ahora en adelante. El doctor Beecham, famoso y bien relacionado donde los haya, prefiere dejarme a mí esta parte del curso. Como ya habrán notado, no es de los que se ensucian las manos. —El doctor Straine agitó los dedos y fingió enfundarse un guante—. Y me imagino que es difícil hacerles hueco a las clases cuando recibes tantas invitaciones para tomar el té y firmar autógrafos. Pero no importa. Como ya dije, ha llegado el momento de que aprendan anatomía.

Thrupp carraspeó.

—Ya hemos aprendido mucha anatomía —señaló.

El doctor Straine esbozó un conato de sonrisa.

—No —dijo—. Aprendieron la teoría. El doctor Beecham es un médico excelente y un verdadero erudito. Pero me temo que nunca ha dominado el arte de la cirugía tan bien como yo. Sí, arte, señor Thrupp; el delicado equilibrio que requiere asomarse a un cuerpo que no solo es carne, sino también el vehículo de un alma viviente, de sentir la tensión bajo el cuchillo... —El ojo bueno de Straine se perdió en el infinito, pero sacudió la cabeza y devolvió la mirada a los alumnos—. Parece ser asimismo que el doctor Beecham les ha tomado demasiado gusto a los elegantes salones de la alta sociedad como para dejar que el hedor de un cadáver le impregne la piel —prosiguió con una sonrisita irónica—. Todo lo cual significa que dos veces a la semana, los martes y los jueves, les daré yo las lecciones de anatomía. Las clases del doctor Beecham versarán sobre tratamientos y remedios. Se los advierto, no soy tan indulgente como mi estimado colega. Y les aseguro que los conocimientos que impartiré constituyen una parte fundamental del examen de Medicina al que se presentarán al final del semestre. Así pues, aquellos de ustedes que alberguen el más mínimo atisbo de esperanza de aprobar deberán prestar suma atención.

Sin más preámbulos, el doctor Straine acercó el escalpelo al cuerpo de la mujer que yacía muerta sobre la mesa y arrastró el cuchillo del esternón al ombligo.

En la clase siempre se percibía un tufo extraño: a sangre seca, hierro y los extraños líquidos conservantes de los frascos para especímenes que cubrían las paredes. Pero el primer tajo de Straine desató un tufo de algo horrible. Varios alumnos sufrieron arcadas audibles. Hazel se las ingenió para tragarse la bilis que le inundó la boca.

—Usted —dijo Straine, usando el escalpelo todavía goteante para señalar a Gilbert Burgess—. Su nombre.

—Gilbert Burgess, señor —respondió el estudiante. Su cara había adquirido un evidente tono verdoso.

—¿Cuántas cavidades tiene el corazón, Gilbert Burgess?

El chico tembló. Si se lo hubiera preguntado Beecham, habría respondido al instante, Hazel estaba segura. Pero Straine emanaba algo, ya fuera por el parche en el ojo, la muleta o el gesto adusto de su boca, que infundía terror.

—Este... ¿seis, señor? —respondió Burgess con una vocecita aguda.

Straine estampó el bastón contra el suelo del aula con tanta rabia que la tarima retumbó.

—¿Quién lo sabe? Levanten la mano, no sean tímidos. Usted.

Señaló directamente a Hazel, quien se percató atónita de que su mano se había levantado sola.

—George —se presentó con desmayo—. Soy George Hazelton. Y son cuatro, señor. El ventrículo derecho, el ventrículo izquierdo, la aurícula derecha y la aurícula izquierda.

—Correcto —asintió el hombre entre dientes—. Continúe, señor *Hazelton*. Nombre las cuatro válvulas del corazón.

Hazel cerró los ojos e intentó recordar el diagrama que aparecía en las páginas del *Tratado del doctor Beecham*.

—La válvula aórtica, señor. La tricúspide. La válvula pulmonar y la mitral.

La muchacha sonrió al sentir el alivio inundando su cuerpo.

—Muy bien, señor Hazelton —dijo Straine en un tono bajo, aunque quizá con un dejo burlón—. Por favor, póngase de pie y acérquese.

Los pies de Hazel obedecieron y se encaminó a la parte delantera del aula hasta situarse tan cerca de Straine que pudo percibir el olor del hombre, a oporto y un tufillo agrio como de limones podridos.

—Extraiga el corazón, señor Hazelton.

Hazel tragó saliva con dificultad, contuvo el aliento y obedeció. Mientras lo hacía, evitaba mirar el rostro de la difunta, en cuyo cuerpo acababa de entrar su mano. Sostuvo el corazón. Era más pesado de lo que esperaba y envuelto en una especie de baba fría.

—Ahora —continuó Straine—, señale las válvulas que ha nombrado.

Hazel miró el corazón, una cosa extraña de tonos negros y morados. Tenía una forma rara, asimétrica, más gruesa de un lado que del otro, con media parte cubierta de una gruesa placa beige. Parecía tan distinto del objeto dibujado con pulcras líneas negras en el manual de Hazel, que ni siquiera sabía cuál era la parte superior.

—No sé hacerlo, señor —acabó reconociendo.

—¿No sabe? —dijo Straine con un dejo cruel en la voz—. En cambio, no le ha costado nada identificarlas cuando estaba sentado.

—Tiene un aspecto muy distinto en la realidad, señor.

—¿Dónde está la vesícula biliar, señor Hazelton?

Hazel observó el revoltijo de vísceras. Cosas rojas y moradas, hinchadas y apretujadas, todo extraño y bulboso. Eso era el estómago, estaba segura... y eso otro el intestino grueso. Y los pulmones. Pero los órganos más pequeños parecían perdidos en un mar de carne deteriorada y abotargada por el gas de la descomposición. Se le nubló la vista y sintió que le costaba respirar.

—No estoy seguro, señor.

—Probemos con algo más fácil, pues. El hígado.

Hazel se obligó a mirar de nuevo el vientre abierto en canal del cadáver, pero allí donde esperaba ver el hígado había otra cosa —¿quizá el intestino delgado?—, y nada más estaba donde en teoría debía estar. Guardó silencio y miró el cuerpo tanto tiempo que empezaron a sonar risitas en el aula. De pronto, Hazel se dio cuenta de que todo el mundo la estaba observando.

—No lo sé —dijo por fin en tono bajo.

—Siéntese, señor Hazleton.

A Hazel le ardían las mejillas cuando volvió a su asiento.

—Que esto les sirva de lección a todos —dijo Straine con la mirada clavada en la muchacha—. Lo que leen en los libros tal vez les ayude si su intención es alardear en clase, pero sirve de muy poco ante un cuerpo de verdad. ¿Acaso había imaginado que tendría que operar las ilustraciones de los libros, señor Hazelton?

—No, señor —murmuró Hazel.

Los finos labios de Straine se crisparon. No volvió a mirar a Hazel en toda la sesión. Para cuando anocheció y Straine los despidió, a Hazel le dolía la mano del esfuerzo de tomar apuntes a toda velocidad para no omitir nada. Recogió su cuaderno y se levantó para volver a casa, ya fantaseando con el baño que le prepararía Iona en Hawthornden.

—*Señor* Hazleton. —La voz de Straine resonó en la negrura—. Por favor, quédese un momento.

El corazón de Hazel latió a toda potencia. Burgess le lanzó una mirada compasiva, pero se dio media vuelta a toda prisa y puso pies en polvorosa, no fuera Straine a pedirle que se quedara también. Hazel intentó esconder la cara entre el cuello de la camisa y el ala del sombrero. En las semanas que llevaba adoptando la apariencia de George, nadie había descubierto su ardid. —Que Thrupp se refiriera a ella como «el guapetón» había sido lo más parecido a ser desenmascarada, e incluso eso le había erizado los pelitos de la nuca—. Pero Straine la había visto en la Casa Almont. Los habían presentado. Y algo en la mirada gélida del ojo bueno del médico produjo en Hazel la impresión de que nunca olvidaba una cara.

—¿Me toma por tonto? —dijo despacio, alargando cada sílaba, cuando Hazel se acercó tanto como se atrevió.

—¿Señor? —preguntó con voz aguda.

—¿Me toma —repitió él— por tonto?

Hablaba en tono suave.

—No, señor... Claro que no —consiguió decir ella.

—No me gustan los bailes de disfraces, *señor Hazelton*. Son la clase de frivolidades que se pueden permitir los ricos, la nobleza terrateniente que no tiene nada mejor a lo que dedicar el tiempo que a divertirse con tonterías hasta que acaba muriendo por comer como los cerdos. Algunos tenemos que trabajar para vivir, señor Hazleton, ganarnos el pan a base de disciplina, esfuerzo, habilidad y —su mano voló hacia el ojo ausente— sacrificio. No me dedico a enseñar porque disfrute eligiendo a los mejores de entre un lloroso rebaño de zoquetes que quieren jugar a los médicos, ni porque me produzca especial satisfacción enseñar, año tras año, los principios básicos de anatomía. Enseño por dinero, señor Hazleton, y enseño porque considero que es mi deber educar a los hombres que algún día ejercerán la profesión en mi ciudad.

—Señor...

—Dejémonos de marrullerías, señorita Sinnett. Si, como afirma, no me toma por tonto, le ruego me diga por qué sigue creyéndose capaz de engañarme con tanta facilidad.

A Hazel se le heló la sangre en las venas. Despacio, levantó los brazos para despojarse del sombrero de copa de su hermano y revelar el cabello que llevaba sujeto con pasadores.

—Se ha divertido mucho con este juego, entiendo.

Hazel miró el sombrero mientras hablaba.

—Señor, lamento el embuste, pero le aseguro que en ningún momento lo he tomado como un juego. Tengo la intención de aprender anatomía y estoy decidida a convertirme en cirujana.

—¡Ja!

La risa de Straine agitó el esqueleto del animal acuático que colgaba del techo, pero no se reflejó en sus ojos.

Hazel se indignó.

—Si piensa que por el hecho de ser una mujer soy incapaz de aprender...

Straine la interrumpió con otra carcajada gélida.

—Ya veo que sí me toma por tonto, señorita Sinnett. Dios mío, qué pena. La consideraba demasiado lista para eso, al fin y al cabo. No, a diferencia de algunos de mis más deplorables colegas, a mí no me importaría enseñar a las escasas mujeres que estuvieran en posesión de una mente apta para la filosofía natural y el estudio del organismo. Sí, por lo general el cerebro femenino es más pequeño, más propenso a la histeria y a la emoción, menos inclinado al razonamiento. Pero no hay motivo para pensar que no pueda surgir un espécimen del sexo femenino capaz de aprender.

¡En ese caso había una posibilidad! ¿Le estaba abriendo la puerta? ¿Sería posible que Straine considerara a Hazel la excepción? Quizá si se quitaba el traje y suplicaba perdón, la dejaría seguir en el seminario. Abrió la boca para disculparse, pero antes de que pudiera articular palabra, Straine continuó:

—No, me niego a enseñar a las mujeres por una razón muy sencilla: no pierdo tiempo ni energías con aficionados. No hay lugar en nuestro mundo para una mujer que practique la medicina, señorita Sinnett, por más que eso la entristezca. Otra consecuencia de criarse sin el ofuscamiento que producen los privilegios es que uno aprende rápido a desestimar ilusiones y fantasías. Ningún hospital contrataría a una cirujana, como no lo haría ninguna universidad. Aún más reticente, adivino, se mostraría un paciente a someterse a la cuchilla de una mujer. Así pues, usted se ha presentado aquí bajo la necia pretensión de que no es la sobrina del vizconde de Almont, hija de un lord, y que no se casará con algún joven de la alta sociedad igualmente frívolo ni dedicará el resto de su vida a criar a su descendencia y ejercer de anfitriona en sus fiestas. ¿Me equivoco, señorita Sinnett?

Hazel no supo qué decir. Él todavía la miraba con atención. Su rostro no contenía la menor traza de bondad o piedad; era un rostro cruel revestido de algo muy parecido a la conmiseración.

—Es posible que asistiera a esta clase impulsada por buenas intenciones. Tal vez intentara convencerse de que no era una sandez y quizá incluso lo creyera. Pero yo no pierdo el tiempo con alumnos que no llegarán a ser médicos, sea cual sea su sexo. Por desgracia para usted, señorita Sinnett, su sexo la descarta de antemano. Aunque algo me dice que su falta de inteligencia la habría eliminado también. No vuelva a poner un pie en mi clase.

Hazel sintió que le saltaban las lágrimas. Intentó contenerlas, pero no lo conseguía. Tenía los ojos rojos y ardientes, y una lágrima le resbaló por la mejilla.

—No se moleste en contener las lágrimas por mí —dijo Straine—. Soy consciente de que a las mujeres les cuesta mucho controlar sus emociones. Puede marcharse, señorita Sinnett.

Las lágrimas amenazaron estallar en sollozos. Mil frases bullían en el cerebro de Hazel —excusas, insultos, réplicas—, pero todas se disolvieron cuando intentó hablar. Seguía allí plantada como si la hubieran clavado al suelo cuando Straine volvió la atención a sus papeles y anotó unas cuantas cosas como si ella no estuviera. Esperó lo que tal vez fueran cinco segundos o quizá una eternidad antes de salir corriendo del aula. Hizo el trayecto a Hawthornden en un estado de estupor, mareada de vergüenza, turbación y rabia, todo revuelto. Solo cuando llegó por fin a su alcoba, cuando se despojó de las prendas de George y las tiró a la otra punta de la habitación, brotaron los sollozos de su pecho. Entonces se desplomó, desnuda excepto por la enagua, y estalló en llanto.

14

Cuando Hazel salió de su dormitorio, el sol ya brillaba con fuerza. En su habitación reinaba un ambiente caliente y cargado. Había sudado tanto durante la noche, que sentía la humedad de su enagua. Iona le había dejado té y pan tostado en una bandeja junto a la puerta, pero era imposible saber cuánto rato llevaban allí; el té se había enfriado y los panes estaban reblandecidos. Con un gemido, Hazel se obligó a incorporarse mientras los recuerdos del día anterior la inundaban. Era la mirada del único ojo del doctor Straine lo que la atormentaba, una expresión que no conseguía descifrar por completo. En su momento la había tomado por lástima, pero al evocarla en ese momento, una noche después, le parecía más próxima al resentimiento. Le guardaba rencor, a ella y a cuanto representaba; era tan sencillo como eso.

¿Acaso se lo podía reprochar? ¿Quién era ella? La adinerada hija de un respetable lord y capitán de la Marina Real, sobrina de un vizconde y futura esposa del heredero de este. Su madre era una mujer indolente que había permitido a Hazel alimentar una fascinación infantil por la fisiología, mientras la propia lady Sinnett solo estaba pendiente de proteger a su heredero. Su padre, un hombre ausente en posesión de una

130

biblioteca que había dejado en casa. Por más que Hazel hubiera leído, por más que poseyera una facilidad natural para el estudio del organismo, el doctor Straine tenía razón.

Su futuro, de principio a fin, consistiría en asistir a bailes en Londres y organizar los menús para los invitados de su marido en la Casa Almont. Si su marido lo permitía, tal vez pudiera fundar un salón e invitar a destacados pensadores a su casa, pero serían ellos, los hombres, los protagonistas de los descubrimientos y de la acción. Serían sus invitados los que compartirían sus relatos y sus ideas. Hazel se sentaría en un diván a escuchar en postura recatada. Eso sería lo más cerca que estaría nunca del mundo de la ciencia; fuera de la burbuja, donde podría atender, servir té, forzar una sonrisa y expresar sus pensamientos solo si los formulaba disfrazados de inocuas ocurrencias. El camino que tenía por delante era finito e inamovible. Ofrecerle una educación en anatomía sería tan inútil como enseñar a leer a un cerdo antes de la matanza.

Hazel volvió la mirada al rincón de la habitación que consideraba su biblioteca y laboratorio científico: el diván que había junto al balcón, invisible bajo los altísimos montones de libros que había tomado del despacho de su padre. Allí estaba el *Tratado del doctor Beecham*, cómo no, pero también *Estudios modernos de química: historia de la práctica de la medicina*, así como *Remedios caseros, 1802*. En ese rincón, Hazel guardaba asimismo sus cuadernos —montones de ellos, años y años de apuntes, casi todos absurdos, seguramente ilegibles— y sus especímenes favoritos. Clavadas en tablas con alfileres, había mariposas con las grandes alas desplegadas. Un halcón disecado descansaba en la repisa de la chimenea, un regalo que George había recibido de algún primo lejano y que su hermano le había cedido a Hazel de buen grado al ver cómo lo miraba. Era el pico lo que más le fascinaba. El ave estaba muerta —y, a decir verdad, disecada con mediocridad—, pero poseía un pico monstruosamente afilado, como si el pájaro fuera a lanzarse en picada en cualquier momento desde la repisa de Hazel y destripar un ratón para cenar.

En ese momento, todo aquello se le antojaba patético. Los libros, los especímenes que había reunido, las hierbas medicinales que había recogido del jardín y etiquetado con primor, los cuadernos; solo de mirar el conjunto sentía náuseas. Antes de que le diera tiempo de cambiar de idea, se encaminó a su pequeño laboratorio, escogió una mariposa encerrada en su caja con ventana de cristal y la estampó contra el suelo.

Su corazón latía desbocado. Le hizo bien aquel arranque destructivo. Lo repitió con otra caja, esta vez la que contenía un escarabajo egipcio que su padre le había traído de sus viajes. La caja se hizo añicos y las esquirlas de cristal brillaron como piedras preciosas sobre la alfombra. Hazel barrió con el brazo un montón de libros para tirarlos al suelo. Arrancó páginas de sus cuadernos, puñados de ellas. Los cristales rotos estaban por todas partes, se le clavaban en los pies, y aunque tenía las piernas sembradas de puntitos sanguinolentos, apenas sentía dolor. En sus oídos resonaban estridentes carcajadas que identificó con sobresalto como suyas.

Era inútil, absurdo, ridículo. Humillante. Qué orgullosa se había sentido de reproducir el experimento de Galvini tal como Bernard se lo había descrito, qué orgullosa de ejecutar un truco barato. No era nada nuevo ni útil para nadie. No había aportado nada al mundo. Había conseguido que una rana bailara por propia diversión. Pero la rana bailarina siempre fue ella. «¡Vengan, señoras y señores! ¡Apresúrense, será divertido! ¡La mujer que disfruta leyendo textos de sangre y vísceras! ¡Paguen la entrada, dos peniques nada más! ¡Fingirá que algún día será cirujana! Y no teman por si se mancha las faldas de bilis... Alguna criada se las limpiará. Su padre le comprará otro vestido. ¡Si pagan otro penique más, la verán disfrazada de hombre!»

Hazel siguió arrancando hojas de los libros hasta que acabó rodeada de papel arrugado. Abrió a patadas la puerta del balcón y, sin detenerse a pensarlo, lo tiró todo por encima del barandal a la cañada del fondo.

Las hojas se desplegaron en el aire y algunas volaron arrastradas por el viento. Durante un momento permanecieron en suspensión, planeando como una bandada de pájaros heridos. Y luego se precipitaron al suelo. Hazel las observó hasta que las hojas desaparecieron entre la cúpula del follaje.

Regresó a su habitación y observó el estropicio como si lo viera por primera vez. El suelo estaba sembrado de cristales rotos, trocitos de insectos y plumas. Se había derramado un frasco de tinta sobre el salto de cama; una mancha negra como el petróleo ascendía por el dobladillo. Su ejemplar del *Tratado del doctor Beecham* yacía abierto sobre un busto de David Hume.

Iona estaba inmóvil en el umbral. Su rostro era la viva imagen de la sorpresa y el horror.

—¡Señorita! —exclamó.

—Lo siento mucho, Iona. —Con cuidado, Hazel arrancó una pluma del retrato de su bisabuelo, que había traspasado como si fuera una flecha—. Deben haber oído un escándalo tremendo ahí abajo.

—¡Sus pies, señorita!

Hazel bajó la vista y entendió por qué Iona parecía tan horrorizada. Tenía los pies cubiertos de sangre, rojos como si llevara calcetines de ese color.

—No es para tanto. Me los lavaré en la bañera y aquí no ha pasado nada. Y recogeré todo esto. Lo siento. Debo de haber sufrido... un ataque de locura temporal.

Iona se mordió una uña con gesto nervioso.

—Señorita, su... Es decir, lord Bernard Almont la espera abajo.

—¿Bernard? ¿Ahora? ¿Qué quiere?

—No lo sé, señorita.

Hazel se miró al espejo. Todavía llevaba puesta la enagua, medio pegada al cuerpo a causa del sudor. Su peinado, sin un gorro, se había vuelto una cabellera medio suelta y salvaje; tenía el cabello enredado, crespo y apelmazado por el contacto con la almohada. Sus manos estaban cubiertas de tinta y sangre, repletas de arañazos que parecían obra de la plumilla de un colegial.

—Por favor, dile a Bernard... este, a su señoría, que estoy indispuesta en este momento y que le haré una visita esta semana.

—Sí, señorita —respondió Iona, que salió a toda prisa de la habitación, no sin antes echar un último vistazo al desastre del rincón.

Hazel suspiró. Levantó una silla volcada. Los murmullos apagados de la dulce voz de Iona ascendieron desde la planta inferior. Hazel oyó la brusca respuesta de Bernard, aunque no distinguió las palabras, y luego pasos.

Iona reapareció.

—Insiste en verla, señorita —le informó. Las dos mujeres se miraron a los ojos.

—Bien —dijo Hazel en tono apático—. Supongo que no hay tiempo para un baño, pero al menos me puedo cepillar el cabello mientras buscamos unas medias limpias.

Las dos mujeres se esmeraron al máximo para dejar a la muchacha lo más presentable posible. Después de que Hazel se extrajera media docena de cristales de las palmas, Iona la ayudó a enfundarse sus guantes más gruesos, color bermellón, que no revelarían nada si alguno de los arañazos volvía a sangrar. Luego de quince minutos de trabajo, Hazel exhibía un aspecto... bueno, regular. Todavía tenía ojeras de tanto llorar y la piel cetrina. Ocultaron el cabello, que habría requerido una hora de concienzudo cepillado para recuperar un aspecto presentable, bajo uno de los sombreros que menos le gustaban a Hazel. Pero parecía una persona civilizada y ofrecía, cuando menos, una imagen bastante decente para recibir a su primo, un chico que la había visto chapotear en el lodo desnuda cuando ambos eran niños de pañal.

—Bernard —dijo Hazel cuando llegó al rellano y lo vio parado al pie de la escalera—. ¿A qué debemos el placer de tu compañía?

—Podrías disculparte por hacerme esperar —replicó Bernard con la mirada puesta en los gemelos de su camisa.

Hazel torció el gesto.

—Está bien, de acuerdo. Lo siento, Bernard.

El muchacho sacó el pecho. Llevaba un abrigo que ella no conocía, azul turquesa, combinado con un chaleco amarillo y pantalones a juego. Hazel habría pensado que su primo se había disfrazado del joven Werther si existiera alguna posibilidad de que hubiera leído el libro. Bernard llevaba un ramo de lirios blancos en la mano, atados con una cinta.

—Para ti —le dijo tendiéndole las flores—. Me han dicho en el mercado que son un símbolo de pureza. Y de devoción. Mi padre mencionó que habías estado enferma.

Hazel se obligó a sonreír y se llevó los lirios a la nariz para aspirar el aroma, como correspondía. «Las mujeres del mercado te mintieron —quiso responder—. Dicen lo que haga falta con tal de vender. Te vieron enfundado en ese abrigo azul y adivinaron que no sabrías que los lirios blancos son flores de funeral.»

—Son preciosas —asintió—. Gracias.

Bernard se hinchó todavía más.

—Bueno, ¿y cómo estás? ¿Todavía enferma?

—Ya sabes cómo exagera mi madre cuando teme por la salud de Percy. Sufrí escalofríos una sola noche y lo sacó del país como alma que lleva el diablo para ponerlo a salvo.

—Es un alivio saberlo —dijo él, irguiendo los hombros—. No lo de tu madre. Que te encuentres mejor. —Carraspeó antes de proseguir—. He venido a preguntarte si te apetece dar un paseo conmigo por los jardines de Princes Street.

Hazel ni siquiera fue capaz de fingir entusiasmo. Pensó en el desastre que la esperaba en la habitación, los cristales rotos y las páginas arrancadas que representaban todo el esfuerzo vano de su primera juventud. Cuando abrió la boca, lo primero que acudió a sus labios fue una carcajada gutural y sarcástica.

—No hablarás en serio.

Bernard adoptó la misma expresión que si le hubieran vertido una tetera llena de té caliente encima de la camisa.

—Yo... no entiendo por qué... —balbuceó.

—No. Perdona, no quería decir eso. Quería decir que... —«toda mi vida ha estallado en llamas, mi trabajo se ha ido al garete y estoy cubierta de sangre»— que todavía tengo un poco de fiebre. No estoy bastante recuperada como para... pasear.

Bernard la miró de arriba abajo con expresión crítica.

—Bueno —concluyó por fin—. Sí pareces un poco pálida.

Una astilla de cristal se le clavó a Hazel en el talón por dentro del zapato. Tuvo que morderse la lengua para no gritar.

—En fin, si eso es todo —dijo ella apretando los dientes—, me temo que tendremos que abreviar la visita.

Bernard se quedó pasmado.

—¿Cómo?

Una descarga de dolor atravesó la pantorrilla de Hazel.

—Te presento mis disculpas, primo. Debo pedirte que te marches ahora.

Una sombra cruzó el rostro de Bernard, la más negra que Hazel había visto nunca en su semblante. Su primo, por lo general alegre y bonachón, había crecido y ella no se había dado cuenta. La mandíbula se le había afilado, su frente era más prominente, la boca más tensa.

—Bueno —fue la respuesta de él—, solo para estar seguro. Rehúsas mi propuesta de dar un paseo.

—Bernard, lo siento, pero tengo preocupaciones más importantes en este momento que deambular por los jardines de Princes Street fingiendo interés en lo que sea que tengas que decirme.

El comentario fue mucho más cruel de lo que Hazel pretendía, pero las palabras habían esquivado su cerebro y brotado directamente de sus labios.

Bernard la miró como si lo hubiera abofeteado. Se quedó allí con la boca abierta como una trucha unos instantes, antes de chasquear los labios.

—Supongo que te veré en el baile, ¿cierto? —dijo por fin. El baile de los Almont era todo un acontecimiento en Edimburgo, una ocasión para que lord Almont exhibiese sus últimas adquisiciones artísticas y para que los demás lucieran su vestuario más caro.

—Claro, Bernard —asintió Hazel con aire sombrío.

—Muy bien. En ese caso, parece ser que no tenemos nada más que hablar. Te deseo un buen día, prima.

Se marchó entre las ondas de su abrigo azul y dejó que Charles, con expresión atónita, cerrara la puerta cuando salió.

—Uuf. ¡Por fin! —exclamó Hazel mientras tiraba los lirios a una mesa auxiliar y se despojaba de los zapatos y las medias. Se masajeó el pie masacrado—. Necesito un baño caliente para librarme de todos esos cristales. Perdona otra vez por el estropicio, lo limpiaré en cuanto, bueno, vuelva a ser persona. Sinceramente, qué valor tiene. Presentarse aquí sin avisar y comportarse como si fuera un pecado que no quiera dar un paseo con él. Además, ¿qué es un paseo, al fin y al cabo? Tan solo caminar a un paso más lento que el de cualquier ser humano normal para poder lucir tu nuevo modelito delante de personas que solo están pendientes de exhibir su propio atuendo recién estrenado. Es un ejercicio absurdo de autocomplacencia que ni siquiera funciona, porque todos están demasiado absortos en sí mismos como para dispensar la admiración que ansían los demás. Además, como si Bernard precisara dar vueltas por los jardines como un poni del circo para que la gente se fije en su atuendo; lo juro, ese abrigo azul debe verse desde Glasgow. Uf, aquí está.

—Haciendo uso de las uñas, Hazel se arrancó del pie una esquirla de cristal más sanguinaria que el resto—. Charles, tráeme una palangana, ¿quieres? Debería deshacerme de estos cristales antes de que se abran paso hasta mi otro pie.

Charles, que se había quedado junto a la puerta con discreción, obedeció. Iona se acercó mordisqueándose la uña del pulgar.

—Si me permite, señorita, es posible que se haya mostrado un poquito, bueno, brusca con él.

Hazel se humedeció el pulgar y lo deslizó por una mancha roja que tenía en la pierna. La mancha desapareció. Bien. Solo era sangre seca, entonces, y un pequeño arañazo.

—¿Brusca? Es un hombre, ¿no? Tiene el mundo entero a sus pies. Me parece que podrá soportar que rechace un paseo.

—Pero es su prometido —insistió la doncella mirando al suelo.

—Todavía no. Por más que mi madre se empeñe en que sí lo es, para poder librarse de mí de una vez por todas.

Iona tragó saliva y se enredó un mechón de cabello en el dedo.

—En ese caso, tal vez debería mostrarse más agradable con él, para asegurarse...

—Vamos, Iona, por favor. Tendré la vida entera para mostrarme agradable con él si tanto lo desea. ¿No puedo tomarme ni una sola tarde libre para despedirme de mi futuro?

Charles regresó con la palangana y los tres se desplazaron al dormitorio de Hazel para emprender la engorrosa tarea de deshacer el maremágnum que su frustración había provocado.

—Es una pena —comentó Charles al mismo tiempo que recogía un escarabajo— tirar todas estas cosas tan interesantes.

Hazel tomó el escarabajo que el lacayo sostenía entre los dedos y lo sostuvo hacia la luz. El insecto era negro, pero proyectaba un brillo azul e irisado cuando los rayos del sol de mediodía incidían sobre él.

—No las tiraremos, Charles. Limitémonos a barrer el cristal y recuperemos los especímenes. Yo volveré a fijarlos en placas mañana.

—Muy bien.

Hazel observó a Charles, que trabajaba con la escoba. Y luego miró a Iona, que tenía la vista fija en Charles. Un sentimiento muy parecido al afecto inundó su pecho como una ola.

—¿Saben qué? —dijo—. Bernard no andaba tan desencaminado. Hace un día precioso para pasear. Yo puedo ocuparme del resto. ¿Por qué no bajan ustedes dos a los jardines? Llévense un carruaje.

Los dos criados miraron a Hazel con perplejidad.

—¿A los jardines de Princes Street, señorita? —se sorprendió Charles.

—¿Juntos? —preguntó Iona.

—Claro que sí —dijo Hazel con brío—. Hace frío, eso sí. No olviden llevar abrigo y bufanda. Pero ha salido el sol, y bien sabe Dios que eso rara vez sucede en esta parte del mundo.

El rostro de Iona vaciló entre el terror y el deleite. Su expresión recordaba mucho a la que exhibiría un adorable animalito del bosque que hubiera perdido el juicio.

—¿Segura que se las podrá arreglar sola? ¿Sin mí?

—Iona, no pretendo desmerecer tu impecable servicio, pero no me cabe duda de que me las podré arreglar una tarde sin ti. Tal vez salga a caminar por la cañada.

—¿A dar un paseo? —preguntó Iona con un brillo malicioso en los ojos.

—Muy lista.

—¿No supondrá un problema que salga sin chaperona? Aunque su madre no esté, me preocupa... ya sabe, el asunto de las apariencias y todo eso.

—Iona, hace semanas que paseo a solas por Edimburgo.

—Ah, sí —dijo la doncella—. Olvido que es usted cuando se viste de George.

—Vamos, váyanse antes de que se haga tarde. Le diré a la cocinera que les guarde algo de cena por si llegan tarde.

La sonrisa de Charles habría bastado para prender todos los quinqués de Hawthornden al mismo tiempo. Los dos se incorporaron y, nerviosos, maniobraron para salir al pasillo, cada cual cediendo el paso al otro con educación, hasta que Charles hizo una reverencia e Iona, adelantándose, tropezó con sus enaguas.

—¡Cuidado! —exclamó el lacayo a la vez que le sujetaba el codo con delicadeza.

Media hora más tarde, Hazel había terminado de recoger el estropicio que había causado en su laboratorio casero. Recogió y alisó los papeles que no había tirado por el balcón y los prensó entre libros para planchar las arrugas. Las emociones que había despertado en ella el enfrentamiento con Straine se le antojaban ya menos importantes, más distantes, como si hubieran encogido a un tamaño adecuado para guardarlas en una sombrerera y luego enterrarlas en el fondo de un armario.

Oyó un canturreo procedente de la cocina y husmeó los aromas que salían de los fogones. La cocinera estaba preparando pastel de pescado, uno de los platos favoritos de Hazel que pocos sabían preparar como Dios manda. Hazel dobló el recodo que daba a la cocina y encontró a la mujer aplastando una montaña de papas en una fuente gigantesca. La salsa de nata hervía a fuego lento.

La cocinera recibió a Hazel con una sonrisa.

—Mi mano está infinitamente mejor —declaró con orgullo. Levantó la palma para mostrar el corte que Hazel había suturado—. Ni una gota de secreción. Si le digo la verdad, eso me preocupaba un poco, pero la he visto tan ocupada estos días que no quería molestarla. Con su enfermedad y todo eso.

La sonrisa de la cocinera reveló un hueco entre sus dientes, y Hazel se la devolvió sin poder contenerse.

—Si no hay pus, todo va bien —respondió—. A ver, deje que le eche un vistazo. —El corte, antes atroz, había cambiado a una línea fina y rosada cruzada por la costura de Hazel—. Me parece que ya podemos retirar los puntos.

—He sido muy cuidadosa. No los he presionado y he procurado no tensarlos.

—Eso es maravilloso. Ha sanado maravillosamente bien. —Hazel se extrajo un pasador del cabello y, acercando la mano de la cocinera a la luz del fuego, fue soltando cada punto despacio. El rostro de la mujer se crispó y apartó los ojos, pero Hazel trabajaba con destreza y terminó antes de que la cocinera llegara a gritar siquiera.

—Ya está —anunció—. Dudo mucho que le quede cicatriz. Apenas será visible, en todo caso.

—Difícilmente sería una cocinera si no tuviera cicatrices en las manos, señorita.

—Bueno, espero que no le importe tener una menos. He bajado para pedirle que les guarde la cena a Charles y a Iona. Les di permiso para dar un paseo juntos por los jardines de Princes Street.

La cocinera aplaudió.

—¡Bien, me alegro por ellos!

Susan, la ayudante de cocina, depositó un montón de platos en el fregadero. La vajilla repicó con estrépito.

—¡Ya era hora! —resopló—. Me he hartado de decirle a ese muchacho que diera el paso. Siempre está en la luna. Es un milagro que consiga terminar sus tareas.

El ambiente cálido de la cocina —la presencia de la cocinera, el fuego, el aroma del pastel de pescado— envolvió a Hazel y despejó sus malas sensaciones de la mañana y del día anterior. Se había sentido segura y capaz trabajando con la aguja y luego con el pasador, al retirar los delicados puntos. Había disfrutado con la sensación de competencia, de examinar la herida de la cocinera, saber qué hacer y luego ponerlo en práctica. Tal vez hubiera sido una ingenua al pensar que encontraría la manera de ejercer de cirujana en la esfera pública, pero quizá fuera igualmente necio concluir que no serviría de nada aprender todo lo que pudiera entretanto. Cuando se casara con Bernard, abandonaría Hawthornden, su laboratorio casero y los libros de su padre. Se instalaría en la Casa Almont pertrechada tan solo con su ajuar y su intelecto. Estando su madre y su hermano en Bath, y su padre en el extranjero, tal vez esta fuera la última etapa de su vida en la que tuviera ocasión de asistir a un seminario de medicina sin ser descubierta. Tal vez hubiera una salida.

—¿Le importaría guardarme un plato caliente a mí también? —preguntó Hazel—. Tengo que hacer un recado en Edimburgo y es posible que vuelva tarde.

15

El cartel apareció en el enorme portalón de roble de Le Grand
Leon una gélida mañana de noviembre. Lo había clavado el
señor Arthur, que se aseguró de que el anuncio estuviera recto antes de lanzar un suspiro y regresar al interior.

—Así que es verdad, ¿no? —dijo Thomas Potter, el actor
principal. Su boca exhibía un gesto crispado, con los labios
apretados. Se volvió para mirar a Isabella, que estaba de pie
tras él y lo miraba nerviosa tras una cortina de cabello rubio.

—Sí —respondió el señor Arthur—. Y teniendo en cuenta
el estado en que se encuentra la ciudad, sabe Dios si podremos abrir la próxima temporada, así que les aconsejo a todos
empezar a buscar otras maneras de obtener el sustento.

Isabella tironeó de la chaqueta de Thomas.

—Thom, ¿qué vamos a hacer con...?

Él volteó a mirarla.

—Ya lo pensaremos. Ya lo pensaré.

El hombre le plantó un beso en la coronilla, con ternura.

Jack estaba sentado en los puentes, escuchando. Llevaba
días atento a las conversaciones entre el señor Arthur y el
propietario del teatro, entre el propietario del teatro y el co-
reógrafo. A lo largo de la última semana, habían representa-

do la función ante filas de asientos prácticamente vacíos mientras el terciopelo rojo acumulaba una fina capa de polvo. A las gentes pudientes les parecía demasiado arriesgado ir al teatro cuando la amenaza de una plaga pendía sobre la ciudad. De modo que se quedaban en casa. Así pues, al menos de momento, Le Grand Leon cerraba las puertas.

—Tú te puedes quedar si quieres, Jack —le dijo el señor Arthur el día siguiente, cuando ya todos los actores se habían marchado, mientras le tendía a Jack un grueso aro con varias llaves de latón—. De hecho, te agradecería que lo hicieras. Para mantener a raya a los ladrones. No puedo pagarte mucho; nada, en realidad. Pero así tendrás un techo sobre tu cabeza si lo necesitas. Nos vendrá bien tenerte aquí, cuidando del teatro. Por si... ya sabes.

—¿Por si qué? —preguntó Jack al mismo tiempo que tomaba las llaves.

El señor Arthur sonrió con tristeza.

—Por si volvemos a abrir la próxima temporada.

Le propinó unas palmaditas cordiales en el hombro y recorrió el pasillo camino al vestíbulo. El chico se quedó en un teatro desierto, habitado tan solo por ecos y fantasmas.

Jack tendría que robar otro cadáver cuanto antes si quería comer.

16

Hazel esperaba en parte que la puerta de la Academia de Anatomistas de Edimburgo se abriera directamente al quirófano, el mismo que había visto por debajo de la grada. En vez de eso, cuando Hazel estampó la aldaba de latón contra la puerta, un lacayo tocado con una peluca empolvada la acompañó al interior de un vestíbulo amueblado con elegancia que recordaba a un salón exclusivo o a un club de caballeros. Un fuego de vivos tonos anaranjados ardía alegremente en el hogar y su crepitar era el único sonido en esa sala, silenciosa por lo demás, donde vio alrededor de diez hombres, todos con grandes bigotes, desparramados por los divanes de terciopelo, sorbiendo coñac y leyendo el periódico.

Había una pared entera cubierta de trofeos de caza, cabezas de cebra y de rinoceronte disecadas, así como una de león y otra de elefante surcada de cicatrices, esta última sin los cuernos de marfil. La pared opuesta estaba forrada de enormes librerías, tan altas que hacía falta una escalera corrediza para llegar a los volúmenes de los estantes superiores. Hazel intentó echar un vistazo a los títulos, pero casi todos estaban demasiado desvaídos como para dejarse leer. En los estantes más bajos estaban los volúmenes en latín.

El fuego del hogar prestaba a la sala un ambiente inusualmente cálido, y Hazel luchó contra el impulso de estirarse las enaguas y aflojarse el corsé. Después de tantas semanas vistiendo las viejas prendas de George, había olvidado hasta qué punto resultaban agobiantes las capas y capas de tela de las que constaban los vestidos femeninos, en particular cuando pretendías ofrecer un aspecto sumamente refinado. Y ese era el aspecto que tenía Hazel. Se había ataviado igual que un soldado se enfundaría su armadura, con tanta protección como la riqueza y el buen gusto le permitían exhibir. El vestido era de un discreto tono azul, ribeteado de encaje negro en terciopelo y encordado. El cuello de la prenda iba atado a la garganta con una cinta color lavanda. Tenía el aspecto, en suma, de una respetable dama de la alta sociedad de Edimburgo, y si bien era muy posible que el lacayo de la Academia hubiera sentido extrañeza al verla sin chaperona, sin duda se sentía demasiado intimidado por una mujer como Hazel como para hacer preguntas o negarle la entrada. Ser una mujer le había cerrado muchas puertas a Hazel Sinnett, pero también le había revelado una valiosa arma de su arsenal: las mujeres apenas se consideraban personas, lo que te otorgaba el poder de la invisibilidad. La gente veía a las mujeres, es cierto; veían sus vestidos cuando salían a pasear por el parque y las manos enguantadas que posaban en los brazos de sus pretendientes al entrar en el teatro, pero jamás las habían considerado una amenaza. Nunca representaban un desafío que valiera la pena tenerse en cuenta. El lacayo tal vez le hubiera negado la entrada a una pordiosera o incluso a un hombre desconocido o extranjero, pero Hazel —que emanaba riqueza por los cuatro costados— podía pasar su lado sin que la detuviera si lo hacía con rapidez y fingiendo que se sentía a sus anchas. Y eso fue lo que hizo.

El doctor Beecham estaba sentado a solas en una mesita, con una taza de té fuerte y humeante ante él. Había libros y papeles esparcidos por la mesa. Sobre estos, un gran caparazón de tortuga hacía las veces de pisapapeles. A pesar del calor que irradiaba el hogar, llevaba su saco de siempre con el cuello levantado hasta la barbilla.

—Hola, doctor Beecham —lo saludó Hazel con voz queda. Unos cuantos caballeros protestaron con gruñidos, molestos por la interrupción, antes de reanudar la lectura.

El doctor Beecham terminó de escribir algo y dejó la pluma en el soporte del tintero.

—Me parece que no tengo el placer de conocerla. ¿Me equivoco? Le ruego me disculpe si nos han presentado. Me temo que mi memoria ya no es lo que era.

—No sé con precisión qué responder a eso, doctor Beecham —confesó Hazel—. Soy... Me llamo Hazel Sinnett. —Se retiró el tocado y se quitó los rizos para que el hombre pudiera verle la cara—. Pero usted me conoce como...

—George Hazleton.

Beecham se levantó y le tendió la mano. Hazel se la estrechó sorprendida.

—Sí, por supuesto. Straine me comentó que... Pero me estoy adelantando. Señorita Sinnett, siéntese, por favor. ¿Le gustaría una taza de té?

Aturdida, Hazel tomó asiento en la mesa, enfrente de Beecham. El caballero que estaba sentado allí cerca se atragantó al verla acomodarse, pero retomó su lectura con mayor celeridad que antes si eso es posible.

—Fascinante —dijo Beecham, que la escudriñaba como si su piel fuera transparente y pudiera ver sus huesos y músculos en funcionamiento—. Es increíble que no me percatara de inmediato. Absolutamente fascinante. ¿De dónde sacó las prendas? ¿Las compró? ¿Se las encargó a un sastre?

—Eran de mi hermano. —Antes de que le diera tiempo de morderse la lengua, añadió—: Falleció.

El rostro de Beecham se ensombreció.

—Cuánto lo siento. Lo lamento en el alma. Yo tenía un hijo que... —Su mirada se perdió en el infinito un instante y al momento sacudió la cabeza—. No importa. Es un placer saludarla por fin, señorita Sinnett.

—Pero, no lo entiendo. ¿Usted...? —empezó a decir Hazel. Al momento, descartó la idea y parpadeó unas cuantas veces—. ¿No está enojado conmigo?

El doctor Beecham esbozó una sonrisa compungida.

—No, le confieso que no lo estoy. Quizá un poco decepcionado conmigo mismo por mis escasas dotes de observación, pero... no, no. No estoy enojado. La verdad es que me siento intrigado.

—¿Intrigado?

—Por usted. Como espécimen. Es muy raro que una mujer sienta un interés tan profundo en las ciencias naturales. Y todavía más raro, si me permite decirlo, encontrar a una con sus aptitudes. Dígame, ¿siempre le ha interesado la anatomía?

Y así, cuando depositaron una taza de té delante de Hazel, ella se recostó en una comodísima butaca de terciopelo y se sorprendió contándole al doctor Beecham toda la historia. Le habló de su solitaria infancia tras los muros grises de Hawthornden, escondida en el despacho de su padre, leyendo libros de medicina y alquimia a la luz de las velas hasta altas horas de la noche, cuando todo el mundo la creía en la cama. Le habló de su padre, que vivía en el extranjero, y de su madre, siempre tan distante, atrapada en un duelo perpetuo, obsesionada con la salud de su hermano menor, el nuevo heredero. Desde que aprendió a escribir su nombre había querido estudiar el cuerpo humano, aprender las reglas que lo gobernaban, entender los mecanismos de ese extraño recipiente que contenía el alma. Qué frágil era, había comprendido Hazel cuando era una niña que se arañaba las rodillas y veía brotar perlas de sangre debajo de las medias. Dedicaba horas a trazar el trayecto de las venas verdiazuladas bajo la piel.

Beecham la escuchó con atención mientras vertía más azúcar en el té y acompañaba con asentimientos las palabras de Hazel.

—Y así fue como acabé en sus lecciones de anatomía —concluyó la muchacha.

Había omitido su incursión furtiva en el teatro para ver operar a Beecham con el milagroso *ethereum*. No veía motivos para meter en líos al muchacho, el ladrón de cadáveres.

—Juro que no hubo mala intención por mi parte ni pretensión de engañarlo. Sencillamente no se me ocurría otra manera. Se lo suplico, si me deja seguir asistiendo a sus clases, trabajaré con más ahínco que ningún otro alumno que haya tenido y aprenderé con mayor diligencia. Si pudiera hablar con el doctor Straine, o convencerle de que me permita proseguir mis estudios... Seré discreta, si así me lo pide, y encontraré la manera de ejercer de médica de algún modo. Todavía no sé cómo, pero lo conseguiré. Sus lecciones no caerán en saco roto. Juro que me las arreglaré para aprobar el examen de capacitación médica, sé que lo haré.

Casi había perdido el aliento cuando dejó de hablar. Sus labios habían corrido más que su cerebro.

Beecham añadió otra cucharada de azúcar al té y sorbió meditabundo. Torció el gesto y añadió una más.

Hazel descubrió con sorpresa que una cabeza pequeña y correosa asomaba del caparazón que había sobre la mesa.

—Ah, hola, Galeno —dijo Beecham. Le dio a la tortuga un trocito de galleta y acarició el caparazón distraído antes de volver su atención a Hazel.

—Le diré una cosa —empezó—. Yo no comparto las ideas de nuestro amigo, el doctor Straine, respecto a los médicos del sexo femenino. Cuando se lleva en este mundo tanto tiempo como yo, querida mía, acepta las innovaciones sobre la marcha, y usted representa una gran innovación.

El doctor Beecham no tendría más de cincuenta años, pero Hazel entendió a qué se refería.

—¿Eso significa —empezó despacio— que existe alguna posibilidad de que me permita seguir asistiendo a sus clases?

Beecham carraspeó y pidió con gestos que le trajeran otra tetera.

—Por desgracia, si el doctor Straine es reacio a que participe en sus prácticas, no hay nada que yo pueda hacer para convencerlo de lo contrario. De hecho, cuando habló conmigo el otro día, intenté transmitirle la idea de que una mente excepcionalmente dotada para la medicina podría adoptar una apariencia femenina, pero es terco como una mula, me temo.

—Pero sin duda usted —insistió Hazel—, como director del curso, como catedrático, puede hacer algo. Su abuelo fundó la sociedad.

—Señorita Sinnett. Por más que me duela admitirlo, es posible que el doctor Straine tenga razón. Las prácticas anatómicas pueden resultar... repulsivas. Carne pútrida, órganos tumefactos. Tal vez sea mejor, a pesar de todo, proteger su delicada sensibilidad femenina. —Tomó un trago de té y lanzó un suspiro de satisfacción—. Y las clases se complican aún más a partir de ahora. Son exigentes en grado sumo. Por no hablar del examen de Medicina. Requiere un esfuerzo inmenso. Sí, tal vez sea preferible, pese a todo...

Una chispa de luz brilló en el cerebro de Hazel y habló antes de que la lógica o el sentido común la pisotearan.

—¿Y si me presento al examen? Sin asistir a las clases. ¿Y si me permitiera presentarme al examen de Medicina de todos modos?

El doctor Beecham ladeó la cabeza y se acercó la pluma a los labios.

—Un experimento... —rumió.

—Sí —dijo Hazel a toda prisa—. Exacto. Un experimento. Para poner a prueba mis conocimientos. Si apruebo, me acreditarán como médico y usted permitirá a las mujeres inscribirse en sus clases a partir de ese momento. En las suyas y en las de Straine.

Un hombre depositó una nueva tetera en la mesa y Beecham dio las gracias al criado con una sonrisa afable antes de volverse hacia Hazel. Cuando el médico se inclinó para volver a llenar su taza, Hazel creyó atisbar algo brillante y dorado, casi resplandeciente, en el bolsillo de su camisa. Sin embargo, antes de que llegara a distinguir qué era, Beecham volvió a recostarse en el asiento.

—Le advierto que aprobar el examen le resultará casi imposible sin la ayuda que supone el estudio de los especímenes. Dudo que nadie pueda aprobar sin hacer unas cuantas disecciones. Incluso el propio John Hunter se encontraría en apuros.

—Lo conseguiré. Se lo aseguro: lo conseguiré. Y no seré la última mujer que quiera inscribirse en su curso, doctor Beecham, eso también se lo aseguro. Cuando yo apruebe, las demás descubrirán que es posible. Y aprobaré.

Beecham se animó visiblemente. Los ojos le brillaron de la emoción.

—Me encantan los juegos, señorita Sinnett.

—Así pues, tenemos un trato —dijo Hazel mientras le tendía la mano.

Beecham extendió la suya para estrechársela, pero la retiró al momento.

—Antes, las condiciones. Se presentará al examen de capacitación al final del semestre. Si aprueba, abriré el curso a cualquier mujer que desee asistir, si bien le advierto que podría no haber tantas compartiendo su singular predilección como parece pensar. Y, en el improbable caso de que aprobara, le ofreceré una formación en prácticas conmigo en el hospital universitario, donde, como ya sabrá, ejerzo como jefe de cirugía. Una formación exclusiva y muy codiciada.

Bajó la mano, listo para estrechársela a Hazel. En esta ocasión fue ella la que dudó.

—¿Y qué pasa si no lo apruebo? Entonces, ¿qué? Toda apuesta entraña riesgos, ¿no es cierto?

Beecham rio en voz baja, pero no con crueldad.

—Bien pensado, señorita Sinnett, aunque considero nuestro acuerdo más un experimento que una apuesta. En cualquier caso, imagino que los riesgos de su fracaso son obvios. En primer lugar, no podré convencer a mi colega, el doctor Straine, de que permita a otras mujeres asistir al seminario en el futuro. Digamos que, si no aprueba el examen, no podrá volver a presentarse en el futuro. La totalidad del experimento, la posibilidad de que una mujer sea cirujana, se considerará concluida.

Hazel asintió y se estrecharon la mano.

Beecham tenía la mano fría y ella pudo sentir el frío extremo que desprendía incluso a través del guante.

—Muy bien, pues —dijo el cirujano—. Estoy deseando volver a verla cuando se presente al examen. ¡Ah, una última cosa! —levantó un dedo mientras revolvía entre el montón de libros que reposaba a un lado de la mesa—. Ajá. Aquí lo tenemos. Una edición más reciente del *Tratado del doctor Bee-*

cham. Para que lo estudie. Casualmente advertí que el libro que trajo a clase estaba un tanto desfasado. Y un poquitito deteriorado, si no le importa que se lo diga.

Hazel tomó el libro. La luz del fuego se reflejó en las brillantes letras doradas de la portada.

TRATADO DE ANATOMÍA DEL DOCTOR BEECHAM

O PREVENCIÓN Y CURA DE LAS ENFERMEDADES
MODERNAS

Doctor William Beecham
24.ª edición, 1816

—Gracias —dijo Hazel mientras lo hojeaba. Reparó en las anotaciones que había en los márgenes—. ¿Está seguro de que no le importa? Tiene notas.

El doctor Beecham desdeñó el asunto con un gesto de la mano.

—Garabatos sin importancia, estoy seguro. Y ahora, si me disculpa, debo proseguir mi trabajo. En el centro de la ciudad se están produciendo muertes terribles. Terribles.

Hazel se irguió en el asiento.

—¡Lo he oído! Dicen que las fiebres romanas han regresado. ¡Usted habló de ello! ¡Lo leí en el periódico!

—Sí, estoy examinando los cuerpos. Es espantoso, verdaderamente espantoso.

—Entonces, ¿piensa que es cierto? —preguntó Hazel con voz queda—. ¿Es un brote de fiebres romanas?

El doctor Beecham parecía desolado. Asintió.

—Eso parece. Y la opinión pública no muestra demasiado interés cuando son los pobres los que fallecen. A casi nadie le importa.

—Mi hermano, el que murió... sucumbió a las fiebres —confesó Hazel. Evitó los ojos del médico—. Mi hermano George. La última vez que la plaga azotó Edimburgo.

—George —repitió el doctor Beecham con suavidad—. George. Por supuesto. Mis más profundas y sinceras condolencias por su pérdida, de veras. —Permaneció tanto tiempo con la mirada perdida en el infinito que Hazel se preguntó si debía marcharse. Cuando estaba a punto de ponerse de pie, Beecham siguió hablando—. *Morte magis metuenda senectus.* ¿Sabe latín, señorita Sinnett?

—Solo un poco, lamento decirlo. ¿Significa algo así como... «tememos la vejez...»?

—Más debemos temer a la vejez que a la muerte. —De nuevo, Beecham adoptó esa expresión ausente, y Hazel y él guardaron silencio unos instantes, entre los chasquidos del fuego, que seguía crepitando en el hogar, y los gruñidos de los bigotudos, que inhalaban ruidosamente y pasaban las páginas de sus diarios. Por fin, el doctor Beecham retomó la palabra—. Bueno, espero que estudie mucho y apruebe el examen, señorita Sinnett. —El reflejo del fuego destelló anaranjado en sus ojos—. En particular si las fiebres romanas han regresado a nuestra bonita ciudad. Tal vez sea usted quien acabe por descubrir la cura.

De *Historia de la Medicina Oficial en la Práctica* (1811):

La filosofía de la medicina durante el período Tudor se basaba ante todo en el principio de los cuatro humores, formulado en los trabajos de Hipócrates (*ca.* 460 a. C.) y más tarde desarrollado por Galeno de Pérgamo (*ca.* 129 d. C.), el destacado médico de la antigua Roma.

Los médicos inspiraban su ejercicio en la idea de que cada individuo posee un «humor» o fluido dominante que define su personalidad, y pensaban que cualquier enfermedad se podía explicar en el contexto del exceso o la deficiencia de uno u otro. Los cuatro humores eran: sangre, flema, bilis amarilla y bilis negra.

SANGRE	Sanguíneo	Caliente y húmedo	Amistoso, con frecuencia bromista y risueño; posee la tez rosada y un aspecto saludable	Aire	Primavera	Hígado
FLEMA	Flemático	Frío y húmedo	Apático, a menudo olvidadizo; su cabello encanecerá mientras aún es joven	Agua	Otoño	Cerebro
BILIS AMARILLA	Colérico	Caliente y seco	Susceptible, irritable y desdichado; su tez tiende a un tono verdoso	Fuego	Verano	Vesícula biliar
BILIS NEGRA	Melancólico	Frío y seco	Perezoso y enfermizo; cabello y ojos negros	Tierra	Invierno	Bazo

17

—¡Eh!

Hazel iba tan distraída al salir de la Academia de Anatomistas, tan animada por el objetivo que tenía entre manos y su decisión de alcanzarlo, que adoptó un paso vivo y seguro sobre los adoquines salpicados de lluvia del callejón y de inmediato se estampó contra un desconocido.

—¡Lo lamento infinita...! ¡Eres tú!

Hazel pretendía ofrecer una disculpa, pero alzó la vista mientras se alisaba la falda y lo vio: el chico de la exhibición quirúrgica, el que la había arrastrado al callejón y, como su propio Virgilio a través del infierno, la había acompañado a una ubicación secreta debajo de la grada. En ese momento estaba parado ante ella, también demasiado perplejo para hablar, y Hazel aprovechó para echar un buen vistazo a su rostro.

Sí, era él, el muchacho del otro día. Recordaba la mata de cabello negro larga hasta el cuello y esa nariz delgada y aguileña. Por no hablar de sus extraños ojos grises. Al verlos de cerca, Hazel distinguió los anillos azul marino alrededor de los iris y las motas azules que jaspeaban el gris claro como veneno disuelto en agua. Era alto, un metro ochenta mínimo, pero los pantalones únicamente le cubrían hasta los tobillos, aunque alguien le había descosido los dobladillos para que fueran más largos. Las mangas de la camisa también le quedaban cortas, y Hazel identificó nada menos que cuatro desgarrones que habían sido remendados con puntos torpes pero delgados.

—Señorita Sinnett —la saludó el chico, que reveló sus afilados colmillos al hablar—. ¿O debo decir lady Sinnett? Sea como sea, parece ser que volvemos a encontrarnos.

—Puedes llamarme Hazel. Y siento decir que no tengo el honor de recordar tu nombre, dado que no llegaste a decírmelo.

El muchacho sonrió y le hizo un guiño, aunque pudo ser una mueca para proteger los ojos del sol poniente que había avanzado desde High Street hasta la entrada del callejón y los iluminaba a los dos con los últimos rayos, amarillo pálido, de ese día de finales de otoño.

—Y no lo vas a tener. No acostumbro a retozar con damas de la alta sociedad tan a menudo como para considerar que sean necesarias las presentaciones.

—Pues ya coincidimos dos veces —arguyó Hazel.

—Sí, pero ¿se puede considerar una cita si no conoces mi nombre? —replicó, y esta vez el guiño fue evidente.

Hazel sintió que un calorcillo extraño le ascendía del ombligo al pecho, una intensa emoción que solo había sentido hasta entonces cuando preparaba un experimento y estaba esperando el resultado. Era una sensación de expectación, de querer saber qué sucedería a continuación combinada con el efecto de haber bebido una copa de champán con el estómago vacío.

El muchacho le tendió la mano y Hazel se dispuso a estrecharla.

En el instante en que la piel de ambos entró en contacto, las burbujas de champán se multiplicaron con energía frené-

tica. Era puro galvanismo, las descargas eléctricas de Galvini —no había otro modo de describirlo—, una corriente que
fluía desde la mano del chico a la de Hazel y avanzaba direc-
ta a su corazón desbocado.

—Encantado de verla de nuevo, Hazel Sinnett —dijo él
al mismo tiempo que le estrechaba la mano. La suya era tan
grande que la manita de Hazel desapareció entre los dedos
del muchacho.

A la entrada del callejón, allí donde hacía esquina con
High Street, un chico gritó, usando las manos para amplifi-
car la voz:

—¡Eh! ¡Currer! ¡Deja ya de flirtear! —Parecía más grande
que el joven de los ojos grises, pero era más bajo y recio,
como si su cuerpo fuera un bloque de músculo compacto—.
Ya te pagaron, ¿no? Dame la mitad para que pueda ir al *pub*.
Te lo juro por Dios, Jack, no me enredes esta vez, compañero.
Bailey me cortó el crédito en el Arms y necesito un trago
fuerte, en serio.

Jack gimió y apartó la mano.

—¡Maldita sea, Munro! Tengo el dinero. Ve al *pub* y dile a
Bailey que te sirva la primera copa por mi cuenta. ¡Lárgate ya!

Jack, que evitaba los ojos de Hazel a propósito, se había
puesto colorado como un tomate.

Munro no parecía convencido, pero desapareció tras el
recodo del callejón. Jack observó su partida y, acto seguido,
se volvió hacia Hazel, que esperaba con una ceja enarcada.

—Así que... Jack Currer, ¿eh?

Jack Currer, el chico de los ojos grises, le dedicó una reverencia histriónica.

—A su servicio.

Hazel se fijó en la mugre que había debajo de sus uñas y
en el lodo seco pegado a los zapatos. Miró la placa de la Academia de Anatomistas y de nuevo a Jack.

—Eres un ladrón de tumbas, ¿verdad?

Jack se irguió, también arqueando una ceja.

—Ah, no —fue su respuesta—. No, ni hablar. Yo no soy un ladrón de tumbas. Mucho ojo con lo que dices. Verás, si no te llevas nada de la tumba que no sea el cadáver, no te pueden acusar de robar.

—Entonces eres un ladrón de cadáveres.

Jack miró por encima del hombro para asegurarse de que nadie los estuviera escuchando. Estaban solos en la placita, la puerta de la Sociedad de Anatomistas estaba cerrada y el pasaje adyacente se encontraba desierto. Se inclinó hacia Hazel.

—Prefiero el término «resurreccionista». Es un poco más romántico, ¿no te parece?

—Por eso conocías el pasaje que da al teatro quirúrgico. Les vendes cadáveres a los médicos.

—A veces.

Hazel lo observó con renovado interés, de la cabeza a los pies. El muchacho debía de tener su misma edad o quizá un año más. Los delgados dedos se le crispaban mientras hablaban.

—¿Y cuánto cobras? —le preguntó—. Por un cadáver.

—Pues depende. ¿Estás buscando uno?

—Pues depende —lo imitó Hazel—. ¿Haces entregas a domicilio?

4 de noviembre de 1817
Henry Street, n.º 2
Bath

Querida Hazel:

Tu hermano Percy ha pescado un resfriado. Le gotea la nariz todo el día y se pasa la mitad de la noche tosiendo. Solo de verlo se me parte el alma. Lo llevo a las aguas termales dos veces al día y el boticario nos ha dado gotitas de láudano para ayudarlo a dormir. Te suplico que lo tengas presente en tus oraciones y le pidas al Señor que se cure cuanto antes. ¡¡¡Es un resfriado espantoso!!!

Tu madre, lady Lavinia Sinnett

18

El castillo de Hawthornden se alzaba en la cima de un monte escarpado, y si recorrías la estrecha senda del jardín hasta la fachada izquierda del edificio de piedra, podías atisbar una pequeña puerta de madera encajada en la misma ladera, justo debajo de la construcción. Era una puerta envejecida, blanqueada por el sol e hinchada por la lluvia y la humedad, casi invisible en aquella noche oscura y sin luna. Tenía una ventanita con una rejilla de metal a la altura de los ojos. Cuando Jack llamó, la rejilla se abrió con un ruido metálico.

—¿Quién anda ahí? —dijo una voz al otro lado de la puerta. Era una voz de mujer, la de Hazel, que fingía seguridad y adoptaba un tono masculino artificial con el fin de ahuyentar a quien fuera tan necio como para entrometerse.

Jack levantó el farol que sostenía de modo que le iluminara la cara.

—No seas tonta, soy yo. ¿Quién más encontraría en plena noche la puerta oculta que da a una maldita mazmorra escondida en los cimientos del castillo?

—¿La contraseña?

—Ah... Este... —Jack se miró la palma de la mano, donde había escrito con tinta las palabras. El sudor había borroneado las letras—. *Morto... vivios... bo...* No, no, espera. ¿Doce o algo así?

Con un suspiro, Hazel abrió la puerta de la mazmorra, pesada y chirriante.

—*Mortui vivos docent.*

Empujando la carretilla, Jack se abrió paso para internarse en la cámara subterránea.

—Perdona, me salté las clases de latín cuando estudiaba en Eton.

Hazel tuvo que pegar el cuerpo a la pared húmeda para evitar que la arrollara.

—Pero no de las clases de etiqueta, salta a la vista.

Una vez dentro, Jack soltó los mangos de la carretilla. Resopló por el esfuerzo y se enjugó las manos en los pantalones, ensuciándolos de tinta.

—*Mortui vivos docent* —repitió—. ¿Qué significa?

Hazel miró el bulto oscuro que Jack llevaba en la carretilla tapado con una manta.

—Los muertos enseñan a los vivos. Lo leí en un libro.

Las antorchas que ardían en las paredes y unos cuantos quinqués dispuestos en el banco de trabajo aportaban la única luz de la mazmorra. El recinto carecía de ventanas, salvo por la rejilla corrediza de la entrada, que Hazel había cerrado a cal y canto una vez que cerró la puerta con llave. En la mesa había un despliegue de extrañas herramientas plateadas. Jack reconoció algunas, como los escalpelos y la sierra para huesos. Pero otras tenían el borde curvado y mangos como de tijeras. Era una colección heterogénea, algunas ya oxidadas, otras obviamente fabricadas con plata fina. La colección de una urraca que hubiera arrasado con todo lo que había encontrado.

Jack se fijó en dos pares de grilletes clavados a la pared, dispuestos para sujetar a un prisionero colgado por las muñecas.

—¿Se utiliza este sitio? —preguntó con cierto temor—. Es una mazmorra de verdad, ¿no?

—Podría serlo —asintió Hazel.

Jack soltó una carcajada.

—A decir verdad —continuó Hazel—, no creo que se haya usado nunca para encerrar a un prisionero. Lleva vacía toda mi vida. Hasta ahora.

Jack tomó un pequeño escalpelo con el mango de madera y jugueteó con él.

—Hasta ahora, porque la convertiste en tu laboratorio secreto.

—Algo así.

—¿A tus padres no les importa? ¿Que su niñita se escabulla en plena noche entre los riscos para fraternizar con resurreccionistas?

—Mi padre está en una base de la Marina Real, en Santa Elena, supervisando el exilio de Napoleón. Mi madre... —Hazel titubeó mientras buscaba la mejor forma de expresarlo— está de vacaciones en Inglaterra. En realidad, nunca me presta la menor atención, ni siquiera cuando está aquí.

Por alguna razón, el rostro de Jack —la sonrisita incipiente de sus labios, sus ojos grises y fríos que parecían infinitos, como ventanas abiertas a una extensión de mar en calma que se perdiera a lo lejos— le inspiraba el deseo de contarle cosas, de abrirse y decir todo aquello que nunca había dicho en voz alta. Quizá porque nunca había tenido a nadie con quien compartirlas.

—Vaya —dijo Jack. La luz de la antorcha bailaba en su cara cuando se acercó a Hazel—. Vives en un gran castillo, sola. Pensaba que una dama nunca estaba sola.

La descarga eléctrica de antes volvió a recorrer el cuerpo de Hazel, y de pronto fue consciente de que tal vez hubiera hecho una tontería. Le había dicho a un desconocido dónde vivía, lo había invitado a entrar y luego le había contado que estaba desprotegida. Jack podía ser peligroso. Tal vez perteneciera a una banda de ladrones que aparecerían en cuanto él les diera la señal. Quizá una horda de delincuentes fuera a saquear Hawthornden y luego se marchara dejándola atada y amordazada en un rincón.

Sin darse cuenta, Hazel extendió la mano hacia el bisturí más grande que había sobre la mesa.

—Tal vez no sea una dama —dijo.

Jack miró su cuerpo de arriba abajo un momento y al instante estalló en carcajadas tan sinceras, con un sentimiento de camaradería infantil tan genuino, que Hazel tuvo la seguridad de que el robo nunca había entrado en los planes del chico.

Su corazón latía a toda velocidad y dio gracias por que la pálida luz de las lámparas de gas y las antorchas ocultara el rubor de sus mejillas. Hazel carraspeó.

—Bueno, el espécimen. Puedes colocarlo en la mesa.

Usó el cuchillo para señalar el banco.

—A tus órdenes.

Jack avanzó hacia la carretilla. Hazel desvió los ojos mientras él trasladaba el cadáver y colocaba las extremidades en postura de reposo, como si solo estuviera durmiendo bajo un sudario.

—¿Le dejo la sábana o se la quito?

—Quítasela —respondió Hazel—. Qué más da. Tendré que mirarlo de todos modos. ¿Cuánto te debo? —Extrajo una moneda de su delantal—. Seis guineas, me dijiste.

—Es un cadáver reciente, desenterrado esta misma noche. Diez guineas.

—Que lo hayas desenterrado esta noche no significa que sea reciente. A juzgar por el olor, no lo es. Siete guineas.

—Nueve o me lo llevo a la ciudad vieja y se lo vendo al barbero de Haymarket Street. Es un buen cliente que siempre me paga lo que le pido.

—Ocho guineas y tres chelines —dijo Hazel. Exhibió las pesadas monedas en la palma de la mano.

Jack titubeó y por fin las aceptó.

—Trato hecho.

Ya con el dinero a buen recaudo en el bolsillo, retiró la sábana con una reverencia y dejó a la vista el ajado cuerpo: una mujer joven, encogida y cerosa. El hedor se extendió por toda la mazmorra, una pestilencia dulzona a carne descompuesta y huevos podridos, el cálido almizcle de las larvas.

—Toma —dijo Hazel ofreciéndole a Jack una naranja tachonada de clavos de olor. Ella ya se había acercado la suya a la nariz—. Ayuda a soportar el hedor.

Jack la aceptó agradecido.

—¿También lo leíste en un libro?

—La verdad es que sí —respondió Hazel.

Los párpados del cadáver estaban fríos y azules, el cabello parecía paja. Si le hubieran preguntado, Hazel habría dicho que el cuerpo era de su misma edad exacta. La mujer —la muchacha— había llevado una vida dura, adivinó leyendo el cuerpo como quien lee un libro. Había sabañones en sus pies y sus plantas estaban destrozadas a causa de un mal calzado. Se fijó en las uñas, amarillentas y rotas, en las extremidades cubiertas de magulladuras. Le habían afeitado una sección de la coronilla, donde asomaban las cicatrices y las marcas circulares por haber aplicado ventosas húmedas. La joven había ingresado en el hospital de caridad y la habían tratado extrayéndole sangre de la cabeza mediante cortes y ventosas. Hazel nunca había presenciado el procedimiento, pero había leído al respecto. Ver las cicatrices en vivo —moretones de succión en forma de círculos perfectos, como si la mujer se hubiera enfrentado a un horripilante monstruo marino— delataba una intervención mucho más salvaje de lo que Hazel había imaginado leyendo al respecto en sus libros.

La joven tenía otra cicatriz que discurría a lo largo de aproximadamente treinta centímetroso por el centro del pecho, entre los senos, suturada con unos puntos tan expertos que casi resultaban invisibles. Hazel se preguntó qué enfermedad le habrían tratado. Quizá alguien había intentado salvarle la vida.

Jack ya había recibido su compensación, pero seguía allí, mirando el cadáver por encima del hombro de Hazel.

—¿Tenía...? Ya sabes... ¿Murió de las fiebres?

—¿De las fiebres romanas? —preguntó Hazel con perplejidad.

Jack asintió. Había oído los rumores. El sacerdote que había oficiado el entierro le había rezado a Dios para que encontraran la cura.

—No —fue la respuesta de Hazel—. Claro que no.

Jack se acercó.

—¿Cómo lo sabes? ¡Todo el mundo dice que murió de las fiebres!

—¿Ah, sí? No, mira. —Hazel usó la sábana para empujar el cuerpo y mostrarle a Jack la espalda lisa del cadáver—. No tiene bubones. Ni un solo forúnculo. Son los que dan nombre a las fiebres.

—¿No se llaman así porque proceden de Roma?

Jack había oído a más de un tramoyista de Le Grand Leon maldecir a «esos condenados italianos» por la enfermedad que amenazaba su medio de vida.

—No, claro que no. La llaman así porque el síntoma principal, después de la fiebre, son esos furúnculos henchidos de sangre. Luego estallan y se asemejan a las heridas de un apuñalamiento. Como las de Julio César en la escalera del senado. En Roma. *La plaga romanus.*

—¿Has leído todo eso en un libro? —quiso saber Jack.

—La verdad es que lo conozco de primera mano.

Jack se acercó medio paso.

—Bueno —dijo—, ¿y sabes de qué murió?

A modo de respuesta, Hazel echó mano del cuchillo más grande y practicó una incisión vertical a lo largo del pecho del cadáver, tal como había visto hacer al doctor Straine en clase. Se detuvo y miró el interior con incredulidad. Miró a Jack, luego al cuerpo y otra vez al chico.

—Pues resulta —empezó Hazel— que te puedo decir exactamente de qué murió. No tiene corazón.

—¿No tiene latido? Pues claro... Está muerta. No me dices nada nuevo.

—No —respondió Hazel—. Mira. Literalmente no tiene corazón.

Jack se asomó a la cavidad del pecho. Todo estaba tan sanguinolento, tan encharcado que no supo lo que estaba buscando.

—Ahí. —Hazel señaló el centro del pecho con el cuchillo. Detrás del esternón. Entre los pulmones.

—No veo nada —dijo Jack.

—Esa es la cuestión.

El corazón había desaparecido. En el lugar donde debía estar no había nada. Tan solo un vacío entre vísceras y oscuridad rojiza a la luz de las velas. Habían cauterizado las venas con tosquedad y cosido las arterias más importantes. Eso no era obra de un animal que hubiera arrancado el corazón del pecho; lo habían robado.

—Así pues —concluyó Jack, que se recostó contra el húmedo muro de la mazmorra para no perder el equilibro y por poco se chamusca la chaqueta con una antorcha—, alguien la rajó y... y... ¿le quitó el corazón? Madre mía, ¿por qué?

Hazel observó el cuerpo. Aun con el pecho abierto, la difunta emanaba cierto aire de serenidad.

—Es posible que tuviera enemigos. ¿Sabes quién era? ¿Su nombre o algo?

Jack negó con la cabeza. El camposanto estaba demasiado oscuro como para distinguir el nombre de la lápida.

—Tal vez fue un accidente —prosiguió Hazel con suavidad. Volvió a examinar las cicatrices de las ventosas en el cráneo—. Es posible que la llevaran al hospital de la caridad y alguien intentara salvarla, pero no supo hacerlo.

—¿Salvarla de qué?

Hazel se encogió de hombros. No lo sabía.

Jack quería quedarse. No sabía explicar el motivo; deseaba tener una razón para demorarse en la mazmorra, pegar el cuerpo al de Hazel y aspirar el aroma metálico que desprendía, un olor peculiar mezclado con bergamota y jabón de Castilla. Quería mirarle las manos, desnudas y hábiles, haciendo su trabajo. Su rostro exhibía una expresión circunspecta, sumida en la concentración, la belleza grabada en la rotundidad de sus facciones.

—Bueno, me voy —se obligó a decir. Le ofreció la naranja tachonada de clavo, pero Hazel rehusó con un gesto.

—Quédatela para la próxima vez.

—¿Habrá una próxima vez? —preguntó él.

—¿Vas a rechazar a una clienta que paga al contado, Jack Currer?

—Ni en sueños. Solo pienso que debería preguntarle a la dama qué tiene pensado hacer con todos esos cadáveres.

—Pensaba que había quedado claro a estas alturas —fue la respuesta de Hazel—. Estoy estudiando.

Jack abrió la boca para responder, pero se limitó a suspirar y sacudió la cabeza con alegre incredulidad.

Empujando la carretilla, maniobró hacia la puerta y a la hierba color negro noche que se extendía más allá.

—Jack, necesito un cuerpo que haya muerto de las fiebres... si acaso encuentras alguno. Quiero examinarlo. Quiero averiguar si puedo curar la enfermedad.

Era la primera vez que reconocía de viva voz, incluso ante sí misma, que su verdadera ambición era encontrar la cura a las fiebres romanas.

Jack no se atragantó ni se rio. Asintió sin más.

Hazel le plantó otro puñado de monedas en la mano.

—Aquí tienes el pago —dijo—. Por adelantado.

—A ver qué puedo hacer.

Ella se volvió hacia el cuerpo.

Jack se paró en el umbral y la vio respirar hondo varias veces para serenarse. A continuación, Hazel practicó una lenta incisión en el cuero cabelludo del cadáver. No despegó la vista del cerebro que acababa de desnudar. Bajo una franja de cráneo blanco hueso asomaron las curvas grises y lechosas.

—Adiós, Hazel Sinnett —dijo Jack mientras empujaba la ruidosa puerta para cerrarla. Los goznes repicaron.

Jack ya se había internado varios pasos en el camino del jardín cuando la oyó susurrar hacia él, desde las tinieblas:

—Adiós, Jack Currer.

19

Los suaves golpes arrancaron a Hazel de su concentración hipnótica. Estaba diseccionando un estómago con la intención de dibujar un diagrama de los vasos sanguíneos. Hizo caso omiso del ruido, atribuyéndolo a algún animalito, uno de los pájaros negros que trinaban desde los árboles, junto al camino. Pero el repiqueteo se repitió, con más urgencia esta vez. ¡Toc, toc, toc!

—¡Señorita! —Era el susurro aterrado de Iona. Los golpes se reanudaron—. Señorita, por favor.

Hazel suspiró y limpió el pequeño escalpelo en su delantal. Lo usaba para separar las capas que recubrían el estómago, y estaba haciendo grandes progresos. Sin embargo, a regañadientes, se acercó a la puerta con parsimonia y solo entonces fue consciente de lo entumecidos que tenía el cuello y los hombros. Debía llevar horas trabajando, tan concentrada en lo que tenía entre manos que había perdido la noción del tiempo. Hazel abrió la puerta una pizca y se quedó de piedra al descubrir que el día había llegado al otro lado.

Iona parecía aterrorizada y se asustó todavía más cuando echó un vistazo al delantal ensangrentado de Hazel.

—No sabía si molestarla, pero...

Después de pasar tantas horas en la penumbra de las menguantes velas, Hazel tuvo que llevarse el brazo a la frente para que la fuerte luz solar no la deslumbrara.

—¿Y por qué tenías que molestarme? —replicó. Llevaba tantas horas sin hablar que su voz contenía una ronquera extraña y escogió unas palabras más ácidas de lo que pretendía—. Perdona, no quería expresarlo así. ¿Qué necesitas, Iona?

La doncella se retorció las manos.

—Es por lo de esta noche. Quiero decir, dentro de unas horas. El baile.

El día había amanecido nublado, con densos nubarrones grises que planeaban bajos en el cielo. Estaban en Escocia; se suponía que los días eran lúgubres. Así pues, ¿por qué había tanta luz? Hazel quería esconderse como un champiñón, regresar a las tinieblas.

—¿Qué baile?

Iona miró a su espalda, como buscando a otro criado que pudiera hacerse cargo de la desagradable tarea de transmitirle la información a Hazel.

—Este..., el baile de los Almont.

Hazel parpadeó mientras la información circulaba hacia la región de su cerebro encargada de procesarla.

—¡Válgame! ¡Válgame! ¡Válgame!

Iona la observaba con expresión compasiva.

—Son más de las doce, señorita.

—¿Más de las doce? ¿Ya? ¿Cómo es posible?

Había pasado toda la noche y luego toda la mañana trabajando sin reparar en el paso del tiempo. Salió de la mazmorra al lodoso camino y le bastó un solo vistazo a la cara de Iona para comprender hasta qué punto debía heder. Tenía el cabello apelmazado con una pegajosa mezcla de tinta y fluidos cadavéricos, por no hablar de lo que seguramente llevaba debajo de las uñas.

—Todo estará bien —le prometió Iona, si bien su expresión delataba claramente que, en su opinión, nada podía salir bien—. Le pedí a Charles que vaya preparando el baño.

—Qué mala pata —se lamentó Hazel mientras subía la cuesta a grandes zancadas camino a la entrada principal del castillo—. La única fiesta de la temporada que no me puedo perder.

Iona correteaba tras ella. Iba a ser una tarde larga y horrible, tras la cual, Hazel lo sabía, le esperaba una noche aún más larga y horrible si eso era posible.

20

Hicieron falta dos lavados de cabello completos con el delicado jabón de rosa mosqueta de su madre y otra hora más de cepillado, pero Iona consiguió finalmente dejar a Hazel más o menos presentable. Llegó a la Casa Almont con cierta demora, aunque no tan tarde como para que el retraso se considerara una ofensa imperdonable. Hazel había permitido que Iona le tensara los lazos del corsé tanto como para poder enfundarse el vestido azul de terciopelo con el ribete de encaje, e incluso ella tuvo que reconocer —al mirarse en el espejo del recibidor de la Casa Almont— que le sentaba bien. El azul medianoche otorgaba un tono rosado al rubor de sus mejillas y conseguía iluminarle los ojos a pesar de la noche en vela.

—¡Prima! —exclamó Bernard mientras acudía a recibirla a la entrada del salón de baile extendiendo el brazo—. Por fin estás aquí. Bienvenida. Estás, bueno, maravillosa.

Hazel reprimió un bostezo que transformó en una sonrisa educada. Apoyó la mano enguantada en el brazo de Bernard con delicadeza y se dejó acompañar al interior de la estancia. El salón, rebosante de cuerpos y de crinolinas en movimiento, irradiaba luz y calor. Cientos de velas despuntaban altas como soldados en candelabros dorados. En algún momento prendieron una tarjeta de baile a la muñeca de Hazel y le depositaron en la mano una copa de champán.

Gibbs Hartwick-Ellis se había dejado crecer un triste bigotito desde la última vez que lo vio en el teatro; estaba atrapado en un rincón, donde intentaba zafarse con educación de la conversación que mantenía con el aburrido barón Walford, que echaba el cuerpo hacia delante para que el pobre Gibbs no pudiera escapar.

Hazel le lanzó a Gibbs una mirada compasiva. Le había tocado sentarse junto a Walford en una de las cenas de sus padres y, aun después de haber examinado varios cadáveres, todavía le daban náuseas solo de recordar su aliento, por no hablar de la repugnancia que producía ver el ojo de cristal del barón girar a su antojo en la cuenca.

Hazel no vio a Cecilia, pero era imposible no fijarse en la señora Caldwater. La estridencia de su risa provocaba vibraciones físicas en los cristales. Hazel decidió saludar aquí y allá, dar a conocer su presencia para luego volver al cadáver que la aguardaba en la mazmorra. —Había olvidado resguardarlo con hielo; el cuerpo aguantaría pocas horas antes de que la carne empezara a desintegrarse hasta extremos que lo volverían inservible.

Podía disculparse alegando un dolor de cabeza. O que estaba mareada. Nadie hacía muchas preguntas cuando una mujer se sentía indispuesta, ni mostraba interés en ese fenómeno cultural a gran escala consistente en que toda la población femenina tendía a desmayarse en masa. Un desmayo femenino se explicaba con facilidad: hacía demasiado calor o demasiado frío para la época del año; y si no se daba ninguna de las dos circunstancias, sin duda la dama llevaba el corsé demasiado apretado. Seguramente los hombres se sentían muy útiles y fuertes cuando incorporaban a una mujer que estaba desmadejada entre sus enaguas y la abanicaban hasta que, entre parpadeos, recuperaba el sentido.

La banda empezó a tocar un vals animado y Bernard entrelazó los dedos con los de Hazel y se los estrechó con fuerza. Con demasiada fuerza quizá. Hazel sentía la enagua pegada a la piel por culpa del pesado terciopelo, y la mano de Bernard transpiraba de un modo desagradable. Tal vez no le hiciera falta fingir un desmayo, al fin y al cabo.

Hazel intentó zafarse de la garra de Bernard, pero él se limitó a aumentar la presión.

—Cuánto me alegro de ver que sales a divertirte, prima —le dijo con frialdad. Ella intentó recordar hasta qué punto se había mostrado grosera con Bernard la última vez que el muchacho pasó por Hawthornden.

—Bernard, cuando te vi el otro día, estaba enferma. No me hallaba en condiciones de recibir visitas.

Bernard levantó una mano enguantada con gesto de quitarle importancia.

—Está olvidado —respondió—. Aunque faltaría a mi deber si no te dijera que la gente empieza a murmurar. Últimamente no pareces tú misma. Desatiendes tus deberes sociales. Prácticamente te has convertido en un fantasma. Nadie te ha visto desde hace semanas. Cualquiera pensaría que me estás evitando —sugirió—. Es una tontería, ya lo sé.

—He estado enferma. Nada más, Bernard.

El joven sonrió, pero la sonrisa no terminó de reflejarse en sus ojos. Hazel tenía la sensación de que giraban con más rapidez que el resto de los bailarines.

—He pasado unas cuantas veces por Hawthornden, ¿sabes? De visita. Tu carruaje no estaba.

—¿Ah, no? —dijo Hazel, que intentaba adoptar un tono desenfadado—. Qué extraño. Y qué curioso que te fijaras en eso.

Sin previo aviso, Bernard rodeó la cintura de Hazel con el brazo y arrastró el cuerpo de la joven hacia el suyo en una figura de vals. Ella tuvo que contener una exclamación ante tamaña osadía.

—¿Estabas visitando a otro pretendiente? —le espetó Bernard con desprecio.

Hazel estuvo a punto de reírse en su cara.

—No —replicó trastabillando conforme intentaba seguirlo por la pista de baile—. No tengo ningún otro pretendiente, te lo aseguro.

Bernard la miraba con ojos fríos e inexpresivos. Se parecía más a su padre, el vizconde, de lo que Hazel había advertido nunca.

—Había unas botas en el recibidor —la acusó entre dientes—. Unas botas de caballero. Alguien con la confianza suficiente como para quitarse las botas en tu hogar, aunque no atino a imaginar quién podría ser. Si es alguien del club, me habría enterado. Te lo juro por Dios, Hazel —le estrujó tanto las manos que a la joven le dolieron los dedos—, si me humillas, yo...

En lugar de concluir la idea, soltó las manos de la muchacha. El cabello de Bernard, tan peinado y engrasado, se agitó levemente con su explosión emocional.

—Bernard —le dijo Hazel con un tono tranquilizador—, eran las botas viejas de George. Te lo juro. Me las pongo para salir al jardín y para bajar al arroyo. Así no ensucio de lodo las mías.

Fue un alivio tener que mentir solo a medias.

—Ah. —La expresión de Bernard se suavizó—. Vaya. En ese caso, ¿te puedo tentar con un paseo por la galería? Es una maravilla en otoño, te lo aseguro, en particular después de un tiempo tan benigno.

Hazel miró de un lado a otro. Nadie les prestaba atención salvo alguna que otra ojeada rápida. Incluso la señorita

Hartwick-Ellis, que solía estar pendiente de cualquier cosa que hiciera Hazel, flirteaba alegremente con el hijo del embajador danés; su mirada tan solo se despegaba del apuesto muchacho rubio lo suficiente para obsequiarlo con una caída de ojos.

—¿No deberíamos buscar una chaperona? —sugirió Hazel.

—Oh, pamplinas. —Bernard aferró el brazo de Hazel y la arrastró hacia una puerta de servicio—. ¡Pretendías que fuéramos solos a una horrible operación en la ciudad vieja!

Estaban en el pasillo que daba a la cocina, un frío pasaje tan solo iluminado por el tembloroso resplandor de unos cuantos quinqués. Pasó un lacayo cargado con una bandeja de hojaldres y apartó la vista con discreción.

Hazel intentó escapar, volver a la fiesta.

—Bueno, en realidad no habríamos estado solos en una operación pública, pero...

Antes de que pudiera terminar la frase, Bernard le pegó los labios a la boca. La reptante humedad de su lengua se deslizó por los labios cerrados de Hazel hasta que logró abrirse paso al interior.

Los labios de Bernard eran fríos y raros; la lengua, pegajosa. Una parte de su cerebro le decía que lo abofeteara, que se apartara y lo empujara. Formuló mentalmente mil palabras indignadas, pero se le quedaban atascadas en la garganta. Su cuerpo, de manera similar, padecía una extraña parálisis. No pudo hacer nada más que quedarse allí parada, con los ojos abiertos como una trucha, esperando a que Bernard, finalmente, se apartara con un chasquido de labios que sonó presuntuoso. El muchacho se enjugó la parte inferior de la cara con la manga e hizo un gesto travieso con las cejas.

A Hazel se le revolvió el estómago e intentó no hacer una mueca de asco al mirar la cara de Bernard; su palidez, su mirada hueca, los finos labios que brillaban de sudor. Así que eso era un beso. De eso hablaban las novelas y los poemas, eso había inspirado a grandes artistas. No lo esperaba tan húmedo ni tan frío.

Hazel recuperó la capacidad del habla por fin y se quitó a Bernard de encima.

—Por el amor de Dios, no sé qué piensas que estás haciendo, pero nos vas a buscar la ruina a los dos. Si alguien ha visto lo que acaba de pasar...

Bernard puso los brazos en jarras e hinchó el pecho.

—¿Quién? ¿Un criado? Tú te has buscado la ruina sola, Hazel. Y yo todavía quiero casarme contigo, así que considérate avisada.

Por un momento, otra vida desfiló ante ella, una en la cual mendigaba en las calles, se mudaba a Yorkshire, se hacía pasar por George Hazelton por siempre. Tal vez pudiera hacerse partera, la loca que vive en un claro del bosque donde atesora una farmacia compuesta de raíces, hierbas e infusiones apestosas para ayudar a mujeres en apuros. Sería cirujana, maestra, bruja, una fábula ejemplar con la que amenazar a las trémulas debutantes antes de su presentación en sociedad. Una leyenda.

Sin embargo, la visión de esa vida alternativa tan solo duró un instante antes de desaparecer, como polvo sobre la palma de la mano un día de viento. A ella no le esperaba otra vida que no fuera convertirse en la vizcondesa de Almont, como esposa de Bernard. El de su primo sería el primer y único beso que conocería en toda su vida.

Bernard se inclinó hacia delante y volvió a besar a Hazel.

—Vamos —le dijo cuando terminó, aferrándole el brazo de nuevo—. Volvamos a la fiesta.

Hazel se dejó acompañar por la entrada de servicio al reluciente bullicio del salón. Tenía la sensación de flotar en un estado de trance, tan ausente que no vio a Bernard acercarse a la banda y susurrarle algo al oído al violinista principal. La música se detuvo.

La gente que estaba bailando trastabilló y se enredó con los faldones. Bernard levantó una copa de cristal y le propinó golpecitos con un cuchillo para pedir atención. Lord Almont estaba cerca, muy sonriente.

—Hola, hola a todos —dijo Bernard forzando la voz para que sonara más grave—. Sí, hola. Mi padre, el vizconde, mi madre, la vizcondesa, y yo les damos las gracias por haber asistido a nuestra pequeña reunión. El baile anual es una tradición que disfruto enormemente y que espero seguir disfrutando muchos años en el futuro. Les presento mis disculpas por haber interrumpido la diversión, pero tengo una noticia que anunciar. La encantadora señorita Sinnett y yo estamos comprometidos. O, al menos, estamos a punto de comprometernos. ¿Hazel, querida mía, te quieres casar conmigo?

La visión de Hazel se estrechó, oscura y borrosa en la periferia. Un zumbido inundó sus oídos y su lengua se volvió arena dentro de la boca.

Todos los ojos de la sala se posaron en ella, y las sonrisas de la multitud se volvieron lobunas. De pronto, el vestido se le antojó insoportablemente cálido, las mangas y el cuello tan irritantes que sintió escalofríos bajo la tela. Reinaba el silencio en la estancia salvo por el tintineo de las copas de cristal. Esperaban que dijera algo, que diera su respuesta.

Incapaz de hacer nada más, Hazel curvó las comisuras de los labios en una sonrisa que debió parecer desquiciada.

—¡Ajá! —gritó Bernard.

El aplauso sonó igual que un tiroteo. Hazel esquivó los buenos deseos y las palmaditas en la mano. Le costaba respirar enfundada en el vestido. Quizá no fuera el vestido; tal vez fuera el salón, la casa, su vida. La negrura de su visión periférica aumentaba, las sílabas se le enredaron en la lengua cuando intentó decirle a alguien que necesitaba marcharse.

—La pobrecita necesita comer algo.

—¡Habrá bebido demasiado champán! ¡Ja, ja!

—Lleven a la pobre niña a una cama.

—¡Sabe Dios que no podrá descansar mucho una vez que el lecho sea el de bodas!

Algún alma caritativa acompañó a Hazel a su carruaje.

—¡Por favor, preséntele mis disculpas a Bernard! —se oyó balbucear a quienquiera que fuera, antes de que el cochero hiciera chasquear el látigo sobre los caballos. El carruaje emprendió la marcha para llevar a Hazel a la seguridad de Hawthornden. Pero ella estaba consciente de que esa seguridad solo sería temporal. El futuro corría hacia ella conforme cabalgaba para dejarlo atrás, tirada por cuatro caballos, rauda como el rayo.

21

En su nuevo laboratorio casero, Hazel había despejado la mesa, preparado una página en blanco de su cuaderno y remplazado todas las velas por otras nuevas. Estaba todo a punto para cuando llegara Jack Currer con una nueva entrega, a las diez de la mañana. Se había levantado de mal humor. Su mente revivía los acontecimientos del baile una y otra vez, por más que Hazel se esforzara en ahuyentar los pensamientos y concentrarse en la disección que tenía por delante. El trabajo requería todo su tiempo y atención. El asunto de Bernard podía esperar.

Sin embargo, la inminente llegada de Jack Currer la distraía tanto que su mente se negaba a estudiar. A las diez y media, Hazel había afilado todas las plumas y las había ordenado sobre la mesa de la más corta a la más larga.

A las once, casi todas las velas se habían vuelto cabos de cera. Por fin, justo antes de mediodía, Hazel oyó unos golpes en la puerta de la mazmorra.

—Por fin —murmuró en voz baja—. ¡Entra! La puerta está abierta.

La puerta chirrió al deslizarse hacia dentro y reveló una rendija de cielo nublado y a Jack con las manos vacías.

—Aquí estás. ¿Dejaste el cadáver afuera? Se te descompuso la carretilla, supongo. Maravilloso, sencillamente maravilloso. Si necesitamos un par de manos más para transportar el cuerpo, puedo ir a buscar a Charles, pero preferiría que lo hiciéramos nosotros.

Jack no despegó la vista de la tierra.

—¿Qué pasa?

—No hay cuerpo. Anoche no salí.

—¿Disculpa?

Jack encogió los hombros hasta las orejas. A juzgar por su expresión, habría preferido estar en cualquier otra parte. Hazel se fijó en las bolsas que exhibía debajo de los ojos.

—No hay cuerpo —repitió él, lacónico.

Hazel frunció el entrecejo, pero se obligó a mantener la compostura.

—¿Y cuándo me lo podrás entregar? Uno que haya muerto de las fiebres.

—No habrá más cadáveres.

Jack miró hacia otro lado y, al hacerlo, dejó a la vista una gran magulladura en la mejilla izquierda.

Antes de detenerse a pensar lo que estaba haciendo, Hazel corrió hacia Jack y le tomó la cara entre las manos. El cabello del chico estaba más apagado que nunca, sus ojos parecían muertos.

Los resurreccionistas a menudo pasaban la noche en vela; Jack estaba acostumbrado a permanecer largas horas sin dormir. La noche anterior, sin embargo, había sido distinta. El agotamiento había nacido de su alma y reptado hacia su cuerpo. Había contado los segundos que faltaban para el alba desde su jergón en las vigas de Le Grand Leon, deseando cerrar los ojos e incapaz de obligarse a hacerlo.

Jack apartó la barbilla y se ajustó la chaqueta a los hombros.

—No lo entiendo —dijo Hazel en tono enérgico—. Te pagué por adelantado. Solo me has traído un cuerpo. Si tengo que encontrar la cura de las fiebres, por no hablar de aprobar el examen de Medicina, voy a necesitar al menos varios...

—Bueno, siempre puedes buscar a otro resurreccionista, ¿no?

Hazel lanzó una carcajada amarga.

—Sí, claro, como si se anunciaran en los periódicos de la tarde.

Jack no sonrió.

—Mira, lo siento. Lo siento, te devolveré el dinero si quieres. —Sacó unas cuantas monedas de las profundidades de su bolsillo, las contó con la mirada y las dejó en la mesa de madera, donde Hazel tenía previsto que hubiera un cadáver—. Pero no te puedo traer más cuerpos, al menos no hasta que...

Jack no sabía cómo terminar la frase.

—¿Hasta que qué?

Jack suspiró.

—Mi socio... Bueno, no es mi socio en realidad, más bien un colega, Munro. Ha..., bueno, ha desaparecido. Salió a excavar la otra noche, hace unos días... A solas, pensaba yo, pero puede que no. El caso es que no volvió.

Hazel le lanzó una mirada inquisitiva.

—Bueno, tal vez cambiara de planes. Quizá se haya marchado de la ciudad. De visita a casa de algún pariente.

—No se habría marchado sin despedirse. Y no es la primera vez que pasa. Los resurreccionistas están desapareciendo últimamente.

—¿Piensas que alguien está asesinando a los resurreccionistas?

—No, no creo que... O sea, seguramente los polizontes estén apretando las tuercas. Alguno de nosotros debió de robar el cuerpo de un ricachón o su esposa y ahora la policía quiere nuestras cabezas para contentarlos. Pasa de vez en cuando, eso de que los polizontes se pongan pesados. Pronto pierden el interés.

Estuvo a punto de mencionar la historia que Munro le había contado unos meses atrás. Al parecer, tres tipos raros lo habían abordado después de una resurrección. En aquel momento, Jack lo había tomado por una patraña de Munro, las clásicas historias de fantasmas que contaba por ahí para parecer más duro e interesante, como eso de que podía dispararle a un gorrión a sesenta pasos de distancia. Jack se burló al oírlo, y Munro se avergonzó y pagó la siguiente ronda.

—Sea como sea —prosiguió Jack—, es demasiado arriesgado trabajar a solas, y yo no tengo centinela, así que me toca cerrar el negocio por ahora, a menos que quiera reunirme con Munro en la cárcel o donde quiera que esté.

Hazel recogió las monedas que Jack le había rembolsado. Deslizó los dedos por los cantos metálicos.

—¿Y si no estuvieras solo? —formuló con cuidado—. ¿Sacarías un cuerpo si tuvieras un socio?

—Supongo —fue la respuesta de Jack.

—Maravilloso. Iremos esta misma noche, pues. —Pasando junto al muchacho, Hazel echó a andar en dirección opuesta a la mazmorra—. Y seré una socia muy generosa. Dejaré que te quedes todo el dinero. En verdad debería reclamar la mitad.

Hazel había llegado al sendero del jardín y recorrido la mitad del camino al casillo antes de que Jack reaccionara y corriera hacia ella.

—¡Espera! Espera un momento. Eso que dices es una locura. No voy a excavar con una dama.

—Y no lo harás —dijo Hazel—. Excavarás conmigo. Tengo un montón de botas viejas por ahí y ya me acostumbré a usar los pantalones de mi hermano. No sé si seré de gran ayuda con la pala, pero como centinela no tengo rival, te lo aseguro.

Jack se mareó solo de oírla.

—Espera —repitió—. ¿Qué estás diciendo? No. Si los guardias nos atrapan, pensarán que te rapté. Pensarán que me tomo libertades con una... con la hija de un... lo que sea tu padre.

—Capitán de la Marina Real. En realidad, es mi madre la que posee el título, por ser la hija, ahora la hermana, supongo, de un vizconde.

Jack gimió.

—Bah, nada de eso tiene importancia —insistió Hazel—. Iré vestida de hombre.

—¿Ah, sí? Seguro que los engañas.

—Más de lo que piensas. Y, de todas formas, no nos van a atrapar.

—No saldrá bien.

—Pues claro que sí. Yo necesito un cuerpo. Tú necesitas sacar un cuerpo para conseguir dinero; pero, en este momento, lo que necesitas con urgencia es un socio que te ayude a extraerlo. Y aquí estoy yo. ¿Tienes alguno localizado? ¿Que haya muerto de fiebres?

Jack asintió de mala gana. Le había echado el ojo a un fiambre en el cementerio de Saint Dwynwen, lejos del centro de Edimburgo. No había familia en el entierro, solo dos empleados del hospital de caridad Saint Anthony, que habían llevado el cuerpo envuelto en una sábana, y el sacerdote que musitó unas cuantas oraciones mientras lo enterraban en un ataúd de madera barata. Ni siquiera tenía lápida, solo una sencilla cruz de madera. Jack había oído al sacerdote murmurarle al enterrador con tristeza, negando con la cabeza, que las fiebres se lo habían llevado en un abrir y cerrar de ojos.

—Es peligroso —dijo Jack—. No solo por el peligro de que nos atrapen con las manos en la masa. La gente que manipula cadáveres se contagia de las fiebres constantemente.

—Yo ya las padecí —respondió Hazel con tranquilidad—. ¿Y tú?

Jack se encogió de hombros.

—Llevo haciendo esto mucho tiempo y no me he enfermado. Hay algo bueno en mi sangre, supongo.

—Bueno, pues no hay más que hablar —decidió Hazel—. Tú y yo extraeremos juntos el cuerpo.

—¿Lo ves?, eso es lo malo de los ricos. Dan por sentado que pueden hacer lo que les venga en gana, cuando quieran y que nada les puede salir mal.

A esas alturas, Hazel ya había llegado al portalón de madera de Hawthornden. Volteó para mirar a Jack antes de entrar.

—Bueno, a veces tú también haces lo que quieres. ¿Acaso pediste permiso para extraer cadáveres de las tumbas?

—¡No! —replicó Jack—. ¡Es un delito! Es lo que te estoy diciendo todo el tiempo.

—Pues ahora es un delito que vamos a cometer juntos.

Jack no pudo hacer nada más que reír, y Hazel le sonrió también. Sus ojos se encontraron y ella se ruborizó.

—Bueno —sugirió—. Deberías dormir un poco. Hay habitaciones de invitados si...

Señaló el castillo, que se erguía tras ella.

Jack negó con la cabeza. No quería ni imaginar cómo se sentiría durmiendo como invitado en una de esas mansiones palaciegas. Dudaba que fuera capaz de pegar el ojo en un entorno tan extraño, ni siquiera en su estado de agotamiento.

—La casa de invitados está disponible también, si lo prefieres, al final de la avenida.

—No, será mejor que vaya a casa y duerma un rato en mi propia cama.

—Como quieras. ¿Nos reunimos aquí a medianoche? —preguntó Hazel.

—Ponte ropa oscura —le advirtió Jack como respuesta.

—No soy tonta, Jack Currer, aunque me tomes por tal.

—Le aseguro, señorita Sinnett, que la tomo por muchas cosas, pero jamás se me ocurriría tomarla por tonta.

22

Jack ya estaba esperando cuando Hazel salió. Se había recostado contra el murete de piedra construido hacía un siglo para retener a las ovejas, y pelaba una naranja con sus largos dedos, tirando las cáscaras a la hierba. Cuando la vio acercarse, lanzó un silbido bajo:

—Vaya, pero mira quién ha llegado —dijo mientras la miraba de arriba abajo.

Hazel, a modo de broma, hizo una pequeña reverencia. Llevaba unos pantalones y una camisa de George, pero se había calzado unas roñosas botas que pertenecían a Charles. Los zapatos de George no le parecían apropiados para hacer una excursión a un cementerio, y Charles se había mostrado encantado de intercambiar sus botas de trabajo por unas de cuero, de montar, que en su día pertenecieran al hermano de Hazel.

Ella volvió a sentir el aleteo de siempre en el pecho al ver a Jack allí esperando, tan relajado como si estuviera surcando el Támesis en un barco. Solo el movimiento nervioso de sus dedos cuando terminó de pelar la naranja delataba su desasosiego.

No era raro que Jack pasara varias semanas sin salir a trabajar con Munro. Su colaboración era pura conveniencia, y a menudo Munro prefería asociarse con algún principiante, pensando que podría descontarle una parte de su cuota. Pero ninguno de sus antiguos contactos del Fleshmarket habían visto a Munro, y la dueña del mesón de los muelles en el que su amigo se había alojado los últimos meses afirmaba que no había ido a recoger sus cosas. La mujer, delgada como un suspiro y de piel cetrina, había dejado pasar a Jack a las habitaciones de Munro por el económico precio de una sonrisa y la inconsistente mentira de que era su hermano. La estancia se encontraba tal como Munro la habría dejado si hubiera salido a excavar: mantas sucias en una cama deshecha, un par de zapatos de repuesto en un rincón del armario y —Jack la encontró palpando la apelmazada paja— una bolsa de monedas cosida al mugriento fondo del colchón. Existía una mínima posibilidad de que el chico hubiera abandonado la ciudad sin despedirse, pero nunca se habría marchado sin su dinero. Jack había devuelto la bolsa a su sitio y prometido en silencio a Munro que averiguaría lo que le había pasado, cuando cerró la puerta con llave. Aun en el caso de que hubiera muerto, merecía un entierro cristiano como Dios manda. Incluso los pecadores tenían derecho a una lápida.

Jack se lamió el jugo de los dedos y dejó que el cosquilleo ácido del cítrico lo avispara.

—Debo reconocer —dijo acercándose a Hazel y observando su cabello oculto bajo el sombrero— que tu disfraz de hombre es más convincente de lo que esperaba.

Hazel puso los ojos en blanco. Detrás de Jack, había una carretilla con dos palas, algo de yute y velas.

—Traje cerillos y velas por si necesitamos luz, pero la experiencia me ha enseñado que es preferible intentar que los ojos se adapten a la oscuridad. La caminata nos servirá para eso.

El cementerio que se ubicaba detrás de Saint Dwynwen no estaba lejos, a menos de una hora a pie carretera arriba. Fuera cual fuera el peligro que acechaba a los resurreccionistas, lo más inteligente, pensaba Jack, era mantenerse alejado de la ciudad un tiempo y evitar la famosa zona del cementerio Greyfriars, situado en el centro de la ciudad vieja de Edimburgo. Demasiadas distracciones, demasiada gente, demasiados riesgos.

Tal vez se hubiera excedido en precauciones, pero no había recurrido a Jeanette para encontrar el cuerpo. No tenía razones para sospechar que la muchacha tuviera alguna relación con la desaparición de Munro, pero tampoco tenía motivos para confiar en ella y, si quería seguir con vida, solo podía confiar en sí mismo. Y, por alguna razón que no entendía —añadió para sus adentros—, también en la hija de un noble aficionada a disfrazarse. En serio, ¿por qué confiaba en ella?

Intentó argumentarlo: una de las primeras lecciones que había aprendido en los estrechos callejones y en las oscuras entrañas de Edimburgo era que solo debes confiar en alguien si tiene más que perder que tú. Conocía la situación en la que se encontraban esas chicas de la alta sociedad, las restricciones que sufrían, el precario equilibrio con que se columpiaban sobre el abismo entre un futuro prometedor y la ruina. Era fácil imaginar adónde iría a parar su reputación —la reputación de su familia— si llegaba a saberse que salía en plena noche, sin chaperona, con un pobre diablo que trabajaba en un teatro. Ella era la primera interesada en que nadie los descubriera esa noche. Eso decía la lógica.

Sin embargo, si Jack era sincero consigo mismo, si se permitía reconocer la minúscula y secreta verdad que se alojaba en alguna parte de su mente, no tenía buenas razones para confiar en Hazel Sinnett, pero lo hacía de todos modos.

Era distinta a cualquier chica que hubiera conocido; su pronunciación era más marcada y refinada que la de Jeanette o incluso Isabella. Las chicas del teatro se cubrían la cara con espesos afeites; pero cuando estaba cerca de Hazel, siempre lo sorprendía poder ver sus pecas y el vello rubio y aterciopelado de sus mejillas.

Jack no se lo explicaba. No era más hermosa que Isabella. Era menuda, arrogante y rica. Tenía la nariz afilada, facciones masculinas y las pestañas y las cejas demasiado claras para su cabello castaño. Y sin embargo...

Desde el día en que Jack conoció a Hazel en el exterior de la Sociedad de Anatomistas, se había sorprendido dibujando mentalmente su mandíbula antes de dormir. Veía el fino arco de sus pálidos labios, las pecas casi invisibles de sus mejillas. Tenía el rostro de Hazel grabado en la memoria y nunca se desdibujaba; era un eco que no se desvanecía. Una obsesión. Desde que posó la mirada en sus grandes ojos castaños, del café cálido de la madera bruñida o del ámbar pulido reflejando el ocaso, Jack había confiado en ella y seguiría confiando durante mucho más tiempo del que su instinto de supervivencia consideraba prudente.

—¿Dijiste «caminata»? —preguntó Hazel—. ¿Por qué íbamos a caminar? Le pedí al mozo de cuadra que prepare dos caballos. Sabes montar, ¿no?

—Pues claro que sé montar —mintió Jack—. Pero pensaba que no querrías que tus criados estuvieran al tanto de tus... salidas a medianoche. Que tendrías miedo de provocar un escándalo.

Hazel lo miró de reojo, ya en camino a las cuadras.

—Mi hogar siempre ha sido un tanto peculiar, estando mi padre ausente y mi madre... Bueno, en pocas palabras, mi hermano murió, mi madre se puso de luto y ya no lo abandonó. Lo que pretendo decir es que a nadie le importa en realidad lo que hago o adónde voy, en particular porque nunca he tenido que preocuparme por el penoso espectáculo de una presentación en sociedad londinense, estando comprometida prácticamente desde la infancia.

—¿Estás comprometida?

«Pues claro que estaba comprometida», pensó Jack. Las mujeres como ella siempre estaban comprometidas. Las criaban para eso. Como cerdos cebados para la matanza.

Hazel guardó silencio. La respuesta habitual se le atragantó y los recuerdos de lo sucedido en el baile de los Almont la inundaron trayendo consigo oleadas de emoción: terror al principio y luego, por sorprendente que fuera, el alivio de aceptar que lo inevitable había sucedido al fin. Hazel se rio con sonoras carcajadas que ahuyentaron a los pájaros cercanos hacia los árboles.

—Supongo que sí, estoy comprometida.

—No sé si esta sea la reacción habitual. La mayoría de novias se muestran emocionadas.

—Es la primera vez que lo digo en voz alta en realidad. Lo he vivido como una pesadilla hasta ahora.

—¿Por qué? ¿Es feo? ¿Tiene marcas de viruela? No, déjame adivinarlo. ¿Ronda los sesenta años y es barrigón?

—La verdad es que no. Cumplirá dieciocho en marzo, y es bien parecido, por lo que yo sé al respecto. Lord Bernard Almont. No lo conoces, ¿verdad?

Jack negó con la cabeza.

—Pero conozco la casa —se le escapó. Hazel lo miró con extrañeza—. Quiero decir que todo el mundo conoce la Casa Almont. Es grande. En la ciudad nueva. —Luego, para cambiar de tema—: ¿A qué se debe que no te quieras casar? ¿Vivir en esa mansión, tener dinero a raudales y todo eso?

—No creo que dejen diseccionar cadáveres a las vizcondesas —respondió Hazel.

—Bueno, ¿cómo iban a encontrar tiempo para ello en su apretada agenda social?

—Y se les ensuciarían los guantes.

Jack se pasó la greña que le tapaba los ojos detrás de la oreja.

—Pero ¿sí dejan diseccionar cadáveres a las futuras vizcondesas?

—Solo si no se enteran.

Sonriendo, Hazel abrió la cancela de la caballeriza y guio a Jack hasta un alazán que aguardaba atado a un poste, ya ensillado. Hazel le acarició el hocico.

El caballo tenía un pelaje satinado, advirtió Jack, y el hocico aterciopelado, pero lo que más le llamó la atención fue su tamaño descomunal.

Hazel percibió el miedo en su rostro.

—Ya lo sé, son más grandes que los caballos de por aquí, son de raza árabe. Mi padre los hizo traer de Londres. Pero son maravillosos, de verdad. Esta es mía. *Miss Rosalind* —dijo Hazel mientras acariciaba la grupa de su yegua café con ternura. El animal respondió con un relincho de afecto. Hazel vio la expresión de Jack y puso los ojos en blanco—. Era una niña cuando escogí el nombre. No sabía qué nombres pone la gente a los caballos. Ese es el tuyo; esta noche al menos. *Betelgeuse.*

Señaló con la cabeza un caballo tan negro que a Jack le había pasado desapercibido, un animal tremebundo de patas esbeltas que debía ser tan alto como la primera planta de una casa. El caballo, *Betelgeuse*, resopló con desconfianza.

—Es precioso —fue el comentario de Jack.

Hazel montó a lomos de *Miss Rosalind* con facilidad y destrabó las riendas del poste con un solo golpe de muñeca. Dio unas vueltas por allí con un trote ligero.

—Bueno, no te quedes ahí parado. Vamos, sube.

Betelgeuse echó la cabeza hacia atrás y miró directamente a Jack. No parecía más contento que Jack ante la idea de que el chico lo montara.

—¡Espera! Aguarda un momento —le dijo a Hazel, casi incapaz de contener el alivio que sentía—. He traído una carretilla. No podremos llevar el cadáver a lomos del caballo. Al final será mejor ir caminando.

Hazel saltó de la silla al suelo como si las leyes de la gravedad no le aplicaran a ella.

—¿Qué dices? —Se encaminó a un lado del establo, donde había un carrito apoyado en un fardo de heno. Empujó el carro hacia su caballo sin esfuerzo y prendió el enganche a la silla de *Miss Rosalind*—. Ya está —dijo Hazel. Sacó un trozo de nabo que llevaba en el bolsillo y se lo dio al caballo en la palma de la mano—. ¿Ves que fácil? Mucho más que empujar una carretilla.

Jack hizo una mueca.

—Sí. Mucho más fácil. —Suspirando, extrajo las sábanas y las palas de su carretilla y las depositó en el carrito de Hazel. A continuación, avanzó con recelo hacia el enorme caballo negro—. Acabemos de una vez, amigo —musitó. Pronunció una oración rápida, apoyó el pie en el estribo y se impulsó hacia arriba con toda la potencia que pudo reunir—. ¡No está nada mal!

Era la primera vez que Jack montaba a caballo. Se sentía fuerte, seguro, como si el caballo y él estuvieran tan conectados que pudieran saltar vallas y vadear ríos.

Le propinó un suave taconazo a *Betelgeuse* para animarlo a avanzar. En lugar de echar a andar, el caballo reaccionó con un malicioso bandazo que obligó a Jack a pegar su torso al cuello del animal. Sus nudillos palidecieron por la fuerza con que aferraba las riendas y sintió que le temblaban las piernas. Hazel y *Miss Rosalind* ya se habían alejado varios metros camino arriba. Con los dientes apretados y después de pronunciar otra oración —ya había rezado más en los últimos cuarenta segundos que en toda su vida—, Jack se incorporó y propinó varios golpes de tacón contra el costillar del caballo, con la esperanza de que se pusiera en marcha.

Betelgeuse obedeció. Tan pronto como el animal comprendió que ya no estaba atado al poste, no solo se movió, sino que salió disparado a todo galope, adelantó a Hazel y a su montura, y siguió corriendo hacia la lejana negrura entre los inmensos pinos que flanqueaban la avenida.

Hazel le gritó algo, pero Jack solo oía el viento y los latidos de su corazón, que retumbaban en sus oídos helados. Algo más llegó a sus oídos, un gemido agudo como el de una tetera, y Jack tardó unos instantes en comprender que eran sus propios gritos.

El aterrador trayecto no duró demasiado. Había algo negro en la carretera, algo imposible de distinguir, un bulto horizontal que bloqueaba el paso. Como avanzaban a tanta velocidad, el misterioso obstáculo estuvo delante de Jack antes de que pudiera reaccionar. Era un tronco caído, rebosante de podredumbre y plagado de insectos.

Betelgeuse saltó y Jack cayó de la silla y se estampó contra la tierra. Dio una vuelta de campana y aterrizó de mala manera sobre el tronco podrido. El sonido de los cascos del monstruoso caballo se perdió a lo lejos. Jack gimió. Sintió la humedad fría del lodo que le traspasaba la tela de la chaqueta.

Hazel y su caballo se acercaron.

—¿No dijiste que sabías montar? —gritó ella mientras desmontaba.

Jack volvió a gemir.

—Pensaba que podría hacerlo.

Con delicadeza, Hazel ayudó al chico a incorporarse. Él se frotó la magullada coronilla.

—Me parecía que solo tenías que ir, no sé, sentado.

—Es un poco más complicado —dijo Hazel—. Lo siento, Jack, de veras.

—No, si tú no tienes la culpa. —*Betelgeuse* se acercó trotando hasta donde Jack y Hazel estaban sentados. El caballo dilató los ollares con satisfacción—. Es culpa suya.

—¿Crees que tienes algo roto? ¿Algún hueso? Jack, ¿estás mareado?

Jack parpadeó para dejar de ver borroso y atisbó la topografía en sombras del semblante de Hazel a pocos dedos de distancia. La joven estaba tan cerca que Jack notaba su aliento en la frente mientras ella le examinaba la cabeza en busca de protuberancias. Allí, lo único herido era el orgullo del chico. Tendría moretones por la mañana, pero eso no era nuevo para un muchacho que vivía solo en las calles desde los once años.

—Estoy bien, de verdad —le aseguró Jack—. Es esa bestia salvaje la que debería preocuparte. Está trastornada, te lo aseguro.

Así pues, cabalgaron al cementerio de Saint Dwynwen en un solo caballo, con Jack sentado en la grupa de *Miss Rosalind* y aferrado a la estrecha cintura de Hazel. Ella había atado las riendas de *Betelgeuse* a la silla de la yegua, y ahora el caballo avanzaba obediente a su lado conforme recorrían un oscuro camino campestre, con interminables tierras de labranza a un lado y el arroyo al otro. Jack lanzó una mirada aviesa a *Betelgeuse*. El caballo siguió andando tan tranquilo.

Exceptuando el horrible beso de Bernard, Hazel jamás había estado tan cerca de un chico. Por lo general, solamente se reunía con su primo para tomar el té, los dos sentados en extremos opuestos de muebles tapizados con brocados mientras un puñado de criados les servían fuentes de galletas recién hechas; o en insoportables fiestas en las que bailaban rígidas coreografías con los codos hacia fuera mientras giraban por salones profusamente iluminados como figuritas de un reloj musical. Viajar con Jack a caballo se le antojaba íntimo y extraño. Sentía su calor contra la espalda.

Acunado por el suave balanceo del caballo y rodeando la cintura de Hazel con los brazos, Jack no podía sino admitir que era agradable viajar así; estar pegado a ella, oler el aroma de su cabello y el almizcle sutil de su transpiración.

—¿Eso es...? —preguntó Hazel sin voltear, en un tono agitado.

—Oh. ¡Oh!

Jack apartó el mango de una de sus palas, que presionaba la espalda de ella. Se ruborizó y maldijo entre dientes, y viajaron el resto del trayecto en silencio.

Saint Dwynwen se erguía en el horizonte como el humo: era un pequeño edificio de color hierro con un chapitel fino y retorcido.

—Deberíamos dejar aquí los caballos —susurró Jack—. Recorrer el resto del camino a pie.

Hazel asintió. Se deslizó al suelo con elegancia y, generosa, le tendió la mano a Jack. El muchacho la tomó y aun así se las arregló para aterrizar de un porrazo a su lado. Rodeados de bosque, percibían el musgo húmedo y el lodo bajo las botas. Hazel ató los caballos a una rama cercana mientras Jack recogía el equipo del carro: dos palas, una sábana mugrienta y una larga cuerda.

—Te lo advierto: no va a ser agradable.

—No te preocupes. No he venido a divertirme.

Jack atisbó el destello de su sonrisa maliciosa en la oscuridad.

Se pusieron en camino hacia la parte trasera de la iglesia, donde los mausoleos y los sepulcros se alzaban amenazadores como centinelas. Cuando llegaron a la reja del camposanto, rematada con púas, Jack la saltó de inmediato, por la fuerza de la costumbre. Hazel se quedó parada al otro lado.

—Es más fácil de lo que parece —le susurró Jack, que echó un vistazo a la casita parroquial para asegurarse de que nadie se acercaba. Una sola vela brillaba en la ventana—. Si eres capaz de subirte a ese caballo salvaje, puedes saltar esta verja, te lo aseguro.

Ella dudó y, durante un instante, Jack tuvo la certeza de que había sido un error llevar a Hazel al cementerio, de que haría que los atraparan o gritaría; pero la muchacha ya había saltado sin engancharse siquiera el dobladillo de los pantalones.

—¿Y qué? ¿Dónde está la tumba? —preguntó ella casi sin aliento.

En esta ocasión, fue Jack el que sonrió. Agachó la cabeza y la guio a la esquina sureste del cementerio, donde había visto la comitiva funeraria unos días atrás. Por desgracia, a oscuras y con la cabeza hecha un lío por el miedo y el persistente aroma del cabello de Hazel, a Jack le costó mucho más de lo que tenía previsto encontrar la tumba recién excavada.

—Está por aquí, te lo juro —susurró. Cuanto más tiempo pasaran allí dentro, más peligro corrían. La clave para ser un buen resurreccionista era entrar y salir antes de que un deudo situado a medio metro de distancia se percatara siquiera de que estabas allí.

Hazel caminó despacio, intentando al mismo tiempo descifrar los nombres tallados en las lápidas. Se detuvo delante de una y articuló en silencio los nombres.

—Cuántos niños —comentó en tono bajo.

Y cuántas muertes en 1815, el año que las fiebres habían arrasado Edimburgo sin piedad para acabar con la vida de ricos y pobres, de nobles y criados por igual. A menudo era una enfermedad lenta e implacable, tan contagiosa que, durante las horas previas a la muerte, muchas familias abandonaban a los sufrientes en su hogar, donde gemían y golpeaban las ventanas suplicando que alguien, quien fuera, les hiciera compañía mientras morían. Y atacaba a niños y jóvenes, muchachos y muchachas. Por eso era tan cruel: a menudo se llevaba a aquellos que aún no habían tenido ocasión de vivir.

—Es aquí —susurró Jack. Se detuvo delante de un montículo de tierra revuelta, húmeda y recién excavada, con una minúscula cruz de madera.

Hazel se reunió con él y echó mano de una pala.

—Y ahora hay que excavar —dijo.

—Ahora hay que excavar.

Trabajaron en silencio durante casi una hora. Cada pocos minutos, Jack levantaba la cabeza para asegurarse de que todo estaba en orden en la casa parroquial, pero Hazel, para su sorpresa, trabajaba con un ahínco admirable. Apenas alzaba la cabeza conforme excavaba metódicamente, con una cadencia hipnótica: el sonido de la pala al hincarse en la tierra y luego el suave roce cuando la descargaba. Zap. Rash. Zap. Rash. Zap. Rash.

Y entonces, un ruido quebró el ritmo; algo distante, procedente del bosque. Un crujido de hojas. Quizá las garras de un animal pequeño contra la corteza de un árbol. Hazel no lo notó y siguió trabajando sin romper la cadencia, pero Jack levantó la cabeza. La fronda estaba demasiado oscura como para distinguir nada. «Serán los caballos», se dijo. Tenían que ser los caballos. Llevaba haciendo eso mismo demasiado tiempo como para que lo asustara una sombra.

Un rumor más inmediato los alertó: el ruido del metal al golpear la madera, la pala de Hazel vibrando contra el ataúd.

—Muy bien —dijo Jack—. Ahora tengo que romperlo.

Hazel asintió y se cubrió los ojos para protegerlos de las astillas mientras Jack levantaba la pala y la descargaba con un golpe certero contra la tapa del ataúd. Sonó como un disparo de pistola. El chico lanzó la pala a la hierba del exterior, junto al hoyo que habían excavado, y luego se dio impulso para subir.

—Lánzame la parte rota de la tapa. Luego descolgaré la cuerda. Rodéale las piernas con ella y yo izaré el cuerpo.

Hazel asintió en silencio. Retorció el trozo de tapa hasta liberarlo y se lo tendió a Jack. A continuación, examinó el contenido: unos pies calzados con raídos zapatos cafés, apenas con material suficiente para seguir de una pieza, y el hedor de la putrefacción y la muerte. Una larva se arrastró entre los dedos del pie del cadáver y Hazel contuvo una arcada con la manga.

—Ojalá pudiera decirte que te acostumbras con el tiempo —susurró él, que se protegía la nariz a su vez.

Mientras descolgaba la cuerda, Jack se volvió a mirar el bosque, donde creía haber visto una sombra. Había movimiento por allí. Algo imposible de distinguir. Tal vez fuera un animal, un zorro que merodeaba entre la musgosa maleza. No podían hacer nada más que terminar la tarea lo antes posible y largarse.

Ella ató la cuerda a los tobillos del cadáver con varias vueltas y la aseguró con un tenso nudo llano.

—Listo.

Jack tiró de la soga y una lluvia de tierra se precipitó sobre la cara de Hazel a causa de la fricción de la cuerda contra el costado de la fosa. Ella intentó ayudarlo guiando el cuerpo hacia fuera a través del orificio astillado en la madera, pero Jack hizo casi todo el trabajo duro, izando el cuerpo hasta hacerlo regresar al mundo de los vivos, dos metros más arriba, a rastras y con los pies por delante.

A continuación, tendió la mano hacia el hoyo para que Hazel pudiera salir.

—Ahora tenemos que desnudarlo, asegurarnos de que no nos llevamos nada de ropa. Al fin y al cabo, no somos ladrones.

Concluida su tarea, se quedaron parados ante el cadáver. La oscuridad salvaguardaba el pudor del desconocido difunto.

—Es muy raro —observó Hazel—. Me siento como si estuviera en un funeral.

—Te acostumbrarás —le dijo Jack, que ya estaba envolviendo el cuerpo con la sábana. Se echó el cadáver al hombro sin esfuerzo aparente. Hazel pensaba que Jack era todo cantos afilados y formas alargadas, pero poseía una fuerza sorprendente. Con sumo cuidado, el chico depositó el cuerpo en el carro antes de indicarle a Hazel que ya podía montar.

—Después de usted, milady.

Hazel se acomodó en la silla de *Miss Rosalind* y a continuación le tendió la mano a Jack para ayudarlo a sentarse a su espalda.

Cuando llegaron a Hawthornden, el cielo empezaba a adquirir un tono gris brumoso. Jack siguió a Hazel a su mazmorra y dejó el cadáver sobre la mesa.

—¿Te gustaría quedarte a tomar una taza de té o algo? —le preguntó Hazel cuando llevaban un ratito en la penumbra—. Podemos subir al castillo; seguramente la cocinera ya está levantada, si quieres desayunar.

Jack negó con la cabeza. Se quitó el cabello de la cara.

—No, mejor vuelvo a la ciudad —dijo—. A pie.

—Ah. Bueno, muy bien. —Hazel miró el cuerpo, todavía envuelto en la sábana de Jack—. Me parece que necesitaré más de un ejemplar —caviló—, si por casualidad sabes de algún otro que haya muerto de fiebres.

—Esos no escasean —dijo Jack. Hazel lo miró a la cara, extrañada al ver que sonreía—. La semana que viene a la misma hora me queda bien.

23

Hazel descubrió con sorpresa que Jack no había esperado al domingo por la noche para regresar a Hawthornden. Pocos días después de su victoriosa resurrección. Al salir a dar un paseo después de desayunar, Hazel lo vio esperando con aire cohibido junto a los establos.

—Estaba pensando —empezó él— que, si hoy por casualidad no tuvieras nada que hacer, podrías enseñarme a montar. Ya sé que no aprenderé en un día, sobre todo si me haces montar una bestia como ese *Beetle*... como se llame.

—*Betelgeuse* —apuntó Hazel, que intentó disimular la sonrisa mientras se acercaba—. Es una de las estrellas más brillantes del firmamento, que se deja ver a simple vista, según dicen.

—Y alta como el cielo, igual que el caballo.

Hazel ya había entrado en las cuadras y estaba sacando al árabe negro de su pesebre. Los dos se acercaron a Jack, quien, a juzgar por su expresión, empezaba a arrepentirse de su decisión de concederse una segunda oportunidad.

Si *Betelgeuse* hubiera sido capaz de esbozar una sonrisa burlona, sería exactamente lo que habría hecho cuando miró a Jack con una expresión que solo se podía interpretar como de desafío. Jack levantó el brazo como para acariciar al caballo, y luego, pensándolo mejor, usó la mano para alisarse el cabello, como si esa hubiera sido su intención desde el inicio.

—Bueno —empezó Hazel—, hay que empezar por dejar que el caballo te conozca.

—Yo diría que ya hemos intimado bastante —replicó Jack.

—Nada de movimientos bruscos. Muévete muy despacio. Extiende la mano... sí, muy bien, justo así, y ahora rodéalo, pero no le despegues la mano. Tiene que saber dónde estás.

Jack obedeció, aunque se sentía un poco tonto caminando alrededor del caballo bajo la atenta mirada de Hazel.

—Ahora apoya el pie izquierdo en ese estribo. Monta siempre por la izquierda.

—¿Por qué?

—Pues no estoy segura, la verdad. Me lo enseñaron así. Supongo que guarda relación con algo de la aristocracia, pero no tengo idea de qué puede ser.

—Bueno, jamás se me ocurriría mostrarme irrespetuoso con nada que tenga relación con la aristocracia —dijo Jack, buscando los ojos de Hazel.

Con sorprendente agilidad, el chico subió a lomos de Betelgeuse.

—¡Ajá! —exclamó—. ¡Ya está!

El caballo agachó la cabeza para mascar un poco de hierba mustia y Jack se agarró a las riendas aterrado.

—Ahora concéntrate en los muslos.

Jack enarcó una ceja.

—Apriétalos contra el caballo. Y la espalda recta. Intenta no tener miedo. Los caballos sienten esas cosas.

—Muy bien. Ya está. Sin miedo.

—¿Desentierras cadáveres de cementerios a media noche y te da miedo montar a caballo? —preguntó Hazel.

—Pues mira, esa es la cuestión —dijo Jack mientras *Betelgeuse* empezaba a desplazarse a la izquierda—. Los cadáveres no muerden. No pueden hacerte nada. Son los vivos los que hacen daño.

—Sí, supongo que tienes razón —reconoció Hazel.

La joven montó a *Miss Rosalind* y, tras unos cuantos intentos, consiguieron que los caballos echaran a andar juntos por la larga avenida de Hawthornden.

—Me parece que es suficiente por hoy —decidió Hazel cuando volvieron a las cuadras—. Pero, si quieres, puedes volver mañana. Me haría bien descansar del estudio y tomar un poco de aire.

—Sí —fue la respuesta de Jack—. Me parece muy bien.

La segunda vez que salieron a cabalgar, llegaron al final de la finca colindante, donde las ovejas pastaban plácidamente contra un fondo de colinas onduladas. Después de eso, Hazel quiso volver por el sendero que discurría a través de los bosques hasta la parte trasera de Hawthornden, siguiendo el curso del arroyo.

—¿Crees en fantasmas? —le preguntó Hazel mientras dejaban atrás los imponentes cipreses que crecían junto a las verjas traseras del castillo. Siempre le había parecido una pregunta tonta, de esas que los niños se susurran en sus juegos, pero esas últimas semanas dedicadas al estudio del cuerpo humano habían despertado su curiosidad por la muerte y lo que sucedía al otro lado del velo.

—¿Por qué lo preguntas? —quiso saber Jack. Acarició el cuello de *Betelgeuse*. Había descubierto que no daba tanto miedo cuando lo conocías mejor.

—Yo nunca he visto nada que demuestre su existencia, pero supongo que no es solo electricidad lo que anima la carne. Debe haber un alma en alguna parte.

El gesto de Jack se crispó. La muerte siempre estaba presente en la ciudad vieja, pero, desde hacía unos meses, un silencio sobrenatural se había apoderado de las calles, denso como una vela de cera. Si bien nadie hablaba de ello, Jack lo sabía: las desapariciones proseguían. Y no solo de resurreccionistas; la chica que trabajaba en la pescadería y que siempre le hacía un guiño a Jack cuando él pasaba por el mercado se había esfumado, y el pescadero se encogió de hombros cuando Jack le preguntó por ella. Nadie había visto a Rosie, la prostituta que a veces fumaba puros con los actores de Le Grand Leon, desde hacía meses. Una vez que corrió la voz de que las fiebres romanas podían haber vuelto, nadie hacía demasiadas preguntas si las calles estrechas y atestadas de la ciudad vieja albergaban menos cuerpos.

—No lo sé —respondió Jack—. Me parece que sí creo en fantasmas. Pero no creo que los fantasmas estén en los cementerios.

—¿Por qué? ¿Tiene que ver con el hecho de que sea tierra sagrada?

—No —dijo Jack, que arrancó una hoja de árbol al pasar y jugó con ella—. Es que no creo que un fantasma quiera recordar que está muerto. Imagino que, cuando salen de sus cuerpos, preferirán alejarse de ellos tanto como puedan. He visto montones de cadáveres y te aseguro que nadie querría estar cerca de algo como eso. No somos más que grandes bolsas de carne y empezamos a deteriorarnos con relativa rapidez. Los fantasmas pueden ir adonde quieran, ¿no? No veo por qué iban a querer quedarse cerca de un cuerpo que se ha convertido en pasto de los gusanos.

—Es una forma un tanto lúgubre de verlo —observó Hazel—. Pero poética a su manera, supongo.

Cabalgaron en silencio hasta que llegaron al paraje del bosque en que el arroyo se volvía un hilito de agua y luego dejaba de fluir.

—El riachuelo no termina aquí —dijo Hazel—. En realidad, no. Discurre bajo tierra, creo, o se vuelve demasiado escaso para merecer su nombre. Pero atrás de esos árboles, ¿lo ves?, mira, junto a esa cañada, vuelve a empezar.

—¿Segura que es el mismo arroyo? ¿No serán dos arroyos que están muy cerca? —preguntó Jack.

—Es... —Hazel se interrumpió. Iba a responder que por supuesto era el mismo arroyo. ¿Cómo podía nadie plantear siquiera algo tan absurdo? Sin embargo, no estaba segura de contar con las pruebas necesarias para demostrar que tenía razón.

—A veces las cosas terminan sin más —dijo Jack—. Eh, mira.

Señaló un pequeño cúmulo de flores con pequeños pétalos verdes, tan claros que casi parecían nacarados. Cada flor exhibía una explosión blanca en el centro.

Hazel no las conocía. Aunque había recorrido ese camino cientos de veces, las florecitas verdes eran tan pequeñas y crecían tan cerca del suelo que se confundían con la maleza y el musgo.

—¿Qué son?

—No conozco su nombre oficial, pero mi madre las llamaba corazoncillos. Hacía infusiones con las raíces. Decía que eran buenas para la salud. —Jack llevaba años sin pensar en las infusiones de su madre, pero tan pronto como evocó el recuerdo lo percibió: el típico dejo acre de los taninos.

—Ahora que lo pienso, es posible que las infusiones de hierbas fueran el único tipo de té que se podía permitir.

Mientras Jack se perdía en su memoria, Hazel bajó del caballo y empezó a recoger flores a puñados, con mucho cuidado de arrancar intactas las raíces blancas.

—La medicina tradicional a menudo es mucho más efectiva que las curas y ventosas que aplican en los hospitales —comentó—. Tu madre debió aprenderlo en alguna parte.

—Supongo.

Jack no contó nada más de su madre ni de su lugar de procedencia, y Hazel prefirió no hacer preguntas. El chico se lo agradeció. No quería que ella lo mirara con pena; algo que nunca había hecho, en un gesto que la honraba. Hazel era una de las pocas personas de familias pudientes que no se comportaban con él como si le hicieran un gran favor al dignarse a dirigirle la palabra.

Cuando regresaron a las caballerizas, Jack se quedó a cepillar los caballos, aunque el mozo de cuadra siempre los acicalaba al final del día. *Betelgeuse* agitó la crin con alegría. Al cabo, el chico y él habían trabado amistad rápidamente.

—¿Escogiste tú el nombre? —quiso saber Jack, que acarició el cuello del caballo con unas palmadas—. *Betelgeuse*. Qué bonito nombre de estrella.

—Lo escogió mi hermano George. Le gustaban los astros. Cuando yo era niña, me llevaba por la ventana del cuarto de los niños al tejado sin que nadie lo supiera y me enseñaba las formas que dibujan las estrellas. Era muy distinto a mí. Yo recuerdo datos y cifras. He memorizado todos los huesos del cuerpo y los ácidos que puedo usar para disolver la carne. Él conocía historias. Era... bueno.

—Siento mucho que lo perdieras —dijo Jack.

—Gracias.

Jack se había quedado sin cosas inteligentes que decir; había agotado su repertorio y, si se quedaba más tiempo, haría el ridículo.

—Nos vemos el domingo por la noche —dijo de pronto y en un tono demasiado alto—. O sea, si aún quieres salir a excavar.

—Quiero —fue la respuesta de Hazel.

El domingo por la noche, cuando Jack llegó a Hawthornden, descubrió que había un solo caballo ya ensillado y con el carrito enganchado.

—Supuse que, como aún eres principiante, iríamos mejor en un solo caballo —dijo Hazel mientras apoyaba el pie en el estribo para montar—. La carretera es un poco más accidentada que la finca del castillo.

—Te crees mucho para ser una chica que me dejó a mí todo el trabajo duro la última vez —replicó él mientras lanzaba el equipo al carro. Extendió la mano para acariciar el muslo trasero de *Miss Rosalind*, pero cambió de idea.

—Alguien tiene que aportar el intelecto a la misión y alguien la fuerza bruta —arguyó ella.

—Pensaba que yo era el guapo —dijo Jack.

—No —fue la respuesta de Hazel, que acarició el aterciopelado cuello de su yegua—. Esa es *Miss Rosalind*.

El paseo al cementerio se les antojó un suspiro en comparación con lo que había durado el trayecto la semana anterior. Hazel tenía la sensación de que apenas llevaban un momento cabalgando cuando los árboles se separaron y revelaron al fondo la torre de Saint Dwynwen. Las manos de Jack habían rodeado la cintura de Hazel durante todo el camino, cálidas y agradables. Era como si la espalda de la muchacha estuviera diseñada para pegarse al pecho de Jack, y Hazel experimentó algo parecido a la decepción cuando comprendió que debían desmontar y encaminarse al cementerio con las palas.

—¿Murió de las fiebres? —preguntó Hazel. Llevaban ya excavando el rato suficiente para que una capa de sudor le perlara la frente.

Jack gruñó un asentimiento, pero no dejó de cavar. Los había visto enterrar el ataúd marcado con pintura roja, una «R» siniestra y chorreante que el hospital había empezado a usar dado que el número de víctimas de la fiebre romana aumentaba sin cesar.

—Es un hombre, igual que la última vez —susurró Jack después de añadir una importante cantidad de tierra al montículo de la superficie. Se detuvo para enjugarse el sudor de los ojos—. Sin familia, sin funeral. Solo una caja de pino del hospital de la misericordia.

—Es horrible —observó Hazel.

Jack levantó la cabeza, sorprendido.

—Sí —dijo—. Supongo que sí.

Era horrible. Ni siquiera lo había pensado. Estaba tan acostumbrado a la presencia de la muerte en Edimburgo que su primera reacción había sido de alivio: los ataúdes de pino eran los más fáciles de romper. Estando tan cerca de Hazel en el exiguo espacio de la tumba, Jack sintió la electricidad magnética de su piel, pudo oler la sal de su transpiración. Deseaba besarla, pero antes de que reflexionara sobre cómo hacerlo, el chasquido del metal contra la madera llegó a sus oídos.

Ahí estaba, tal como Jack la recordaba: una caja de pino con la parte superior de una «R» asomando debajo de la tierra.

—«R» de romana —explicó con voz queda.

«Ahora es el momento perfecto —pensó—. Bésala ahora.» Pero en lugar de hacerlo, lanzó la pala a la hierba y salió a pulso del hoyo.

Hazel supo qué hacer esta vez cuando Jack dejó caer la cuerda. Trabajando con rapidez, ató la soga a los pies del cadáver y ayudó a Jack a izar el cuerpo a través del agujero del ataúd, guiándose por el tacto para no tener que mirar demasiado la cara en descomposición.

Cuando el cuerpo estuvo fuera de la tumba, Jack le tendió la mano a Hazel. Ella la tomó y sintió los callos bajo su propia piel, que estaba desollada y llena de ampollas por el sobreesfuerzo.

—¿Por casualidad te comentó tu madre si el corazoncillo era bueno para las llagas? —preguntó mientras se masajeaba las palmas, una vez que estuvieron los dos sentados en la tenebrosa hierba.

—Me temo que no.

Hazel decidió que lo probaría igualmente.

Se quedaron allí un rato, recuperando el aliento. Jack se preguntó si tendría el valor necesario para besarla, pero, en vez de eso, dijo:

—Será mejor que desnudemos al pobre diablo.

En el interior de la fosa, Hazel no había notado nada raro en el rostro del cadáver, pero ahora, a cielo abierto, no podía apartar la vista. Había algo raro en su semblante, una extraña vacuidad que otorgaba a su piel una apariencia pastosa. La luz de la luna no bastaba para que Hazel pudiera distinguir las facciones al detalle.

—¿Todavía tienes el mechero y la vela? —preguntó Hazel.

Una pequeña llama cobró vida e iluminó las caras de ambos con un fulgor anaranjado. Durante un instante, Hazel olvidó dónde estaba, en un cementerio en medio del frío nocturno. El fulgor de la vela transformó el semblante de Jack Currer en algo hermoso y extraño, los ángulos de su cara tan abruptos que Hazel sintió el impulso de acariciar sus facciones, de imprimir su perfil en una moneda.

En ese momento, Hazel bajó la vista hacia el cuerpo y se le heló la sangre en las venas.

Los ojos del hombre no eran más que cuencas monstruosas, cavidades huecas de las que asomaban pulpa y larvas. Y aún más espeluznante si era posible: le habían cosido los párpados para mantenerlos abiertos. Puntos de cruz aplicados con un hilo negro y fino sujetaban el párpado superior a la frente y el inferior a su mejilla. Parecía una marioneta espantosa. Ese hombre no había muerto por causas naturales, y fuera lo que fuera lo que lo había sucedido, le habían obligado a presenciarlo.

Jack se santiguó.

—¿Qué es eso? —susurró.

—No lo sé —dijo Hazel—, pero no son las fiebres romanas.

Un ruido los arrancó de su intranquilo estado de trance. Un crujido de hojas. A continuación, una sombra se movió entre los árboles. Un ser humano.

—Agáchate —ordenó Jack a Hazel con un cuchicheo, y al momento la arrastró al interior del hoyo que habían terminado de excavar pocos minutos atrás. Saltó tras ella y agachó la cabeza de modo que no fueran visibles desde el exterior, plantados codo con codo en la exigua fosa.

La transpiración perló la frente de Hazel. Tenía una huella de hollín en la cara.

—¿Hay alguien ahí fuera? —susurró.

—No lo sé.

Esperaron con el corazón desbocado. Todo estaba en silencio. Luego, el crujido de unas botas sobre la hierba. Pasos. Alguien se acercaba al camposanto. Hazel y Jack se miraron. Sus caras estaban tan cerca que Jack distinguió el brillo húmedo del sudor pegado a la frente de la muchacha.

—Debe de ser un guardia —susurró Jack—. Una inspección de rutina.

Sin embargo, mientras lo decía le dio un vuelco el corazón. Los guardias no trabajaban después de medianoche.

—¿Quizá el sacerdote dando un paseo?

Jack no lo sabía. Le indicó con gestos a Hazel que se agachara, para que quienquiera o lo que quiera que había ahí afuera no pudiera verlos.

El hoyo en la tierra apenas alcanzaba para que los dos se sentaran muy juntos, con las rodillas rozando la tierra suelta de las paredes. Un gusano reptó en dirección al ojo de Jack, que se apartó automáticamente hacia Hazel. Ella se abrazaba las rodillas e intentaba respirar en silencio.

Los pasos —sin duda eran pasos— sonaban cada vez más cerca de su escondrijo.

Hazel abrió los ojos aterrada.

—¡El cuerpo!

Lo habían dejado tendido en la tierra, desnudo. Si la persona que estaba ahí afuera lo veía...

—Déjalo —susurró Jack—. Está demasiado oscuro para que lo distingan.

Lo que Jack no le dijo fue que, si el desconocido se acercaba tanto como para ver el cuerpo, también podría asomarse a la tumba vaciada y encontrarlos a los dos escondidos y temblando en el frío de la noche.

Las pisadas seguían aproximándose. A juzgar por el chirrido de las botas sobre la hierba húmeda, estaban a pocas filas de distancia, pero ni Jack ni Hazel se atrevieron a echar un vistazo. Y no pertenecían a una sola persona; Hazel escuchó con atención y le mostró a Jack tres dedos. Había como mínimo tres hombres caminando juntos entre las tumbas.

Los pasos se detuvieron. Jack y Hazel se miraron de nuevo. No podían hacer otra cosa. Podrían haber echado a correr, pero habrían tardado un momento en salir del hoyo, suficiente para que esas personas los rodearan y los sometieran.

—Todo estará bien —le susurró Jack—. Sea lo que sea, todo estará bien.

Sin pensar lo que hacía, rodeó los hombros de Hazel con el brazo.

Ella lo miró con una sombra de sonrisa. Cambió el peso a la otra pierna y oyó el roce del tacón de las botas contra la madera. Habían excavado hasta llegar al ataúd. Pero ya no podían hacer nada al respecto. Lo único que quedaba era esperar y cruzar los dedos para que los intrusos no se acercaran tanto como para descubrir que había un hoyo en la tierra con dos jóvenes petrificados en el interior. Hazel pegó los hombros contra Jack, en parte para protegerse del frío que le traspasaba el abrigo, procedente de la tierra húmeda, pero también porque su calor —la solidez de su presencia— la ayudaba a disipar el vértigo del miedo. Le servía de ancla. Allí estaban, juntos. Y ninguno de los dos tendría que enfrentarse a solas con las personas —o lo que fueran— que caminaban por el cementerio.

Sin hacer el menor movimiento, prestaron oído a los pasos que parecían acercarse y luego alejarse durante lo que se les antojaron horas. A Hazel le dolían las articulaciones, pero no se atrevía a cambiar de postura.

Por fin, los pasos se alejaron definitivamente.

Tan solo el graznido de algún pájaro nocturno y el silbido del viento a través de las lápidas rompían el silencio. A pesar de todo, Jack y Hazel se quedaron quietos, acurrucados en la tierra hueca sobre un ataúd.

Una delgada luna creciente recorría el cielo, afilada como un escalpelo, y Hazel estudió la cara de Jack a su pálida luz: las manchas de cieno en la nariz, sus extraños ojos de halcón, el fino trazo de sus labios y unas pestañas más largas y oscuras que las suyas, tan rizadas que casi rozaban su perpetuo ceño.

Al sentir que lo miraba, Jack se volvió.

—Me pregunto si...

Hazel se inclinó hacia él y lo besó. No lo tenía previsto, ni siquiera había imaginado ese momento, pero cuando él volteó a mirarla, a unos centímetros de distancia, ella sintió una fuerza de atracción semejante a la gravedad. Fue una especie de magnetismo, el frío de sus propios labios en busca del calor de Jack. El chico abrió mucho los ojos por la sorpresa, pero enseguida se tragó el resto de la frase y le devolvió el beso, intenso y desesperado.

Jack envolvió a Hazel con los brazos y la siguió besando como si ella fuera su única fuente de oxígeno. Enredaba las manos en su cabello, le acariciaba el cuello y la mandíbula. Las yemas de sus dedos dibujaban los lóbulos aterciopelados de sus orejas perfectas. Tampoco él se lo esperaba, no imaginaba que así debía ser un beso: un gesto natural, como si los labios del otro fueran el único espacio que ambos deseaban ocupar, y como si el propio destino los hubiera conducido a ese instante, aterrados y doloridos en una tumba a medio excavar, con el único fin de que pudieran encontrarse.

Cuando Hazel se apartó, tenía el rostro congestionado.

—Lo siento —dijo.

—No lo sientas —respondió Jack. Hazel se acurrucó contra él y la curva de su columna se adaptó perfectamente a su pecho. Jack la rodeó con el brazo y juntos miraron la luna y escucharon los sonidos de la noche.

Abrieron los ojos a un cielo pesado y gris, bajo la atenta mirada de un sacerdote. Jack se levantó a toda prisa y salió de la pequeña trinchera, que parecía aún más exigua a la luz del día. Las paredes de tierra se habían desplomado hacia dentro mientras dormían. Le tendió una mano a Hazel y tiró de ella para ayudarla a subir.

—¡Buenos días, padre! —exclamó Jack con alegría—. Hace una mañana preciosa. Hay un poco de niebla, pero no seré yo el que se queje.

—Puedo explicarlo —intervino Hazel.

Los ojos del sacerdote se agrandaron de puro terror. Observó el cuerpo mutilado que yacía desnudo en el suelo, regresó la mirada a Hazel y a Jack y siguió pasando la vista de un lado a otro.

—¡Márchense, demonios impíos! —gritó—. ¡Abandonen, ustedes los muertos, este mundo de los vivos! —Dobló sus ancianas rodillas y recogió un puñado de tierra. Se lo lanzó a Jack y a Hazel—. ¡Fuera! *Vade retro!* Esto es tierra santa y consagrada. ¡Márchense!

Hazel levantó las manos para protegerse los ojos.

—Señor... Padre, esto es un malentendido...

Pero Jack la interrumpió.

—¡Sí! ¡Somos muertos que caminan! Y nos —tiró del brazo de Hazel— iremos enseguida. ¡Grrrr! —Agitó los brazos en alto—. ¡Su santidad es mucho más poderoso que nosotros!

Jack siseó como una serpiente y, sin quedarse a presenciar la reacción del sacerdote, dio media vuelta con Hazel. Juntos salieron disparados hacia los árboles. Afortunadamente, *Miss Rosalind* los estaba esperando, enojada y muerta de hambre pero encantada de llevar a la pareja de regreso a Hawthornden.

Alguien —tres personas— había deambulado por el cementerio en plena noche, alguien se estaba llevando a los resurreccionistas y algún acto horrible se había cometido con los ojos del difunto, pero Hazel se sentía incapaz de pensar en ello. Las ideas se arremolinaban en su mente y se disolvían en su cansancio como crema mezclada con té aguado.

A lo único que podía aspirar en ese momento era a seguir erguida y despierta a lomos de *Miss Rosalind*, con las manos de Jack Currer en su cintura mientras fantaseaba con su cama y las sábanas calientes por el efecto del brasero, con el pastel de pescado de la cocinera recién horneado y con la caricia de los labios de Jack contra los suyos.

Hazel había besado a Jack Currer en una tumba y él le había devuelto el beso, y a pesar de todo lo que habían afrontado, nada de lo sucedido en toda la noche le había acelerado tanto el corazón como ese momento.

Cuando Hazel llegó a la vivienda principal del castillo de Hawthornden y abrió la chirriante puerta de madera con el máximo sigilo, encontró a Charles dormido en el banco tapizado en terciopelo del recibidor, junto a la puerta de la biblioteca. Iona dormía como un tronco a su lado, con la cabeza recostada en el hombro del muchacho. Hazel cerró la puerta despacio y se despojó de las botas para poder escabullirse a su alcoba sin despertarlos.

24

Ante la carencia de un cadáver reciente que estudiar, Hazel dedicaba el tiempo y la atención a dibujar diagramas y preservar los órganos del único cuerpo que Jack y ella habían logrado sustraer. Tomó muestras de todas y cada una de las llagas y sumergió las costras en soluciones diversas: alcohol, agua carbonatada, sal y —por gusto— raíz de corazoncillo triturada.

Sin embargo, un cuerpo no bastaría si quería aprobar el examen oficial de capacitación médica. Hazel encargó ejemplares de los libros de fisiología más recientes en París, Filadelfia y Roma, y dedicó todas las horas que pudo a estudiarlos. Leía y releía la edición del *Tratado del doctor Beecham*, que el médico le había dado, con tanta frecuencia que las páginas se volvieron blandas por el aceite de sus dedos. Memorizó las anotaciones al margen, casi todas notas breves sin sentido: «Pequeño sistema venoso» escrito junto a un diagrama de la vesícula biliar; «¿pócima de mercurio?» en la página sobre el tratamiento del resfriado común.

A pesar de todo, a Hazel le costaba cada vez más concentrarse. Tenía la sensación de que, cada vez que parpadeaba, acudía a su mente la imagen espeluznante de unos ojos abiertos en una expresión de horror ciego, y gruesas puntadas de hilo negro atravesando unos párpados finos como papel. Hazel se quedaba leyendo hasta altas horas de la noche para mantener a raya las pesadillas. Si no pensaba en el horripilante cadáver, se ponía a pensar en los labios de Jack y en el aleteo de su corazón cuando lo tenía tan cerca. Nada de eso la ayudaría a aprobar el examen. No podía permitirse alimentar sus obsesiones, al menos por el momento.

Así que Hazel sostenía un libro mientras caminaba y leía en la cama bien entrada la noche, hasta que las candelas se reducían a cabos. En más de una ocasión, Iona tenía que remplazar el libro que Hazel tenía en las manos durante el desayuno por pan tostado para asegurarse de que la muchacha se alimentara como Dios manda. Cierto día, probablemente la última jornada más o menos agradable del año, cuando el pálido sol consiguió a duras penas traspasar un cielo gris pizarra, Iona insistió asimismo en que Hazel bajara a los jardines de Princes Street.

—Vamos, señorita —dijo, ya preparando las botas de Hazel—. No puede quedarse ahí arriba enjaulada todo el invierno. ¡Póngase las botas y baje a los jardines! Vamos, ¿no la tienta la idea?

—Iona, mis libros pesan mucho. Pesan una tonelada. No podría cargar con ellos hasta encontrar un lugar bastante agradable en la hierba. Los caballos no podrán arrastrar el carruaje cargado conmigo y con todos mis libros hasta allí.

—Bueno —dijo Iona despacio—, pues entonces podría llevarse un solo libro para leer en los jardines. Al fin y al cabo, solo va a pasar la tarde.

Hazel se atragantó con el té.

—¿Un libro? ¿Solo uno? Por Dios, dices cosas absurdas. ¿Y si lo termino? ¿O me parece insoportablemente tedioso? ¿Qué quieres que lea si acabo el libro que llevé o descubro que es ilegible? ¿O si deja de atrapar mi atención? Alguien podría derramar té sobre sus páginas. ¿Qué me dices? Piénsalo. Alguien podría derramar té sobre mi único libro y teñirlo de amarillo viejo. En serio, Iona, piensa con la cabeza.

—Dos libros entonces, señorita.

Hazel suspiró, pero al final accedió y emprendió el camino a la ciudad con tres libros en el carruaje, consciente de que Charles e Iona seguramente agradecerían tener el castillo más o menos para ellos durante unas cuantas horas.

Aun con el espectro de las fiebres romanas planeando sobre Edimburgo, los jardines de Princes Street estaban a reventar de comidas al aire libre y paseantes, mujeres caminando con brío en parejas, protegidas con sombrillas, todos disfrutando del que con toda probabilidad sería el último día hasta la primavera en que el sol fuera a brillar, por poco que fuera, a través de las nubes y la niebla. ¿Cómo era posible que estuvieran tan contentos? ¿Cómo podían los ricos obviar sin más el caos y el terror que campaban a sus anchas por su ciudad?

«Y, sin embargo —pensó Hazel—, allí estaba ella, disfrutando del inesperado buen tiempo e intentando estudiar. Aprueba el examen y ya te preocuparás entonces de lo demás —se dijo—. Tú aprueba.»

Hazel buscó una zona solitaria en el pasto, bajo un frondoso olmo, y esparció los libros ante ella: el *Tratado del doctor Beecham*, un segundo manual de anatomía y una novela llamada *Sensatez y sentimientos*, publicada de manera anónima y atribuida sencillamente a «una dama». A Hazel le gustaba la autora, quienquiera que fuera, y había llevado la novela para premiarse si acaso lograba aprenderse el sistema respiratorio.

Se acomodó en la hierba y abrió el *Tratado del doctor Beecham* para repasar las arterias de los pulmones, pero antes de que encontrara siquiera las páginas importantes, una sombra oscureció el libro. Alzando la vista, Hazel vio a Hyacinth Caldwater de pie ante ella y sujetándose un enorme vientre de embarazada.

Hazel se tragó el nudo de bilis que se le había alojado en la garganta.

—¡Oh, Hazel, querida! —canturreó la señora Caldwater—. ¡Desde que te comprometiste, no se habla de otra cosa en sociedad! ¡Te marchaste sin llegar a bailar! ¿Ya estás recuperada? Y, lo que es más importante: ¿ya fijaron una fecha? Porque tengo que despejar mi agenda social, ya lo creo que sí. Sin duda tu boda será el gran acontecimiento de la temporada. Me imagino que la élite de Londres acudirá, ¿no es cierto?

Hazel suspiró y cerró el libro.

—Señora Caldwater. Es un placer verla, como siempre.

—Vamos, tienes que contarme lo que pensabas cuando Bernard se te declaró. Lo confieso, pensábamos que pasarían varias temporadas aún antes de que te lo pidiera, teniendo en cuenta lo jóvenes que son los dos. Se te ha extrañado tanto esta temporada... —La señora Caldwater enarcó una ceja con ademán conspiratorio y se inclinó como para compartir un secreto con Hazel, pero todavía alzaba la voz, estridente como una campana de latón—. La mitad de Charlotte Square está convencida de que has seducido a un conde polaco y que Bernard comprendió que debía lanzarse mientras aún tenía una oportunidad. Abundan las murmuraciones de que tu madre estaba harta de que Bernard remoloneara y que fue a Londres a buscarte un pretendiente inglés para despertar los celos de tu primo. ¿Por qué si no se habría marchado tan pronto? Seguro que está encantada de que el compromiso con Bernard Almont sea oficial al fin. ¿Volverá ahora que estás comprometida?

—Mi madre está en Bath, con Percy. De vacaciones. Por la salud delicada de mi hermano. Para evitar las fiebres.

El rubicundo rostro de la señora Caldwater adoptó una expresión de profunda compasión.

—Sí, por supuesto. Oh, pobrecita. Tu pobre madre; cuánto ha sufrido. Perder a su hijo mayor y con tu padre fuera todo el tiempo. La estará pasando muy mal, ¿verdad?

—Sí —dijo Hazel, que detestaba más aquella conversación con cada segundo que pasaba—. Supongo que sí.

Infinitamente ajena a los educados intentos de Hazel por devolver la atención a su libro, Hyacinth Caldwater se colocó de perfil y se sujetó el abultado vientre con una mano. La dama debía rondar los cuarenta años por lo menos. A juzgar por las delicadas patas de gallo que se desplegaban desde el rabillo de sus ojos, cincuenta, calculaba Hazel. Y, sin embargo, no había duda: la mujer estaba encinta.

Al pescar a Hazel mirándola con atención, la señora Caldwater exhibió una sonrisa radiante.

—¿Lo puedes creer? Ha sido un milagro. Mi marido el coronel y yo llevábamos desde la boda intentando tener un hijo, hace ya un siglo. Ja, ja, ja. Y ahora, por fin, ¡puf!

—¡Puf! —repitió Hazel.

—Fue la visita al doctor Beecham la que obró el prodigio. Me habló de dietas, me obligó a masticar las mezclas más horribles que te puedas imaginar, pero, bueno, ya lo estás viendo. Ese hombre es un genio. Espantosamente caro, por supuesto, pero vale hasta el último penique de sus honorarios. No sé cómo se las arregla la gente que no se puede permitir los mejores médicos en este país.

—Acuden a los hospitales de beneficencia —dijo Hazel—. Muchos mueren allí.

La señora Caldwater se rio como si Hazel pretendiera hacer un chiste.

—¡A los hospitales de beneficencia, por supuesto! —Volvió a palparse la barriga—. Bueno, esta pareja necesita una buena comida. Por favor, envíale mis mejores deseos a tu madre y pásate cuando quieras por la Casa Barton a tomar el té. ¡Mira qué delgada estás! ¡Es un escándalo! ¡Te engordaré yo misma si es necesario!

—Adiós, señora Caldwater, y felicidades por la buena nueva —se despidió Hazel. Acto seguido, antes de que la mujer volviera al ataque con alguna otra pregunta impertinente, Hazel abrió el libro y se lo pegó a la cara. El doctor Beecham era un genio, eso era seguro. Aunque Hazel no podía sino poner ligeramente en duda el criterio de alguien que se esforzaba en traer más Caldwater al mundo.

Hazel estaba hojeando el volumen de Beecham cuando algo cayó del interior: un pequeño trozo de pergamino, doblado con tanto cuidado que había pasado desapercibido encajado entre las páginas. Lo desplegó con sumo cuidado; el pergamino estaba amarillo y roto por los dobleces. Debía ser antiguo, mucho más que el libro que lo albergaba.

Era un dibujo a plumilla de una mano humana con los dedos separados. Una serie de flechas identificaban cada una de las venas que iban de los dedos a la palma. A Hazel le parecían las notas de alguien que se disponía a efectuar una cirugía crítica.

El pergamino era frágil como un ala de mariposa y la tinta casi se había borrado. ¿Sería una nota del primer doctor Beecham en persona? ¿Rescatada y preservada por su nieto, que la había dejado a un lado con otros papeles y de ahí había ido a parar a uno de sus libros? La caligrafía era inclinada y angulosa pero precisa, escrita con letras regulares y claras. ¿Quería Beecham que la encontrara? ¿Le había ofrecido una reliquia de la mente científica más brillante de la historia escocesa reciente para inspirarla, como un gesto de buena fe?

A Hazel le habría gustado conocer al primer doctor Beecham, el hombre que había dedicado su vida a comprender el cuerpo humano. El dibujo del pergamino era la obra de un hombre devoto como un monje, de una mente que había estudiado las articulaciones, los músculos y las venas con tanta paciencia y atención que era capaz de reproducirlos en el papel a la perfección. Hazel pasó la vista del pergamino a su mano y luego de nuevo al papel. Casi bastaba para arrancarle una lágrima.

Otra sombra cruzó sus papeles. Había alguien ante ella que carraspeó para llamar su atención y, por un horrible momento, Hazel tuvo la seguridad de que Hyacinth Caldwater había vuelto para formularle otra retahíla de preguntas acerca de temas privados o desagradables. Hazel dejó el libro a un lado, lista para librarse de ella con una excusa educada, pero en cambio se encontró con su prometido, Bernard Almont.

Él volvió a toser con discreción.

—Perdona si te interrumpo. Estudiando, entiendo.

Hazel asintió.

Su primo llevaba un sencillo abrigo azul y pantalones grises. El efecto, en Bernard cuando menos, era un tanto soso y adulto.

—¿Puedo sentarme? —preguntó Bernard.

Hazel accedió con un gesto.

El chico tendió un pañuelo en el suelo y se sentó a su lado en el pasto.

—Quería pasar por Hawthornden o enviarte una carta al menos, pero me ha resultado difícil, bueno, reunir el valor, supongo. Lamento mi conducta el día del baile, eso de anunciar el compromiso sin consultarte. Y mi comportamiento en el pasaje del servicio. Reconozco que quizá había tomado más champán del que sería recomendable, pero no es excusa. —Carraspeó—. No me conduje como lo haría un caballero. Una declaración no debería hacerse en público, y si decidieras rechazarme, prima, me dolería en el alma, pero respetaría tu derecho a hacerlo.

El globo en expansión lleno de vergüenza, apuro y alivio —de todo lo que había sentido en relación a Bernard— estalló en el pecho de Hazel.

—Gracias, Bernard —dijo.

Bernard respiró complacido.

—Entonces..., ¿lo harás? ¿Te casarás conmigo? Di que sí, por favor. Ya sé que me he portado fatal, pero no hay nadie con quien me sienta ni la mitad de a gusto que contigo.

El recuerdo sensorial de Jack la inundó: su calidez, la sensación de ahogo en el pecho y de vértigo en la cabeza cuando lo besó. Hazel volvía a estar en la tumba con él, sus corazones desbocados en paralelo. Sentía los suaves rizos en la nuca del chico tal como los había palpado al rodearlo con los brazos, percibía su aroma almizclado de sudor, flor de sauco y hierbabuena, su dulce solidez, que le inspiraba el deseo de cerrar los ojos y vivir la vida entera a lomos de un caballo con él a su espalda, pegado a ella.

Hazel dejó el libro a un lado y miró el rostro ansioso y expectante de Bernard. Le estaba haciendo una pregunta cuya respuesta ella ya conocía, la había conocido desde que era niña. Si quería sobrevivir, solo existía un camino en la vida para ella.

—Sí, Bernard —dijo con voz queda—. Me casaré contigo.

—¡Maravilloso! —La besó, y ella se inclinó hacia delante para permitírselo. Hazel no cerró los ojos y vio las pestañas del chico aletear con deleite. Bernard se despegó con un chasquido húmedo—. Esperaremos a que tu madre regrese a la ciudad para empezar los preparativos propiamente dichos, pero mi familia querrá una fiesta por todo lo alto.

Hazel no supo qué responder. Se limitó a asentir nuevamente y señaló el libro.

—Ah, sí, por supuesto —dijo Bernard—. Prometí que te dejaría leer.

Se levantó y sacudió la tierra del pañuelo que había usado para sentarse. Hizo un gesto al ver una pequeña mancha, pero lo dobló igualmente y lo devolvió a su bolsillo. Ya se disponía a dar media vuelta para partir cuando se detuvo y levantó un dedo.

—¿Hay...? Perdona que te pregunte esto siquiera, no sé por qué lo hago, pero... ¿tenías otro pretendiente? Ya sé que es absurdo, pero se rumora que... Bueno, ya sabes cómo son estas cosas.

—No —respondió Hazel—. Nunca ha existido ningún conde ruso ni duque bávaro ni ninguno de los personajes que los habitantes de la ciudad nueva inventaron para entretenerse mientras el teatro está cerrado.

Bernard sonrió y le hizo una reverencia antes de marcharse. Hazel leyó a la luz del atardecer hasta que ya no pudo distinguir las palabras. Entretanto, se preguntaba en qué parte de la ciudad estaría Jack Currer en ese momento y por qué la mentirilla que le había contado a su primo había surgido de sus labios con tanta naturalidad.

De *Las observaciones del periodista Samuel Brass* (vol. 1, 1793):

Dígame, ¿qué ha sido del doctor William Beecham, *baronet*? Nadie lo acusaría nunca de ser un vividor, pero se diría que en estos últimos meses se ha retirado completamente de la escena social. La semana pasada asistí a la comida anual del conde de Tooksbery, en Hampshire, y la condesa comentó que, en su opinión, el doctor no estaba en su sano juicio desde la muerte de su esposa. «¡Y a ver quién trata a un médico que se ha vuelto loco!», me dijo antes de levantarse para consultarle al marqués de Fountaine las últimas tendencias en jardinería.

La opinión de la condesa es generosa. Lenguas menos caritativas sugieren que la locura del doctor guarda relación con la alquimia y la piedra filosofal. Si bien el médico nunca ha sido una persona muy social, anteriormente, cuando menos, se dejaba ver por la escena londinense. Pasó el último verano en la isla de Skye y sencillamente nunca volvió a Inglaterra. Lady Sordell insinuó que el doctor podría haber perdido el favor de la familia real y que su retiro a Escocia era en realidad un exilio por orden de la reina Carlota. Por desgracia, yo no lo creo. Habiendo asistido a varias fiestas en las que Beecham se quedaba en un rincón con aire compungido, puedo atestiguar que el médico nunca ha disfrutado con la compañía de nadie excepto de su esposa, sus libros y su tortuga. En mi opinión, no hay duda de que su retiro de la vida social londinense fue una decisión personal motivada por su tendencia a la infelicidad y el aislamiento.

25

Cuando Jack oyó los golpes en la puerta principal de Le Grand Leon, no tuvo duda de que serían acreedores que acudían a reclamar la propiedad. Al cerrar el teatro, el señor Anthony le había dejado las llaves a Jack y le había pedido que mantuviera el local en condiciones decentes hasta que pudieran reabrir la temporada siguiente. Jack podía ocuparse de los ladrones. La verdadera amenaza eran los banqueros.

En un breve arranque de eufórica esperanza, imaginó que tal vez fuese Hazel la autora de los golpes, que iba a buscarlo para escaparse juntos. El recuerdo de su beso todavía persistía en sus labios, el gozo, la excitación secreta y también el terror. La noche del beso fue asimismo la del cadáver espeluznante, el hombre con los párpados abiertos por puntadas, el mismo que habían abandonado en la hierba junto al sacerdote. A Jack le resultaba más fácil fingir que la toda la excursión había sido un sueño, que creer que nada de eso había pasado.

El alba empezaba a asomar sobre la cima de Arthur's Seat, que Jack solía atisbar a través de la ventanita de la galería superior si estiraba el cuello y apartaba la cortina. Pero, esa mañana, se tapó hasta la cabeza con las roñosas mantas con la esperanza de que los golpes cesaran. No lo hicieron. Continuaban: porrazos metálicos hacían traquetear la estructura de la pared del vestíbulo.

—¡El teatro está cerrado! ¡Vuelva otro día! —gritó Jack.

La llamada persistió. Quienquiera que fuera no pensaba darse por vencido. Jack suspiró, rodó por el viejo telón que usaba para convertir su cama en algo parecido a un nido de terciopelo y se levantó.

—¡Bueno, bueno, ya voy, quien seas! ¡Calla un momento, bajo enseguida!

El señor Anthony había asegurado la puerta principal con gruesas cadenas y Jack las estaba manipulando para retirarlas cuando oyó una voz al otro lado de la puerta:

—¿Jack? ¿Jack Currer? Eres tú, ¿verdad? Ay, por favor, que seas Jacks.

El chico retiró la aldaba, abrió y se encontró cara a cara con Jeanette, su antigua espía. No habían vuelto a trabajar juntos desde que ella consiguiera el empleo de doncella en la Casa Almont. Solo llevaban tres meses sin verse, pero lo asaltó la impresión de que la muchacha había envejecido años. Si bien todavía vestía el uniforme de doncella, las prendas estaban arrugadas, como si hubiera dormido con ellas puestas. Tenía el cabello apelmazado bajo la cofia y tenía la piel pálida y reseca. Las ojeras que enmarcaban sus ojos fatigados eran casi negras. Se sujetaba la barriga.

—No tenía a nadie con quien hablar. Si se lo cuento al ama de llaves, me darán una patada y no puedo pagar un médico. Tú siempre te has portado bien conmigo, Jacks. Los chicos me dijeron que estabas aquí y yo...

Volvió a sujetarse el estómago y Jack entendió... o creyó entender.

—Ven, pasa —le dijo mientras la arrastraba al interior y cerraba la puerta tras ella. Podía usar el excusado para

230

adecentarse y, mientras tanto, él buscaría unas galletas por ahí.

Hazel llevaba anteojos cuando abrió la puerta de la mazmorra y encontró a Jack parado junto a una joven que se quejaba y se sujetaba la barriga.

—¿Usas anteojos? —le espetó Jack a Hazel antes siquiera de saludarla como Dios manda.

—Casi nunca —respondió ella sonrojándose—. Cuando me quedo levantada hasta tarde. Y si la letra es pequeña. Y si estoy estudiando. Cállate. ¿Qué pasa?

Extendió la mano para consolar a la mujer que acompañaba al muchacho. Ella se apartó.

—No pasa nada, Jeanie, tranquilízate —le dijo Jack a la muchacha, y luego, a Hazel—: Esta es Jeanette. La conozco desde hace mucho tiempo. Está sufriendo alguna clase de... problema y ninguno de los dos podemos pagar un médico, así que pensé en traértela. A ver si le puedes echar un vistazo.

—¡No pienso ir al hospital! —gritó Jeanette—. He estado en el hospital de los pobres y es horrible. No podría soportar la peste. ¡Los gemidos!

—No grites. Nadie te va a llevar a ninguna parte. Te examinaremos aquí mismo —prometió Hazel.

Apaciguada, Jeanette siguió a Jack al sombrío laboratorio de la mazmorra, aunque sus ojos todavía miraban de un lado a otro con recelo nervioso. Hazel retiró de la larga mesa los libros y apuntes que estaba estudiando y encendió una nueva vela al advertir que la última se había vuelto un cabo derretido.

—Siéntate aquí —sugirió Hazel— y cuéntame lo que te pasa.

La chica le resultaba familiar, pero no acababa de ubicarla.

Jeanette obedeció y se alisó la falda sobre el regazo. Al ver que Hazel dirigía la mirada hacia su vientre, dijo:

—No estoy encina. Es imposible. Sencillamente imposible. Lo juro. ¡Eh! Yo la conozco, ¿verdad, señorita? Jacks, la conozco. Es... Conoce a lord Almont, ¿verdad?

—Es mi tío —asintió Hazel. En ese momento reconoció la cara: era la joven doncella de los Almont.

Jeannette resopló molesta e intentó levantarse de la mesa. Sin embargo, apenas se había alejado un centímetro antes de que el dolor la atenazara de nuevo. Con cuidado, Jack la guio de vuelta a la mesa.

—No puedo estar aquí —se angustió ella—. Si me encuentran aquí... Si piensan que estoy encina, no volveré a trabajar en ninguna parte. La señora Poffroy me pondrá de patitas en la calle en menos de lo que canta un gallo. He oído las historias. Sé lo que les pasa a las chicas cuando su reputación se arruina.

—Jeanette —le dijo Hazel en tono tranquilo—. Te llamas Jeanette, ¿verdad? Te lo aseguro, no le diré a nadie que has estado hoy aquí. Te lo juro por mi honor. Además, la sobrina de un vizconde no debería llevar una enfermería en la mazmorra de su hogar, ¿verdad?

—Supongo que no —musitó Jeanette.

—Bueno, en ese caso, la solución es muy sencilla. Tú me guardas el secreto y yo te guardaré el tuyo.

Jack sonrió a Hazel en ese momento y una sensación cálida la recorrió del pecho a la punta de los dedos.

Hazel se ajustó los anteojos y retiró un libro de la estantería. Mojó la punta de la pluma con la lengua.

—Bueno, Jeanette. ¿Cuál crees que es el problema?

Humedeciéndose los labios menudos y resecos, Jeanette se estiró la falda.

—No me llega el período. Desde hace siglos. Un mes supuse que habría perdido la cuenta, pero entonces pasaron dos meses y luego tres. Y ahora tengo estos horribles dolores, peor que nada que haya sentido nunca en el vientre. Tan tremendos que no puedo trabajar sin gemir, y la señora Poffroy tuvo que pedirle a la ayudante de cocina que me llevara a la cama.

Hazel formuló las palabras con cuidado:

—Y tienes la certeza de que no estás...

—No estoy embarazada —reiteró Jeanette—. Lo juro. Nunca he estado con un hombre. Unos cuantos intentaron acercarse cuando vivía en Fleshmarket, pero yo sabía cómo mantenerlos a raya. Pregúntele a Jack, él se lo dirá. Así que, a menos que hayan descubierto otro modo de embarazar a una chica que no implique tener a un hombre entre las rodillas, le aseguro que no espero un bebé.

—¿Puedo? —preguntó Hazel señalando el vientre de Jeanette. La muchacha asintió y Hazel le pasó la mano por la barriga. Era una chica delgada y tenía el vientre firme. No se palpaban bultos ni tampoco la piel tensa del embarazo. Jeanette arrugó el semblante cuando Hazel la tocó.

—¿Te duele? —le preguntó.

Jeanette asintió.

—Tuve un sueño muy raro —confesó—. Justo cuando empezó el dolor. Los sueños comenzaron entonces y ahora los tengo casi cada noche.

—¿Qué clase de sueños? —preguntó Hazel.

—Estoy acostada bajo una especie de velo. Casi como una novia, supongo, pero no sabría decir qué clase de velo es. Bueno, pues la tela me cubre y estoy en una gran sala rodeada de desconocidos, y entonces un hombre se me acerca, un tipo muy raro con una cabeza como de animal. Y sostiene un gran cuchillo. Tiene un solo ojo. Un ojo grande y gordo en el centro de la cara. Y entonces, justo cuando intento averiguar qué se propone hacer con el cuchillo, despierto en mi jergón, en las dependencias de los criados.

Un ojo. ¿Sería posible que hubiera coincidido con el doctor Straine en alguna parte? ¿Que el hombre la hubiera lastimado?

—Jeanette, ¿cuándo fuiste al hospital de los pobres? ¿Para qué?

Jeanette frunció el ceño.

—No tendría más de siete años. Me quitaron el apéndice.

—Y el médico... el médico que te operó cuando eras niña, en el hospital de los pobres, ¿se llamaba Straine, quizá? ¿Tenía un solo ojo y un parche de seda negra?

Jeanette negó con la cabeza.

—No. Era un horrible doctor francés. No recuerdo su nombre, pero no llevaba ningún parche.

—¿Te importa que te examine la barriga? —preguntó Hazel—. ¿Por debajo de la enagua? Jack, ¿te importaría salir un momento?

Jack le dedicó un pequeño saludo militar y abandonó el laboratorio.

—Estaré fuera, si me necesitan.

—¡No te vayas a ir, zoquete! —le espetó Jeanette, y luego se levantó el vestido para mostrarle a Hazel unas piernas pálidas y esbeltas y una barriga aún más pálida. Tenía varios racimos de moretones alrededor de las rodillas, y una cicatriz inflamada y cubierta de una costra purulenta y verde le recorría la zona del vientre, debajo del ombligo, a lo largo de diez centímetros.

—Jeanette —quiso saber Hazel—, ¿de qué es esta cicatriz?

—Ya se lo dije. Me quitaron el apéndice cuando era niña.

Le habían cosido la herida con puntos regulares, pero estaba infectada, roja y supurante.

—¿La cicatriz no es nueva? ¿Ya la tenías?

—Prácticamente desde que tengo memoria —confirmó Jeanette.

—Bueno, nueva o antigua, esta cicatriz está infectada. Tendremos que limpiarla y cubrirla con una cataplasma para que vuelva a sanar.

—¿Ese es el problema, entonces? —preguntó Jeanette, cubriéndose de nuevo—. ¿Ese ha sido el problema todo este tiempo? ¿La cicatriz?

—No sé si es el único problema —le dijo la aspirante a doctora—. No creo que una infección sea la causa de la ausencia de sangrado menstrual. Pero podemos ocuparnos de eso de momento.

Usando agua y jabón, Hazel limpió la herida con cuidado. A continuación, mediante suaves toques con un trapo de algodón, empapó la cicatriz en alcohol. Jeanette apretó los dientes para no gritar.

—Lo siento —dijo Hazel—. Ya sé que arde. —Cuando hubo limpiado la herida, la cubrió con una cataplasma de miel, cúrcuma y flor de avellano antes de protegerla con un apósito de lino. Entregó a Jeanette un montón de apósitos limpios—. Cambia el vendaje a diario —la instruyó. La muchacha asintió—. Si no ha mejorado en una semana, dile a Jack que te traiga otra vez.

De nuevo completamente vestida, Jeanette buscó en el bolsillo de su delantal con expresión apurada.

—No tengo gran cosa, pero quiero pagarle sus servicios...

Hazel la detuvo con un gesto de la mano.

—Por el amor de Dios, ni soñarlo. Por favor, no seas absurda. Todavía estoy estudiando. Para ser sincera, te agradezco haberme dado la oportunidad de hacer prácticas en vivo.

Jeanette retiró la mano del bolsillo con expresión agradecida.

—¡Jack! —gritó Hazel—. Ya puedes entrar.

El chico volvió a entrar tapándose los ojos. Hazel le bajó las manos con un manotazo.

—¿Qué? ¿La curaste? ¿Ya está bien?

—No estoy segura, pero al menos es un comienzo —respondió Hazel—. Y, Jack, si tienes algún otro amigo o conocido que precise ser examinado... Ya sabes que aún no soy médica, pero conozco lo básico y quiero creer que el castillo de Hawthornden es más agradable que el hospital de los pobres.

—¿Qué quieres decir?

—Bueno, tenemos una docena de habitaciones vacías, por lo menos. Estando mi madre y mi padre fuera junto con la mayoría de los criados..., hay sitio de sobra en el salón para instalar unos cuantos catres y jergones para aquellos que necesiten reposo. Tenemos comida en abundancia; bien sabe el cielo que la cocinera no acaba de habituarse a pedir comida solo para mí y el poco servicio que queda.

—¿Y la gente que está enferma de —Jack bajó la voz— fiebres?

—Tráelos —fue la respuesta de Hazel. Esperaba que su tono de voz reflejara la valentía que ansiaba poseer—. Instalaremos en la galería a aquellos que puedan ser contagiosos.

Jeanette levantó la cabeza.

—Conozco a un chico que hace unas semanas fue atropellado por un carro. Se rompió la pierna y no se le ha curado. Yo misma le vi el hueso traspasando la piel.

—Que venga —dijo Hazel—. El castillo de Hawthornden podría convertirse en un hospital escuela, si a esas vamos.

A Hazel no le faltaban pacientes que tratar, ni escaseaban los hombres, mujeres y niños desesperados por cuidados médicos que no los obligaran a soportar los infectos hedores del hospital para los pobres, donde los médicos llevaban delantales manchados de sangre y tres desahuciados tenían que compartir un mismo catre.

Doce personas acudieron al laboratorio subterráneo en busca de la ayuda de Hazel una semana después de que tratara a la joven criada. La siguiente fueron treinta. Con ayuda de Jeanette y de Jack, la voz corrió rápidamente y pronto Hazel estaba tratando toda clase de dolencias, desde tisis hasta estreñimiento. Cada vez que una persona acudía a la mazmorra por una consulta, Hazel anotaba todo su historial, que incluía su edad, ocupación, síntomas y tratamiento recomendado.

Trataba las fiebres con jarabe de linaza y suero de leche preparado con naranja, al mismo tiempo que procuraba calor al paciente con mantas y le administraba abundante té. Fijaba los huesos rotos con planchas de madera y tiras de tela. Suturaba las heridas. Cuando llegaba una mujer sujetándose la mejilla por el dolor, Hazel arrancaba la muela podrida y trataba la encía con miel y aceite de clavo.

Descubrió que cada día recurría menos a su manoseado ejemplar del *Tratado del doctor Beecham*, a medida que se sentía más segura de su capacidad e instinto para el diagnóstico. Trataba a la mayoría de los pacientes por la tarde y luego los mandaba a casa, pero en algunos casos —como el conocido de Jeanette, un muchacho llamado Bobby Danderfly, a quien un carruaje había atropellado—, los curaba de emergencia en su mesa antes de instalarlos en una cama del castillo de Hawthornden para que convalecieran.

Cuando llegó el primer paciente con fiebres romanas, Hazel reunió al servicio en la biblioteca.

—Ninguno de ustedes está obligado a quedarse en la casa —les recordó—. Tener enfermos aquí supone un peligro, lo sé, en particular si padecen las fiebres. —Hazel había instalado al hombre en la galería con un tapete de paja y había pasado la mañana haciendo lo posible para que estuviera cómodo, limpiándole la sangre y la pus de las llagas reventadas y refrescándole la frente febril con un trapo empapado en agua helada—. En la casa del guardia hay espacio de sobra para todo aquel que no quiera vivir aquí. —Charles, Iona y la cocinera asintieron con gesto solemne. Susan, la ayudante de cocina, estaba enfurruñada en un rincón—. Y nadie debe entrar en el solario excepto yo, ¿de acuerdo?

—No sé por qué tenemos que dejar la casa —refunfuñó Susan—. Yo no vine para trabajar en un maldito hospital. Me gustaría ver lo que diría la señora de la casa si viera todo esto.

—Bueno, mientras mi madre esté en Inglaterra, tendrás que aceptar que yo soy la señora de la casa, Susan.

La criada farfulló algo entre dientes.

—Y, Cook, ¿no le importaría preparar avena, verdad? ¿Quizá con gelatina de grosella? Para ayudar a nuestros pacientes a reponer fuerzas.

Aunque los días se habían vuelto agotadores, jornadas interminables atendiendo a los pacientes, mezclando emplastes y lavando trapos empapados, Hazel seguía sin dormir bien. Tenía sueños inquietantes, pesadillas sobre el espantoso cadáver que Jack y ella habían desenterrado y su rostro mutilado. Otras veces, la cara que veía en el vacío que asomaba tras sus párpados cerrados era la de Bernard. Fuera como fuese, Hazel daba vueltas en la cama hasta que, con una mezcla de decepción y alivio, veía el primer atisbo de un alba color pastel a través de la ventana.

En ocasiones estaba tan cansada que se sorprendía mirando fijamente al frente con los ojos muy abiertos mientras estaba de pie ante la mesa de la mazmorra, no dormida pero tampoco del todo despierta.

—Cuidado —le dijo Jack a la vez que le sujetaba el codo una mañana que la vio tambalearse. Estaba en la mazmorra con Hazel, ayudándola a preparar más infusión de raíz de corazoncillo tal como la hacía la madre del chico.

—Es el olor —murmuró Hazel con una pequeña sonrisa cuando Jack la ayudó a sentarse en una silla—. Esa infusión huele a tierra y estiércol.

—Sí, menos mal que solo sabe un poco peor de lo que huele —dijo Jack—. Ya sé, prepararé té negro para nosotros.

Jack se había levantado para marcharse cuando oyeron unos suaves golpes en la puerta. Se miraron. Hazel se despertó de inmediato.

Más golpes con los nudillos. Y luego un gemido de dolor.

Hazel hizo ademán de levantarse, pero Jack la detuvo con un gesto de la mano.

—Yo voy.

El chico retiró la aldaba y abrió la puerta de par en par. Hazel se inclinó hacia delante para ver quién estaba al otro lado: una joven que se sujetaba el vientre, doblada de dolor. El cabello rubio le caía en torno a la cara.

—¿Es aquí? —preguntó con la mirada baja—. Por favor, ¿es aquí donde pueden ayudarme?

—¿Isabella? —dijo Jack. La chica levantó la cabeza y dejó ver unos ojos anegados de lágrimas—. Isabella —repitió él. Entonces se fijó en su prominente vientre.

Ella gimió.

Hazel se acercó por detrás de Jack. Vio sangre y fluido entre las piernas de la muchacha embarazada.

—Por el amor de Dios, Jack, quítate. Hay una mujer dando a luz en el umbral.

Jack parpadeó a toda velocidad y retrocedió hacia la mazmorra. Todavía no había cerrado del todo la boca desde que había visto a Isabella... allí... y embarazada.

Hazel evaluó la situación en un instante.

—Santo Dios. Me temo que no hay tiempo de llevarte a la casa —decidió—. Ven, siéntate. Jack, ve corriendo a Hawthornden y envíame a Iona. Dile que traiga una palangana con agua.

Jack asintió y, con un último vistazo a Isabella, salió corriendo.

—¿Ese era... Jack Currer? —preguntó la recién llegada mientras Hazel la acompañaba con delicadeza a la silla de madera.

Hazel estaba absorta haciendo una lista mental de todo lo que necesitaría para el parto.

—¿Qué? Jack Currer. Sí. ¿Lo conoces? —Hazel agrandó los ojos—. ¿No será el... ya sabes?

Isabella todavía se sostenía la barriga.

—¿El padre? No. Se enlistó. Su regimiento se trasladó a Yorkshire. Debía reunirme con él, pero... —Señaló su vientre—. También se suponía que íbamos a casarnos.

—Ambos se reunirán con él en poco tiempo —la animó Hazel—. La familia volverá a estar unida muy pronto.

—No siempre ha sido soldado. Bailaba en el teatro conmigo. Jack también trabajaba allí. En los puentes. Siempre me ha tratado con cariño.

Hazel sonrió.

—Es un buen chico.

—Pero entonces el teatro cerró a causa de las fiebres, y ahora Thomas se fue y yo no sé cómo voy a afrontar esto. —Las manos de Isabella temblaron cuando la asaltó otra contracción—. ¡Cómo duele! Nadie me dijo que dolía tanto. —Un halo de sudor bordeaba el nacimiento de su cabello—. Solo sabía que no podía bajar al hospital de caridad, después de todo lo que he oído. Cuentan que las mujeres gritan y yacen en su propio vómito. Pero no sabía qué hacer.

Hazel intentó que su voz infundiera tanta seguridad como fuera posible.

—Isabella. Necesito que me escuches. Me llamo Hazel Sinnett. Tu hijo va a nacer y tú y yo vamos a superar esto juntas. —Encendió el resto de las velas del laboratorio—. ¿Dónde está Iona con el agua? —musitó.

Como si la hubiera oído, Iona cruzó la puerta a toda prisa cargada con una palangana. Jack la seguía de cerca con varios paños y todo el aspecto de sentirse indispuesto.

—Oh, maravilloso, Iona, deja la palangana aquí y ayúdame. Jack, tú también. Tenemos que trasladarla a la mesa.

Con sumo cuidado, los tres guiaron a Isabella hasta dejarla tendida en el banco de trabajo de Hazel.

—Ah, Iona, podrías pasarme... ¿Mi ejemplar de Beecham, por favor?

Los ojos aterrados de Isabella revolotearon de Hazel a Jack y luego a Hazel de nuevo.

—¿Un libro? ¿Un libro para qué?

—¡Nada! No es nada —replicó Hazel mientras pasaba páginas con frenesí—. Solo quiero comprobar una cosa. Sí. Sí, maravilloso. Ya está. —Hazel extrajo valeriana seca de uno de sus tarros—. Mastica esto. Te calmará el dolor. Respira hondo, eso es muy importante. Tienes que seguir respirando. Acuéstate así, con las piernas hacia arriba. Y recuerda: no dejes de respirar.

—Ha hecho esto otras veces, ¿verdad? ¿Asistir un parto? —preguntó Isabella cuando Hazel se hubo instalado entre sus piernas.

—No estrictamente hablando —reconoció Hazel—. Pero he leído mucho al respecto.

La respuesta de Isabella quedó ahogada por el grito que le arrancó el dolor de la siguiente contracción.

—Te voy a explicar lo que vamos a hacer —le sugirió Hazel—. Me vas a mirar y me vas a contar todas las cosas que harás con tu hijo y... y Thomas en Yorkshire. Y cada vez que pienses en algo, vas a pujar. ¿Entiendes?

Isabella asintió con debilidad.

—Bien.

—Pasearemos... pasearemos por el parque.

—Bien. Puja.

—Le enseñaremos a leer —dijo Isabella—. Va a ser una niña. Thomas y yo siempre hemos sabido que tendríamos una niña.

—Eso me gusta. Ahora puja con fuerza.

—Podemos hacer una excursión al lago.

—¡Puja! Iona, trae más agua, por favor.

El parto prosiguió mientras las velas se consumían hasta volverse pequeños cabos. Iona había tenido que correr a la casa principal dos veces para remplazar las velas, de tal modo que cuando Hazel hundió las manos entre las piernas de Isabella, tenía luz suficiente para distinguir al rojizo neonato abriéndose paso hacia la vida, ya mostrando su cabello oscuro y aceitoso. En algún momento, durante la segunda hora, Jack había desaparecido.

—Ay, señor. Esto no se parece en nada al diagrama —murmuró Hazel.

—¿Qué? —gritó Isabella.

—¡Nada! ¡Nada! Acuéstate. Todo saldrá bien. Ya casi acabamos. Veo la cabeza. ¿Isabella? Isabella, ¿me oyes? Vas a ser madre.

La muchacha asintió, pero las lágrimas seguían surcando sus mejillas.

—Ojalá Thomas estuviera aquí —susurró.

—Muy pronto estarás con él. Puja una última vez.

Isabella gritó. Y entonces el grito se convirtió en dos, cuando el sonido de un recién nacido vivo saludó al frío y nuevo mundo al que acababa de unirse.

Hazel envolvió a la niña en un paño limpio y la depositó con cuidado en el pecho de Isabella.

—Tenías razón —dijo Hazel—. Es una niña. Es preciosa, igual que su madre.

La pequeña era preciosa, en efecto. Tenía los ojos azules y redondos, y su llanto se fundió con la risa agradecida de Isabella.

—Una niña. Tengo una niña.

—Lo lograste.

Isabella despegó los ojos de su hija para mirar a Hazel.

—Usted también. No sé qué habría hecho de no ser por usted, lo juro.

Isabella y la niña durmieron una hora, mientras Iona iba a buscar unas rebanadas de pan con mantequilla para todos. Hazel aceptó gentilmente y saboreó su rebanada. No se había dado cuenta del hambre que tenía. Habían pasado horas desde que comiera por última vez.

Jack regresó cuando Isabella empezaba a despertar.

—¿Verdad que es preciosa? —le preguntó ella—. Mi pequeña.

Jack le mostró algo que llevaba escondido en la espalda. Era una caja de música cuadrada con los costados pintados en colores vivos.

—Quería ser el primero en hacerle un regalo a tu bebé.

Isabella extendió las manos para tomarla.

—Jack, esto es demasiado.

Abrió la caja, y la delicada melodía de un vals llenó el laboratorio. La bailarina rubia en el centro de la caja, giraba en círculos perfectos. Era casi imposible advertir que la figurita de porcelana estaba rota y había sido reparada con pasta.

—Gracias, Jack —dijo Isabella—. Le encantará.

—¿Ya tiene nombre?

Isabella miró a su hija y luego a Hazel.

—Deberíamos ponerle su nombre. La pequeña Hazel. Sé que a Thomas le parecerá bien.

—La pequeña Hazel —repitió Jack.

Hazel no confiaba en poder responder sin que se le quebrara la voz. Se limitó a asentir y terminó de secar la palangana que había lavado. Permaneció de espaldas para que Jack no advirtiera el brillo de sus ojos.

26

El afecto que Jack sintiera en su día por Isabella se le había antojado sumamente real, instintivo e importante. Sin embargo, la noche siguiente, mientras se encaminaba al arroyo al ver a Hazel sentada junto a la orilla, se percató de algo: su amor por Isabella fue como ver una vela en un cuadro, la pintura de un maestro que captura la luz y el resplandor que proyecta alrededor, pero una llama que no es sino óleo sobre un lienzo, al fin y al cabo. Cuando Jack miraba a Hazel, la llama vivía y acariciaba el aire. Notaba su calor y su energía, oía su chisporroteo. Era igual que ver el fuego en vivo por primera vez.

—Fue increíble lo que hiciste —le dijo—. Las cosas que haces, las cosas de las que eres capaz. Es sencillamente... Eres increíble.

Hazel alzó la vista, pero permaneció sentada en la orilla.

—No sé lo que estoy haciendo. Jack, estaba aterrada.

—¿Cómo? ¿Aterrada?

Hazel asintió.

—Una vida dependía de mí. ¿Y si me hubiera equivocado? ¿Y si hubiera lastimado a la bebé o a Isabella? Me habría... Ni siquiera sé lo que habría hecho. ¿Cómo habría podido vivir con eso?

Jack se sentó a su lado y posó la vista en el hilo de agua que fluía sobre las rocas. El castillo proyectaba una sombra oscura sobre ellos. Al día siguiente del parto, habían trasladado a Isabella y a la pequeña a la casa principal, para que descansaran en la antigua habitación de George.

—Lo hiciste todo a la perfección —le aseguró Jack—. La niña es perfecta.

—Esta vez —dijo Hazel. Guardó silencio, y Jack empezaba a preguntarse si habría cometido un error al acercarse para hacerle compañía cuando Hazel siguió hablando—: Antes tenía una seguridad absoluta en mi capacidad. Eso es lo más curioso: pensaba que lo sabía todo, que podía hacer cualquier cosa. Y entonces te enfrentas a la realidad y te das cuenta de lo fina que es la línea entre que todo salga bien o que se estropee para siempre, y de pronto eres consciente de que no sabes nada. Solo soy una niña tonta que juega a ser médica. Ni siquiera he aprobado el examen. ¿Qué creo que estoy haciendo?

Jack tomó la mano de Hazel entre las suyas. La de ella estaba fría, casi cerosa. Blanca y sin fuerza.

—Hazel —le dijo con suavidad—. Eres la persona más brillante que he conocido en mi vida. Eres maravillosa.

—Tengo miedo —confesó Hazel.

—Bien —respondió Jack—. Eso está bien. No pasa nada por tener miedo.

Hazel apoyó la cabeza en su pecho y él le rodeó el cuerpo con el brazo. En ese momento empezó a llover, una llovizna tan fina que casi atravesaba la piel.

—No nos quedemos aquí bajo la lluvia —sugirió Jack, mientras ayudaba a Hazel a levantarse. Intentó llevarla al castillo, pero ella se lo impidió.

—No —dijo—. Todavía no.

Hazel y Jack se encaminaron al establo, donde los envolvió un aire cálido y seco que desprendía un agradable aroma a heno.

Tomaron un par de mantas para caballos de los anaqueles y se sentaron bajo el techo del establo con las puertas abiertas para poder mirar la lluvia mientras el cielo se oscurecía sobre el pétreo muro del castillo. El sol ya empezaba a ocultarse y los cortos días de invierno habían llegado a Edimburgo junto con un viento gélido.

Hazel hundió las manos bajo el abrigo de Jack para calentárselas.

—No logro entrar en calor —susurró.

Jack se inclinó para besarla y posó los labios en los de ella con tanta ternura que la caricia fue más sombra que carne. Y entonces ella lo besó a su vez, y pronto estaban tan inmersos el uno en el otro que por un instante no se sintieron dos personas distintas. La lluvia arreciaba afuera de la destartalada estructura de madera, pero a ninguno de los dos le importaba. Jack empujó a Hazel contra una viga y le fue extrayendo los pasadores del cabello hasta que sus rizos cayeron por sus hombros. Le hundió la cara en el cabello e inhaló profundamente, y luego le deslizó un dedo por la curva de la mejilla.

—Santo Dios —susurró—. Qué hermosa eres, Hazel Sinnett.

—Nadie me había dicho antes que soy hermosa —dijo Hazel. Ni siquiera había reparado en ello hasta que lo dijo en voz alta.

Jack tomó su cara entre sus manos y la contempló unos instantes. Luego se inclinó hacia ella y le besó los párpados con suavidad.

—Alguien debería decirte que eres hermosa cada vez que sale el sol. Alguien debería decirte que eres hermosa los miércoles. A la hora del té. Alguien debería decirte que eres hermosa en Navidad y en Nochebuena, y la víspera de Nochebuena, y en Pascua. Debería decírtelo la noche de Guy Fawkes y en Nochevieja y el ocho de agosto, por que sí. —Le besó los labios una vez más, delicadamente, antes de apartarse y mirarla a los ojos—. Hazel Sinnett, eres la criatura más milagrosa con la que me he cruzado y estaré pensando en tu belleza hasta el día que me muera.

27

Hazel se enfrentó a la muerte una semana más tarde. El paciente era un enfermo de fiebres romanas, que se durmió una noche después de rechazar el agua fresca que Hazel le había ofrecido y ya nunca despertó. Ella no lloró mientras lo envolvía con sábanas y lo sacaba del invernadero para dejarlo en el carro que aguardaba fuera, en el camino que iba de la casa a la mazmorra.

Jack encontró a Hazel sollozando junto al roble rojo. El cuerpo aún yacía en el carro. Sin mencionar palabra, Jack se dispuso a cavar una tumba.

—Tengo que examinarlo, Jack —protestó Hazel al ver lo que se proponía. Apenas pudo pronunciar las palabras por el llanto—. Necesito todos los cadáveres que pueda conseguir.

—Este no, mi amor —respondió Jack en voz baja—. Lo conocías. Te importaba. Puedes enterrarlo y llorarlo. No tiene que acabar despedazado. Todavía no.

Hazel no respondió. Respiró profundamente hasta que consiguió que el llanto cesara, se tragó las lágrimas y emprendió el camino de regreso al castillo. Para cuando Jack terminó de enterrar al hombre y volvió a Hawthornden, Hazel tenía la mirada clara y estaba tratando a los pacientes que estaban en la galería.

No existía literatura médica sobre ninguna clase de tratamiento y menos acerca de alguna cura paras las fiebres romanas, así que Hazel empezó probando remedios humildes e inofensivos. Les daba a sus pacientes té con miel y jugo de limón. Por la tarde, insistía en que bebieran leche con semillas de cardamomo en polvo, el mismo tratamiento que sugería su libro para los casos de tisis. Les cambiaba las vendas tres veces al día y casi siempre encontraba la tela pegajosa a causa de las llagas encostradas. Si podían soportar el olor, les ofrecía la infusión de corazoncillo que preparaba Jack. Si él la tomó de niño y nunca contrajo fiebres romanas, quizá contuviera algún principio activo contra la enfermedad.

Por extraño que fuera, parecía funcionar, al menos en algunos pacientes. Una hora después de que sirviera infusión de corazoncillo a cuatro enfermos de fiebres romanas, uno golpeó el cristal con suavidad y le preguntó a Hazel si podía traer una baraja de cartas para que pudieran echar unas manos de *whist*. Al día siguiente, molió raíz de corazoncillo y la aplicó a los forúnculos de los enfermos.

Las marcas no desaparecían, pero la raíz molida provocaba mejoras evidentes: carne antes inflamada y roja, surcada de rayas color verde limón, se volvía piel rosada y lisa. El primer paciente de las fiebres que había llegado a Hawthornden, un pescador llamado Robert Bortlock, con un gran bigote blanco y una nariz con forma de nabo, incluso empezó a repetir a la hora del desayuno.

Las costras de las fiebres romanas, que aparecían en la espalda de los enfermos cuando las llagas se secaban, le recordaban a Hazel los dibujos de la viruela que había visto en sus libros.

Estaba al corriente de la historia de Edward Jenner y la vacuna de la viruela, por supuesto. El médico inglés notó que las ordeñadoras de su pueblo eran las únicas que no se contagiaban de viruela y formuló la hipótesis de que la exposición a la viruela de las vacas había enseñado a sus organismos a defenderse de su pariente humana, más peligrosa. Lord Almont llegó a invitar a Jenner a uno de sus salones y, si bien Hazel era demasiado joven en aquel entonces para entender lo que estaba diciendo, recordaba el cabello fino y canoso del hombre, así como la chalina blanca que llevaba bien apretada al cuello y atada con un lazo.

Ahora bien, la inoculación ya existía antes de eso, desde hacía décadas. Los científicos habían adivinado los mecanismos por los cuales podías enseñar a un organismo a defenderse de una enfermedad mortal mediante una versión debilitada de la misma, y antes de Jenner y sus vacas, la gente se protegía con las costras secas de la viruela, que molían y metían bajo la piel.

¿Por qué nadie lo había probado con las fiebres romanas? La enfermedad no estaba tan extendida como la viruela, por supuesto, pero si la misma técnica funcionaba, los médicos de Edimburgo podrían salvar miles de vidas. ¿Sería posible que los casos de pacientes recuperados de fiebres romanas fueran tan escasos que nadie hubiera tenido en cuenta la posibilidad de la inoculación? Hazel supuso que debía de haber trabajos sobre el tema, algún artículo en el *Diario escocés de Medicina* o algún estudio publicado en Londres. Pero no encontró nada. Decidió escribir al doctor Beecham a la Academia de Anatomistas y preguntarle su opinión al respecto.

Dr. William Beecham III
Academia Real de Anatomistas
Edimburgo

Estimado doctor Beecham:

Confío en que disfrute de buena salud a la recepción de esta carta y le aseguro que continúo estudiando con ahínco para el examen de capacitación médica. Como parte de mis estudios, estoy llevando a cabo consultas rudimentarias entre mis conciudadanos y conciudadanas escoceses aquejados de distintas enfermedades, incluidas, lamento decirlo, las fiebres romanas. Espero que tenga a bien disculpar mi osadía, pero deseaba solicitarle su opinión en relación a un asunto. ¿Se ha llevado a cabo alguna experimentación relativa a inoculaciones contra las fiebres romanas? Por consejo de un muchacho de la zona y guiada por sus recuerdos de infancia en relación a una cura tradicional, he tratado a varios pacientes con infusiones de raíz de corazoncillo, y al constatar resultados positivos, he añadido cataplasmas de raíz de corazoncillo molida a los vendajes de las heridas. Los resultados son prometedores. Tan prometedores, de hecho, que me pregunto si las costras secas de sujetos curados podrían usarse para practicar inoculaciones. Entiendo que sus apretados horarios apenas le dejarán tiempo libre, pero si tuviera un momento, le rogaría me responda.

Atentamente,

Hazel Sinnett
Castillo de Hawthornden

En el peor de los casos, el doctor Beecham podría sugerirle qué estudios consultar de la literatura científica existente. Sin embargo, en los rincones más secretos de su alma, Hazel

252

fantaseaba con la respuesta del médico, con la posibilidad de que le respondiera una carta con salpicaduras de tinta de pura emoción y cada frase acompañada de signos de exclamación porque ¡Hazel había resuelto el problema! ¡La solución siempre estuvo delante de sus narices! Nadie más volvería a enfermar de fiebres romanas, porque su vacuna se aplicaría por toda Escocia. La Asociación Edward Jenner la agasajaría con una cena de gala. El rey en persona la convocaría para presentarla en sociedad. Prácticamente no sería necesario que se presentara al examen de Medicina; se convertiría en la médica más famosa de todo el reino, y antes de los veinte años.

Cuando no estaba examinando a un nuevo paciente en su laboratorio o yendo de catre en catre en la planta baja del castillo de Hawthornden, Hazel se demoraba en el vestíbulo con la esperanza de recibir la respuesta de Beecham. Cada vez que llamaban a la puerta del castillo, sentía un retortijón en el estómago. Por la ventana, veía a Jack en los jardines de la vertiente sur, donde le enseñaba a Charles los rudimentos de la esgrima.

—No, no —le gritó a Iona—. Yo abriré la puerta.

Alisándose la falda, acudió a la entrada, donde le esperaba algo aún más sorprendente que una carta.

—Buenos días, señorita —la saludó un chico con una profunda reverencia. Había rastros de hollín en su cara y en su cabello. Al incorporarse, el muchacho le ofreció a Hazel una sonrisa desdentada—. Me dijeron que Jack Currer anda por aquí. Dígale que Munro ha vuelto de entre los muertos.

Estupefacta, Hazel hizo pasar al muchacho y lo ayudó a quitarse del abrigo. Una de las mangas colgaba laxa y vacía. El muchacho desaparecido, Munro, había regresado al mundo de los vivos con un solo brazo.

28

Munro se bebió dos teteras enteras y devoró una bandeja de galletas antes de recostarse en el diván, darse una palmada en la panza y sonreír a Hazel y a Jack, que lo observaban fascinados desde su llegada al castillo de Hawthornden.

El muchacho chasqueó los labios con aire satisfecho.

—Caray, esas galletas estaban deliciosas, si me permite que se lo diga, señorita. Muy deliciosas.

—Gracias —respondió Hazel.

—Munro —dijo Jack, que ya no podía contener la impaciencia—. ¿Dónde te habías metido? ¿Y cómo perdiste el brazo?

Munro emitió un suspiro agitado, que provocó que le temblara el labio superior.

—Qué lástima, ¿verdad? —comentó a la vez que sujetaba la manga izquierda de su camisa, ahora hueca—. Con todo, debo dar gracias al cielo de que no sea la mano que uso para disparar, ¿eh? Con una pistola en la mano derecha, todavía puedo robar media docena de urogallos antes de que el amo se entere siquiera de que estoy en sus tierras. —Volteó para hacerle un guiño lascivo a Iona, que acomodaba los troncos sobre los morillos de la chimenea fingiendo que no estaba pendiente de la conversación—. Cocino un urogallo a la brasa relleno de castañas para chuparse los dedos, si acaso lo encuentro. El mejor banquete de Navidad que he comido fue un pollo que robé. Lo acompañamos con castañas, cuando aún vivíamos con la vieja banda de Fleshmarket Close. ¿Te acuerdas de esa casa, Jack? El techo estaba medio hundido y el suelo devorado por las termitas, pero no estaba nada mal en comparación con otros sitios.

—Munro —repitió Jack—. El brazo. Desapareciste. Durante semanas.

—Ya voy, ya voy. Mi relato. Antes de empezar, si fuera posible, ¿me podrían dar otra galletita de esas? Oh, gracias, amor, eres un ángel, lo juro. Un ángel del cielo. Enseguida voy con la historia, pero debo advertirles que no lo recuerdo todo. Los recuerdos vienen y van, como la niebla. Como si lo viera todo a través del humo de una cena quemada. Pero al menos sé cómo empezó, esa parte la tengo clara. Estaba excavando en Greyfriars, intentando sacar el cuerpo de una pobre moza que había muerto con su hijo todavía en el vientre. Puso fin a su propia vida, por lo que me dijeron. El novio ya no la amaba. Con arsénico, me contaron. Pero la familia no quería que se supiera, como es natural, así que dijeron que se la habían llevado las fiebres romanas. Una excusa muy oportuna, habiendo una plaga en la ciudad, no digo más.

»El caso es que me acerqué al cementerio a medianoche y sin compañía. Normalmente se agradece la presencia de un compañero en estas incursiones, pero ya sabes, Jack, que Bristlwhistle se marchó a Calais y Milstone murió el mes pasado, un asunto trágico, muy trágico; y a ver en qué otro bribón puede uno confiar. Sobre todo, teniendo en cuenta que pretendía agenciarme una fortuna con la pobre embarazada. Llevo en el negocio el tiempo suficiente como para no ser partidario de compartir beneficios si no hace falta. Cuando has sido pobre tantos años como yo, la codicia no se puede considerar un pecado capital, me parece a mí.

»En fin, emprendí el camino a solas hacia Greyfriars en plena noche. Ni siquiera me llevé una antorcha, pues conozco muy bien el terreno. Podría recorrerlo con los ojos vendados y no tropezar con una sola lápida, en serio. No hay piedra ni hormiguero en ese camposanto que no pueda olfatear en una noche sin luna y con los dos ojos cerrados.

»No habían asegurado la verja. Es el primer detalle extraño que recuerdo. La salté de todas formas, por si las dudas, de eso me acuerdo con toda claridad. Estaba cerrada, ojo, pero no con llave. Supuse que alguien se me había adelantado, que me iban a quitar el premio gordo, y corrí a la tumba. Cuando llegué, no había nadie. Aunque la tierra estaba removida por el entierro, no habían excavado después. El camposanto estaba desierto. Tampoco soplaba viento. Era como si los mismísimos fantasmas se hubieran escondido. El silencio era tan absoluto que oía el latido de mi corazón en los oídos. Eso lo tengo grabado en la memoria. Yo no sé si es importante o si tiene algún significado, pero es la pura verdad: aquella última noche que recuerdo fue la más desierta y silenciosa de toda mi vida. Incluso estaban apagadas las luces de la George Heriot. Ni una vela brillaba en la ventana.

»Empecé a excavar y no había profundizado ni un palmo cuando apareció un hombre delante de mí. Solo puedo explicarlo así, apareció de la nada. Ni siquiera lo oí llegar, ni lo escuchaba respirar. Llevaba un sombrero negro encasquetado hasta las cejas y las sombras no me dejaban ver la cara que se escondía debajo. Pero mucho ojo, porque yo todavía tenía la pala en la mano, así que la levanté hacia su cara y le dije que no diera ni un paso más. "Este cadáver es mío, yo lo hencontré y, lo que es más, llegué primero." Cualquier resurreccionista como Dios manda sabe que no se le roba un fiambre a alguien que ya lo está robando.

»Pero ese hombre, ese fantasma o lo que fuera, me dirigió una sonrisa horripilante y vi una fila de dientes amarillentos entre las sombras. Y, entonces, tuve la impresión de que ya lo había visto antes, que era uno de los hombres que hablaron con Davey y conmigo aquella noche. ¿Te acuerdas, verdad, Jack? Así que pensé: "Ah, bueno, solo es un polizonte". Quise echar a correr, pero antes de que la orden llegara a mis piernas, el caballero me agarró y me plantó un pañuelo en la cara, una tela mojada con algo dulzón... no sé. Olía como a flores y a muerte. Intenté no respirar y forcejeé para que me soltara, pero entonces sentí que todo me pesaba y me mareé, y cuando volví a despertar me arrastraba en una silla de ruedas con un velo sobre la cara.

»Estábamos en alguna parte de la ciudad vieja, lo sabía por los olores y el traqueteo contra los adoquines, y me pareció que cruzábamos un puente, aunque no sabría decir cuál. Como ya dije, me había tapado la cara y el cuerpo con algo grueso con un encaje negro y tupido, un velo o algo así, como si fuera una viuda de luto o la abuela de alguien. Intenté salir corriendo, pero no sentía las piernas y no podía mover los brazos. Casi no veía nada al otro lado de la tela, así que solo podía esperar y confiar en vivir el tiempo suficiente como para encontrar una manera de escapar.

»Llegamos a un edificio con una placa dorada en la puerta. El hombre del sombrero llamó unas cuantas veces y me empujaron adentro por una puerta grande, y luego a otra habitación que parecía un teatro. Era así exactamente, de eso me acuerdo, un teatro con filas de bancos y todo, pero había aserrín en el suelo; percibí el olor, lo reconocería en cualquier parte.

»Entonces me quitaron el velo. No había público, solo dos mesas en el escenario y un médico envuelto en una bata. Vi a un viejo durmiendo en una de las mesas. O tal vez no fuera viejo, tampoco lo distinguía demasiado bien; pero me pareció una persona de edad. Y debía ser viejo para estar durmiendo. El hombre del sombrero de copa recibió dinero del médico y me dejó allí con los ojos abiertos de par en par, rezando para que se dieran cuenta de que estaba vivo antes de acabar conmigo.

»El médico afiló un cuchillo y yo grité sin poder evitarlo, o tal vez solo gañera como un perro. Y, entonces, él sacó su pañuelo y dejó caer unas gotas de un líquido azul en la tela. Intenté moverme, traté de correr, lo juro, pero era como si estuviera atado, aunque tenía las extremidades libres. El cerebro no me funcionaba bien. Me puso el pañuelo en la cara y percibí el mismo olor otra vez, a cadáver podrido y a flores dulces como el perfume de una dama. En ese momento, todo empezó a dar vueltas, perdí la visión y ya no pude gritar. Como si me hubieran hecho vudú. No dolía. Pensaba que dolería, pero no. Me dio sueño y a partir de ahí mis recuerdos se vuelven borrosos. Si no me hubiera levantado sin mi querida siniestra —señaló con el mentón el espacio donde antes estuviera el brazo izquierdo—, habría pensado que quizá lo había soñado o que me había pasado con la bebida el día anterior.

»Desperté en el hospital Saint Anthony con la sensación de que me ardía el cuerpo. Estaba abandonado en un jergón con otros dos pobres diablos, un par de mamposteros con las piernas machacadas por un bloque del tamaño de la isla de Skye. La imagen de los tres era para echarse a llorar, se los aseguro.

—¿No recuerdas nada más? —preguntó Jack. Se echó hacia delante y apoyó los codos en las rodillas.

Munro negó con un movimiento de la cabeza.

—Tuve que quedarme unos días en el hospital, mientras intentaban averiguar cómo había perdido el brazo. Yo les conté la historia del hombre, el teatro y el pañuelo húmedo y todo eso, pero nadie me hacía caso. Como si fuera un borracho cualquiera que se había metido en problemas, y no puedo negar que lo sea. Procuré salir del hospital lo antes posible, de verdad. Apestaba a mierda y a muerte allí dentro, y uno de los tipos de mi cama roncaba como un elefante resfriado. La comida no estaba mal, si quitabas todos los bichos. Los gusanos son como cualquier hijo de vecino, en busca de un rincón caliente y algo para comer; no se los podemos reprochar. Oiga, me parece que no me vendría mal un trago de algo más fuerte que el té ese. Teniendo en cuenta que acabo de vivir un calvario, como se suele decir.

Hazel asintió e Iona fue a buscar el *whisky* a la alacena.

—¿Los médicos del hospital le comentaron algo de la herida? ¿Algo que pudiera explicar por qué le habían amputado el brazo?

—De hecho, dijeron que los puntos de sutura eran impecables. Por lo visto, quien me había hecho eso sabía lo que hacía.

—¿Puedo?

Munro se encogió de hombros y levantó la camisa para enseñarle lo que quedaba de su brazo izquierdo. Se lo habían amputado a la altura de la articulación y no quedaba nada por debajo del hombro. Tal como Munro había mencionado, los puntos eran pequeños, rectos y regulares. La herida supuraba una pequeña cantidad de pus y la piel de los bordes estaba enrojecida e inflamada, pero la sutura seguía en su sitio.

—Pero ¿para qué querría alguien amputarte el brazo? —preguntó Jack, perplejo—. No logro entenderlo.

Llegó el *whisky* de Munro y él le dio las gracias a Iona con un guiño antes de beber un buen trago.

—Ni idea —dijo. Se secó los labios con la manga del brazo que le quedaba—. Ya no podré excavar, eso sí que es un problema. ¿Y dónde voy a encontrar un empleo honrado? Ni siquiera lo encontré cuando tenía los dos brazos.

—Ya buscaremos algo —prometió Jack—. Puedes venir a trabajar conmigo en el teatro.

—¡Qué buena broma! —exclamó Munro entre ronquidos—. No llevo ausente tanto tiempo como para no saber lo que ha pasado. Lo cerraron por la plaga, ¿no? ¿Cómo te va a ti en el teatro, Jack?

Jack se desplomó en la butaca.

—Le buscaremos algo en Hawthornden —decidió Hazel—. Siempre necesitamos ayuda en los terrenos. Y... ¿sabe disparar? Seguro que a mi cocinera le vendrían de maravilla unos cuantos conejos más.

Munro hinchó el pecho.

—No encontrará mejor tirador en Escocia, se lo juro, ni siquiera ahora que estoy manco. Gracias, señorita. De corazón.

Se quitó la gorra y se incorporó lo justo para hacer una profunda reverencia. Unos cuantos naipes y monedas falsas cayeron de sus bolsillos, y Munro se sonrojó mientras recogía sus cosas a toda prisa.

—¿No nos puede contar nada más? ¿Algún otro recuerdo? ¿Por casualidad había presente un hombre tuerto? ¿No sería posible que el médico, el del teatro quirúrgico, llevara un parche en el ojo?

Munro bebió otro trago de *whisky*.

—Eso es todo. Seguí en el hospital un tiempo hasta que me mandaron a casa, fui al *pub* y luego vine a buscar a Jack. En cuanto al médico... No le puedo decir nada con seguridad. Solo guardo recuerdos borrosos de esos momentos. No reconocería su cara ni aunque tuviera tres ojos, si le digo la verdad.

Hazel se puso a pensar. Alguien había secuestrado a Munro, le había administrado *ethereum* (¿qué podía ser si no?) y le había amputado el brazo. Eso era un hecho. Las incógnitas eran quién y por qué motivo. Ambas eran inquietantes, pero no tanto como la inevitable pregunta: ¿cuándo volverían a atacar? Porque estaba claro, o así lo veía Hazel, que quienquiera que estuviera secuestrando y mutilando a los pobres de Edimburgo no tenía intención de parar.

Envió a Charles a buscar al jefe de policía, que llegó a Hawthornden al anochecer. El hombre tenía un bigote espeso y recto como cerdas de escoba, y arrugó la nariz, irritado, desde el instante en que sus botas cruzaron el umbral.

—Por favor, siéntese —le pidió Hazel—. Iona, prepara más té.

—Gracias, señorita —respondió él, y se sentó tieso como un palo en la butaca frente a Munro, que seguía recostado en el diván. Hazel arrugó el rostro, consternada, al ver al muchacho a través de los ojos del policía: manchado de grasa y hollín, camisa de puños amarillentos y el tufillo del licor flotando a su alrededor como perfume.

—Así pues —concluyó el jefe de policía cuando Munro hubo terminado su relato—, se emborrachó y sufrió una pesadilla, y al despertar había perdido el brazo.

Indignada, Hazel se puso de pie.

—¡No, no fue eso lo que pasó! Algo está sucediendo en la Academia de Anatomistas. Tanto si hay algún miembro de la asociación directamente implicado como si no, están usando el teatro como centro de operaciones. Y utilizan *ethereum*. Cuando menos, debe abrir una investigación.

El policía se puso de pie a su vez. El tembloroso bigote atrapaba las gotitas de saliva que salían de su boca cada vez que enfatizaba el sonido «*p*».

—No consiento que me digas... que me diga, señorita, lo que debo hacer. Ni ahora ni nunca. Como procede de una buena familia, voy a dar por sentado que este... este despreciable y patético charlatán la ha enredado con el objeto de obtener su compasión y su dinero, y no que me ha hecho venir aquí para gastarme voluntariamente una broma pesada.

—Está usted muy equivocado, señor —replicó Hazel—. Este hombre dice la verdad. No es el único que ha perdido una parte del cuerpo. Algo...

El policía la interrumpió con un bufido. Sacudió la cabeza.

—Me temo que tiene demasiado tiempo libre, señorita. La imaginación le juega malas pasadas.

Volvió a encasquetarse el sombrero y se inclinó hacia Hazel con la intención de que Munro no oyera lo que se disponía a decirle:

—Entre usted y yo, la chusma de la ciudad vieja hace este tipo de cosas constantemente. Buscan un alma caritativa e inventan toda clase de historias absurdas para despertar su compasión.

Hazel se apartó.

—Le aseguro, señor, que en este caso se equivoca.

El labio superior del hombre tembló, y su bigote vibró con el movimiento.

—Algunos años atrás luché al lado de su padre en la Marina Real contra los franceses. Me he acercado a Hawthornden por pura cortesía. Pero le diré una cosa, señorita: espero que su padre regrese antes de que su hija se convierta en un problema de orden público en lugar de ser solo una necia.

29

Ninguno de los pacientes de fiebres romanas que estaba tratando Hazel había mejorado. Por otro lado, tampoco ninguno había fallecido, hecho que le procuraba profundo alivio y alegría. Por lo que parecía, la planta contenía la enfermedad —limitaba su gravedad y mitigaba su letalidad— aunque no fuera capaz de vencerla. Todavía.

Hazel tomaba minuciosa nota de cada uno de sus pacientes y sus progresos respectivos. Había adjuntado una copia de sus anotaciones a la carta que le había enviado al doctor Beecham, misiva que, para desencanto de Hazel, todavía no había recibido respuesta.

—¿Por qué tarda tanto? —le preguntó a Iona en tono compungido mientras se preparaba para retirar una astilla de la espinilla de un muchacho—. ¿Cuánto se tarda en escribir una carta?

Iona le tendió el rollo de algodón y el alcohol para desinfectar la pierna.

—No hace tanto tiempo, señorita. Es un médico muy famoso, ¿no? Seguramente recibe una gran cantidad de correspondencia.

—Sí, supongo que sí —musitó Hazel. Extrajo la astilla antes de que el niño tuviera tiempo de gritar—. Ya está. Como nuevo. Y evita los barandales destartalados a partir de ahora. Tienes suerte de que todo se haya reducido a una astilla.

Iona acompañó al chico a la puerta e hizo pasar al paciente siguiente, un joven pelirrojo enfundado en un saco café que había conocido tiempos mejores. El muchacho ofrecía un aspecto pálido y cansado. El cuello de su andrajosa camisa estaba arrancado y vuelto a coser con torpeza.

—¡Burgess! —exclamó Hazel sorprendida. Tuvo que contener el extraño impulso de abrazarlo debido a la sorpresa, igual que si un fantasma del pasado se hubiera materializado en su laboratorio de la mazmorra.

—Dis... disculpe —dijo Burgess, que unió sus pálidas cejas con desconcierto—. No creo tener el placer. Pero... me han dicho que aquí administran tratamiento.

Miró más allá de Hazel, como dando por sentado que un médico hombre llegaría de un momento a otro. Un gemido grave se oyó a lo lejos, procedente de algún catre de la galería.

—Gilbert Burgess —repitió Hazel—. No me reconoce. Naturalmente. —Se recogió el cabello en el cuello—. George Hazleton, a su servicio.

En ese momento, ya fuera por la impresión, por la fiebre o ambas cosas, Burgess se desmayó.

—No lo puedo creer —dijo cuando por fin despertó en una cama del castillo. La revisión no había durado demasiado; tenía fiebre alta y llagas recientes por todo el cuerpo. Eran las fiebres romanas. Iona le había traído un tazón de avena con mermelada. Él la removió con aire ausente, incapaz de obligarse a comer.

—Siempre fue una chica. Discúlpeme, una dama. Y nadie lo supo nunca. Santo Dios, mataría por ver la cara que pondría Thrupp en este momento.

—Bueno, alguien lo supo. El doctor Straine me reconoció y me expulsó de las clases.

—Nos preguntábamos qué habría sido de usted cuando desapareció. Unos cuantos chicos supusieron que Hazleton había caído enfermo o lo habían obligado a contraer un matrimonio precipitado o algo así. Thrupp intentó convencernos de que se había dado a la fuga por deudas de juego, pero yo sabía que todo eso eran patrañas.

—¿Y cómo van las cosas por allá? —preguntó Hazel, tratando de adoptar un tono desenfadado—. En las clases, quiero decir. ¿Qué tipo de cosas les están enseñando?

Burgess agachó la cabeza y miró el cuenco con avena que la mermelada de frambuesa había teñido de tono rosa pastel.

—Lo dejé —reconoció—. Hace pocas semanas. Podría echarle la culpa a la enfermedad, pero lo cierto es que la situación me superaba. Mi familia apenas podía permitirse el costo de los seminarios. Tuvimos que pedir prestado a todos nuestros parientes vivos. Y después de todo eso, no aprobar el examen habría sido más de lo que puedo soportar.

—Entonces, ¿abandonaste? ¡Burgess, no!

Burgess desdeñó el asunto con un gesto de la mano.

—Bah, es para bien. Habría sido un cirujano nefasto. No como usted. Dios mío, era brillante. No puedo creer que la expulsaran del seminario solo por llevar falda. Qué desfachatez la de esos hombres, sinceramente. Me pasaba la mitad del tiempo deseando estrangular a Straine. Me eriza la piel el simple hecho verlo ahí parado, ya sabe. Con esa expresión en el ojo.

Burgess se estremeció.

—Bueno, es posible que aún pueda ser cirujana —le reveló Hazel con una pequeña sonrisa—. O, más bien, todavía existe una posibilidad.

Le explicó los términos del acuerdo al que había llegado con el doctor Beecham, por los cuales podía presentarse al examen de capacitación médica. Aprobar implicaría disfrutar de una formación en prácticas en el hospital, tutelada por el mismísimo doctor Beecham, y que, a partir de entonces, las mujeres pudieran inscribirse a las clases.

Burgess se animó al conocer la noticia.

—¡Es maravilloso, Hazel, de verdad que sí! Tiene que aprobar. Pues claro que sí, es un genio con el bisturí.

—Ya, pero estás comprometida, ¿no? —apuntó Jack desde el rincón. Hazel ni siquiera se había dado cuenta de que estaba presente, leyendo una novela de Hazel—. Por más que apruebes, ¿permitirá tu nuevo marido que ejerzas siquiera?

—No creo que le corresponda a él tomar esa decisión —replicó ella con frialdad.

—Apuesto a que él piensa que sí —señaló Jack con hielo en la voz.

—¡Vaya, felicidades atrasadas! —dijo Burgess, rompiendo así la tensión—. ¡Por su compromiso! ¿Quién es el afortunado?

—Gracias. Es el futuro vizconde de Almont.

Burgess abrió mucho los ojos.

—Hazel, eso es... ¡Ay, válgame! ¡No debería llamarla Hazel! O sea, lady Sinnett. O lady Almont, más bien.

—Hazel está bien —le aseguró—. He estado comprometida con él prácticamente desde que nací. Solo quiso formalizarlo, nada más. Ni siquiera nos casaremos hasta dentro de un año, así que mi vida tampoco ha cambiado en ningún aspecto práctico. El examen de Medicina me preocupa mucho más que mi estúpido matrimonio.

Jack resopló sonoramente, cerró el libro sobre la mesa y abandonó la habitación. Hazel hizo caso omiso y volteó hacia Burgess para dedicarle toda su atención.

—Por favor, dígame que recuerda algo de lo que explicó el doctor Beecham sobre la estructura del sistema linfático, porque yo estoy completamente perdida.

A partir de aquel día, Burgess se convirtió en su profesor particular y defensor acérrimo. Cada vez que Hazel terminaba de examinar a los pacientes que hubieran llegado ese día al laboratorio, y cuando daba por terminadas las rondas por los catres de los que ya estaban instalados en el castillo de Hawthornden, acudía a la cabecera de Burgess y él la ayudaba a estudiar. El joven era el entrenador ideal, dotado de una destreza especial para formular exactamente la pregunta que Hazel necesitaba repasar.

Para cuando Charles apareció con la carta del doctor Beecham, Hazel estaba tan distraída recitando los huesos del oído interno que apenas reparó en lo que tenía entre las manos hasta que el papel se abrió por sí solo.

Querida señorita Sinnett:

Qué inesperado placer tener noticias suyas. Espero que recuerde nuestra apuesta y confío en que sus estudios estén progresando a un ritmo que le permita presentarse al examen de capacitación médica. Debo confesarle que albergo grandes esperanzas de que triunfe en su empeño.

Por desgracia, no tengo más noticias positivas que compartir en esta carta. La inoculación se probó en Edimburgo durante la primera ola de las fiebres romanas sin resultados positivos. Por el contrario, los pocos pacientes a los que les fue practicada de manera experimental sucumbieron a la enfermedad.

No estoy familiarizado con la «raíz de corazoncillo» a la que se refiere y doy por sentado que se trata de algún nombre regional por el que se conoce una planta que posee algún otro nombre oficial. En cualquier caso, le aseguro que tanto mi apreciado abuelo en su día como yo acumulamos una vasta experiencia con muchas y muy variadas especies de la flora escocesa y no hemos encontrado nada capaz de mitigar los terribles y mortales síntomas de la enfermedad. Le aconsejo que abandone todas las pruebas y deje de tratar a las desafortunadas víctimas con remedios tradicionales sin base médica. Suspenda cualquier uso del «corazoncillo», sea cual sea. Los efectos positivos a corto plazo podrían ocultar síntomas mortales a la larga. Si quiere convertirse en médica, debe aprender cuanto antes que el bienestar del paciente pesa más que un ego desmedido por parte del médico.

Afectuosamente,

Dr. William Beecham III

Hazel leyó y releyó la carta. Se sentía igual que si acabaran de propinarle una bofetada. La hoja resbaló de entre sus dedos. Burgess la recogió y la leyó articulando las palabras con los labios en silencio.

—Vaya, pues a mí me parece una buena idea —dijo Burgess cuando terminó—. Y desde que contraje estas malditas fiebres, el corazoncillo ha sido lo único que me ha librado de la sensación de que me iba a estallar la cabeza, diga lo que diga el doctor Beecham. ¡Ese hombre no es infalible! ¿Sabía que su abuelo se volvió loco al final de sus días? Con la alquimia y todo eso. Tal vez toda la familia esté mal de la cabeza. Olvídelo, Hazel.

Ella asintió sin prestar demasiada atención. Había sido necia y demasiado ambiciosa. Solo era una joven, mientras que algunos de los médicos más reconocidos del mundo llevaban años estudiando el problema de las fiebres romanas y no habían encontrado nada. Todavía no había aprobado el examen de Medicina y había tenido la desfachatez de creer que daría con algo que el doctor Beecham no había encontrado. Con las mejillas ardiendo, le arrancó la carta a Burgess de las manos. La rompió en pedazos y tiró los fragmentos al fuego, no enojada sino profundamente humillada.

—No tiene importancia —dijo Hazel a la vez que extendía la mano para arrebatarle a su amigo la infusión que estaba bebiendo—. Haremos caso a los expertos, al menos de momento.

El muchacho apartó la taza y protestó tomando otro sorbo.

—Ni soñarlo.

—Muy bien —asintió Hazel—. Haz lo que quieras, pero si te pasa algo, que sea bajo tu propia responsabilidad.

Burgess bebió un buen trago.

—Solo es una infusión —dijo—. Y cuando la tomo me siento mejor. No sé a qué se refería el doctor Beecham, pero es usted la que me trata, no él; y por lo que pueda servir, confío en usted, doctora Sinnett.

Casi logró arrancarle a Hazel una sonrisa.

No había sonreído demasiado últimamente. Además de que llevaba muchos días esperando la respuesta del doctor Beecham, Jack se había esfumado desde la reaparición de Munro, alegando que necesitaba un nuevo empleo.

—Te puedes quedar aquí —le había susurrado ella desde la cama, a los pocos días de la llegada de Burgess. Él se enfundó una camisa muy gastada y el saco que había colgado en el respaldo de la silla.

—No puedo quedarme —respondió Jack mientras se lavaba la cara con agua de la palangana—. Tengo que buscar trabajo. Quién sabe cuánto tiempo pasará hasta que el teatro vuelva a abrir las puertas. Si tan peligroso es robar cadáveres en este momento, debo encontrar otra cosa.

—Pues claro que es peligroso, Jack —dijo Hazel—. No sabemos quién se llevó a Munro ni por qué razón. Y la policía no piensa ayudar a los resurreccionistas; eso suponiendo que no sean ellos los secuestradores. Por favor, te lo ruego, júrame que no saldrás a desenterrar cuerpos.

—Te lo juro —musitó Jack. Se ató las botas, besó a Hazel en la frente y se marchó de Hawthornden a pie. Desde aquel día, no había vuelto a verlo.

20 de diciembre de 1817
Henry Street, n.º 2
Bath

Mi queridísima Hazel:

Por fin ha llegado a Bath la noticia de tu compromiso y no podría estar más encantada. Qué alegría saber que cuidarán de ti y que tu querido primo Bernard se convertirá por fin en tu esposo. El único acontecimiento reciente que me ha procurado un deleite comparable es la recuperación (¡finalmente!) de Percy, que ya no se encuentra resfriado.

Deseo reunirme contigo y con tu futuro marido en Londres durante la temporada social. Como ya sabes, Percy asistirá a Eton el próximo curso. He pensado que voy a permanecer en Londres para no alejarme de él, no vaya a ser que se vuelva a resfriar.

Estoy muy orgullosa de ti.

Tu madre, que te adora, lady Lavinia Sinnett

30

Se iba a casar con un duque, un marqués o un conde. Lo que fuera. ¿Qué diferencia había entre uno y otro? ¿Y en qué se diferenciaban a la hora de la verdad? Todos vivían en grandes mansiones y no hacían nada para ganarse la vida salvo dar órdenes a los criados acerca de qué pañuelo bordado llevarían ese día en el bolsillo. Con razón los nobles tenían tiempo para inventar medicinas y fórmulas matemáticas; debían hacerlo si no querían morirse de aburrimiento.

El teatro seguía cerrado por culpa de la enfermedad. Jack llevaba meses sin recibir ingresos regulares y, privado del dinero extra que implicaba la venta de cadáveres a los anatomistas, su situación era cada vez más precaria.

Probó en los astilleros para empezar, con la esperanza de que ser joven y estar relativamente en forma le granjeara un empleo en la construcción de barcos. Por desgracia, el trabajo escaseaba en la zona de Leith. El capataz se rio en la cara de Jack cuando este le pidió un empleo.

—Ya he tenido que despedir a veinte hombres este año. —Se sorbió la nariz y escupió lejos de Jack—. Lo siento, niño.

Por lo visto, allá donde iba había diez o doce hombres más, más grandes y con más experiencia, esperando a reunirse con el jefe para suplicarle un trabajo.

—Hay trabajo en Newcastle, por lo que me han dicho —le susurró un hombre a Jack después de que los rechazaran a los dos como albañiles—. Si no tienes nada que te ate aquí. Y en las Américas... Allí se puede hacer fortuna, si soportas el viaje.

Jack asintió con educación, pero la idea de separarse un kilómetro siquiera de Hazel se le antojaba imposible. ¿Cómo iba a marcharse, estando ella en Edimburgo? Por otro lado, ¿cómo iba a pedirle que abandonara a un conde si él ni siquiera contaba con un salario decente? Últimamente, ver el rostro de Hazel —limpio excepto por el sudor de atender a los enfermos y tratar nuevos pacientes— infundía en Jack un profundo sentimiento de vergüenza, como si la muchacha y él pertenecieran a especies distintas. A él se le daba bien la venta de cadáveres, esa era la verdad: excavar sin que lo atraparan y negociar con los médicos de arrugadas camisas de lino para obtener una libra más.

Aun existiendo los secuestradores, el robo de cadáveres no podía ser más peligroso que trabajar en la cantera o en las minas. Jack no les tenía miedo; era más listo que Munro e infinitamente más hábil con los puños. Le había hecho una promesa a Hazel, eso era cierto, pero ella nunca había pasado una noche en vela por culpa del hambre, como él, aferrado a las mantas e implorando caer dormido cuanto antes para no seguir notando la tensión y los retortijones en el estómago. Ella nunca había experimentado la soledad que se siente cuando vives en una ciudad sin una sola moneda en el bolsillo, sabiendo que no tienes nada salvo tu ingenio para mantener a raya el frío y el agotamiento. Ella nunca había conocido nada más que la seguridad.

La pobreza hacía de Jack una persona vulnerable, pero también lo empujó a ser imprudente.

31

—¿Alguno de ustedes conoce la paradoja del barco de Teseo?

Supuestamente, la cena de gala en la Casa Almont era para celebrar el compromiso de Hazel y Bernard, si bien los habían sentado en extremos opuestos de la enorme mesa alargada y Hazel estaba atrapada junto al barón Walford. Este conversaba cada vez más inclinado hacia ella mientras la joven, desesperada, se apartaba todo lo que le permitía la silla sin caerse. Tras cuatro platos, tenía al barón tan cerca que le veía la baba de los labios. Su fuerte aliento la obligaba a parpadear para contener las lágrimas.

—Sí, milord, en realidad...

—Es una complicada idea filosófica, pero las mujeres la entenderán fácilmente si se explica a través de un relato. Imaginen un navío. Con el paso del tiempo, las distintas partes de un barco se van pudriendo. Pero cada tablón podrido se remplaza con celeridad. Al final, todas las piezas de madera que se emplearon para construir el barco original han sido remplazadas. ¿Sigue siendo el mismo barco?

Lord Almont, que estaba sentado unas sillas más allá, se puso de pie.

—¡No! —exclamó encantado, mientras señalaba a Walford—. Es un barco distinto. Toda la madera ha cambiado.

—Ah —dijo el barón—. Entonces, ¿en qué momento podría considerarse que el barco ya no es el mismo?

La reacción del señor de la casa había captado la atención de toda la mesa. Bernard se levantó, igual que su padre.

—Hacia la mitad del proceso. Cuando se ha remplazado la mitad de la madera, el barco ya no es el mismo.

—¿Aunque todo el mundo lo siga llamando el barco de *Teseo*? —preguntó Hazel sin inmutarse.

Los presentes se volvieron a mirarla. Bernard la fulminó con los ojos.

—Sí, querida —respondió apretando los dientes—. El nombre que le den no importa. Cuando más de la mitad de la madera ha cambiado, ya no es el mismo barco.

—Algunas mujeres —le dijo lord Almont a su hijo— aún no han entendido que nos procura más placer mirarlas que escucharlas.

El barón Walford rio en voz baja y su ojo de cristal giró en la cuenca a su antojo.

—¡Ajá! Pero volviendo al barco... Imaginen que alguien recoge la madera podrida que se sustituyó y construye un segundo navío en el Museo Británico. ¿Qué barco será el verdadero *Teseo*? ¿El que sigue navegando con el nombre original o el que se exhibe en el museo?

—El segundo —se apresuró a decir Bernard—. Es el segundo. El que conserva la madera original.

—¡Tenemos a un auténtico erudito entre nosotros! —gritó lord Almont, que felicitó a su hijo con unas palmadas en la espalda. Bernard sonrió, radiante.

—Desde luego —asintió el barón Walford. Alzó una copa de vino tinto hacia los presentes antes de bebérsela de un trago.

—¿A qué viene esa actitud tan filosófica, Walford? —quiso saber lord Almont.

—Bueno —respondió el barón. Se ajustó el ojo falso—. Por lo visto, soy candidato para que me remplacen el ojo. Ya está programada la operación. En una semana a partir del lunes, en la Academia de Anatomistas. Mi ojo volverá a ver después de veinte años, o eso dice el doctor.

—¿A qué se refiere? —preguntó Hazel, que adoptó una postura erguida por primera vez en toda la velada—. ¿Qué clase de cirugía le permitirá volver a ver? ¿Qué tipo de ojo?

—Por favor, querida —la reprendió Bernard.

—Barón Walford, no pretendo importunarlo, pero dígame, por favor... ¿qué clase de cirugía podría devolverle la vista? ¿A un ojo de cristal?

El barón Walford le propinó a Hazel unas palmaditas en la cabeza.

—¡Nada por lo que una joven tenga que preocuparse! ¡No cuando tiene una boda que preparar!

—Sí —dijo Hazel—. Una boda. Claro.

Después de cenar, los caballeros se retiraron a la biblioteca con sus puros y sus copas de coñac, y Bernard salió con Hazel para acompañarla a su carruaje.

—Hazel —dijo con un carraspeo tan pronto como estuvieron fuera—. Esa... fantasía tuya de ser... médica y todo eso.

—No es una fantasía, Bernard —dijo Hazel—. Voy a ser médica. Ya sé que no es lo que tú quieres, o tu padre, pero llevo semanas estudiando.

Una vez que comenzó no pudo parar. Bernard lanzó miradas nerviosas a todas partes.

—Se me da bien, Bernard, de veras que sí. No siempre estuve tan segura, pero ahora. He tratado a media docena de pacientes... Estoy tratando a media docena de pacientes. ¡Ayudé a nacer a un niño! Voy a aprobar el examen, Bernard, y voy a ser médica. En realidad, podría decirse que ya lo soy.

Bernard abrió la boca y luego volvió a cerrarla como un pez en la playa.

—¡Hazel, tranquilízate!

—Estoy tranquila, Bernard. Más tranquila no puedo estar. Pero debo decirte que, si no me dejas seguir adelante, no sé si me podré casar contigo.

Bernard volteó para a mirar la puerta cerrada de la Casa Almont, como si estuviera pensando en volver a entrar para pedirle consejo a su padre. Se alisó el chaleco.

—Muy bien. Bueno, está bien. No hace falta que te pongas así, Hazel. Seamos sensatos.

—Te estoy hablando con sensatez, Bernard.

Su primo carraspeó nuevamente.

—De acuerdo. ¿Y dices que hay un examen? ¿Una especie de prueba para ser médico?

—El examen oficial de capacitación médica, sí. Dentro de una semana.

—Una semana —repitió Bernard—. Perfecto. Preséntate al... examen oficial. Y si apruebas ya... bueno... al menos podremos hablar de cómo afrontarlo de cara al... futuro.

La expresión de Hazel se animó ligeramente.

—Así pues, ¿me estás diciendo que hay alguna posibilidad? Es decir, ¿alguna posibilidad de que aceptes que yo... que nosotros...?

Bernard se frotó las sienes.

—Digo que... sí. Preséntate al examen y luego... Y luego ya veremos qué hacemos. Pero, Hazel, te lo juro por Dios.

Te lo juro. Si no apruebas el examen, prométeme que pondrás fin a esto. Y mi padre no puede enterarse.

—No se enterará —le aseguró Hazel.

—¿Me lo prometes, Hazel?

—Te lo prometo.

—Bien. —Bernard le depositó un beso en la coronilla y la ayudó a subir al carruaje—. Con cuidado. ¡Que no traquetee demasiado! —le gritó al cochero—. ¡Es mi futura esposa la que viaja ahí dentro!

32

Durante semanas, la fecha del examen oficial de capacitación médica del final del semestre se le antojó muy lejana, algo abstracto que nunca se materializaría. Y entonces, súbitamente, la tenía encima. Al final, la información que había aprendido a lo largo de interminables horas leyendo y memorizando su ejemplar del *Tratado del doctor Beecham* parecía casi ridícula si la comparaba con el aprendizaje que le habían aportado las pocas semanas que llevaba ejerciendo como médica de aquellos que acudían a Hawthornden. Beecham tenía razón al dudar inicialmente de que Hazel fuera a ganar la apuesta; si hubiera estudiado únicamente de los libros, jamás se habría sentido preparada. En ese momento, en cambio, casi se atrevía a pensar que sí.

La mañana del examen repasó los apuntes entre cucharadas de avena, sin ser apenas consciente de lo que se estaba llevando a la boca, de tan concentrada que estaba en los conceptos. ¿Sistema pulmonar? ¿Linfático? ¿Órganos? Repasó uno por uno cada tema que había estudiado y se sorprendió al descubrir que quizá lo tenía todo asimilado.

—Ya basta —le dijo Burgess. Devoraba su avena con tanta energía que Hazel sonrió. Estaba mejorando. Si bien de vez en cuando todavía lo asaltaba una tos estertórea, las lesiones de su espalda empezaban a mermar. Y había recuperado el apetito.

—¿Ya basta qué? —preguntó Hazel sin despegar los ojos del papel. Una porción de avena cayó en su regazo.

—De estudiar. Te lo sabes de arriba abajo. No habrá nadie en ese examen la mitad de preparado que tú, y lo sabes.

—Gracias, Burgess. Y gracias por tu ayuda.

El muchacho rio con debilidad.

—Me resulta raro que tú me des las gracias, teniendo en cuenta que me has salvado la vida.

—Tratar una enfermedad está bien —señaló Hazel—. Curarla es mucho mejor.

—Pues no me cabe duda de que habrá una cura dentro de poco si la doctora Hazel Sinnett se empeña.

—Todavía no soy doctora.

—Espera unas horas.

Hazel recogió las plumas, la tinta y los escalpelos. Decidió llevarse el *Tratado del doctor Beecham*, más como amuleto de la suerte que otra cosa.

—¿Jack ha pasado por aquí últimamente? —le preguntó a Iona mientras la doncella la ayudaba a abrocharse las botas.

Iona hizo un gesto de negación con la cabeza.

—Hace días que no lo veo, me temo. —A continuación, al ver la expresión preocupada en el rostro de Hazel, Iona añadió—: Pero no debe inquietarse por él. A ese no hay quien lo atrape. Es más escurridizo que una víbora y dos veces más listo.

Hazel no pudo hacer nada más que asentir. Seguro que a Jack no le había pasado nada. Tenía que concentrarse en el examen que tenía por delante.

Al principio, había pensado presentarse al examen disfrazada de George Hazelton; tenía preparada una de las mejores casacas de su hermano para la ocasión y la conservaba en el armario para que le recordara cada mañana la hazaña que estaba a punto de acometer. Sin embargo, cuando llegó el momento de vestirse, dudó. No iba a presentarse al examen como George Hazelton, sino como Hazel Sinnett.

De modo que, en lugar del disfraz, Iona la ayudó a enfundarse un vestido que había llegado de la modista una semana atrás, todavía por estrenar. La falda era de muselina blanca adornada con una cinta en la orilla, bajo la cual descendían delicadas capas en cascada hasta los tobillos. El corpiño era rojo, con frunces de lino blanco a la altura de los hombros. El cuello le llegaba hasta la barbilla; así se acordaría de llevarla alta.

—No vaya a llegar tarde —le advirtió Iona mientras terminaba de atarle los cordones—. Me lo ha recordado lo menos diez veces y no se me ha olvidado: a las ocho en punto tiene que estar allí.

Hazel alisó los puños de sus guantes.

—No llegaré tarde, te lo aseguro.

Todavía recordaba aquella primera mañana intentando atisbar la exhibición quirúrgica del doctor Beecham en la Academia de Anatomistas y cómo se sintió al otro lado de la puerta cerrada cuando la campana resonó por toda la ciudad.

El suelo aún estaba escarchado cuando emprendió el camino hacia el carruaje; el rocío se había enfriado durante la noche y luego cristalizado. Hazel se deleitó en el crujido de sus pasos sobre la hierba. «Va a ser un buen día», pensó.

La confianza únicamente le duró hasta que el carruaje terminó de subir la cuesta a la ciudad vieja de Edimburgo; a través de la ventanita, Hazel atisbó por primera vez a los demás candidatos a médicos, que desfilaban hacia la sala de examen de la universidad. Eran, en conjunto, un grupo circunspecto: hombres enfundados en abrigos oscuros y botas gastadas, pertrechados con anteojos y expresiones de intensa concentración en el semblante. Recorrían las calles adoquinadas con la mirada puesta en sus pies y el ceño fruncido. A Hazel se le encogió el estómago y su desayuno se convirtió en bilis en su garganta. El movimiento del carruaje la estaba mareando.

—Deténgase —le gritó al cochero—. Deténgase desde aquí.

El frío la envolvió tan pronto como abrió la puerta; su vestido era demasiado fino para el frío de diciembre y había olvidado llevar una estola. Apurando el paso para entrar en calor, Hazel cruzó el puente de camino a la universidad. Nadie le prestó la menor atención mientras recorría con brío las calles adoquinadas. Pasó junto a tiendas que olían a carne a las brasas y cerveza rancia, junto a mendigos acurrucados con mantas bajo los aleros; pasó junto a perros callejeros de ásperos pelajes que agitaban la poderosa cola ante la emoción de recibir cualquier resto, niños jugando con dados y cubiletes; pasó junto a un hombre con un sombrero de copa que arrastraba una figura velada en una silla de ruedas.

Hazel se quedó helada. El hombre y la silla de ruedas desaparecieron tras la esquina de un callejón. ¿Qué les había contado Jeanette? Había soñado estar cubierta por un velo. Y luego Munro había narrado la misma historia. Había descrito esa misma escena: ser arrastrado por la ciudad bajo un tupido velo negro. Ningún transeúnte se había detenido en la calle a excepción de Hazel, ni habían notado nada extraño. Para la gente, la figura no era sino una anciana viuda de luto o una inválida que salía a tomar el aire de la mañana.

Hazel contuvo el aliento mientras observaba al hombre y su silla desviarse de la calle principal para internarse en un callejón, el mismo que conducía a la Academia de Anatomistas. Hazel avanzó un paso, incapaz de resistir el deseo de asomarse al otro lado. El revuelo de una capa y una puerta que se cerraba le confirmaron lo que ya sabía: quienquiera que ocupara la silla de ruedas estaba siendo transportado al teatro quirúrgico.

Un recuerdo asomó a su mente. Era lunes. El mismo día que iban a operar al barón Walford en la Academia de Anatomistas. Eso había dicho, ¿verdad? ¿Qué estaba sucediendo tras esa puerta cerrada?

Tenía tiempo de sobra antes del examen; había salido a una hora tan temprana que podría haber caminado de Hawthornden a la universidad y pese a todo haber ocupado su asiento a la hora del examen, con margen para rellenar el tintero. No pasaría nada por... asomarse un momento. Averiguar lo que estaban tramando. Seguro que no era nada. El barón Walford había bebido demasiado el día de la cena, en cualquier caso. Con toda seguridad, le iban a proporcionar un nuevo ojo de cristal, y la mujer de la silla sería... una viuda anciana que quería ver a su hijo, un profesor visitante.

Tenía tiempo. Tenía tiempo para dar y regalar. Hazel deseó que Jack estuviera allí para que le infundiera sentido común, para que le dijera si albergaba temores absurdos, si debía olvidarse del barón y la mujer, y concentrarse en lo importante. Concentrarse en llegar a la universidad, en el examen, en su futuro. Pero Jack no estaba allí; estaba en alguna parte de la ciudad sin ella, y Hazel se encontraba sola en la transitada esquina, mordiéndose las uñas según sopesaba mentalmente las distintas alternativas.

La decisión estaba tomada en el instante en que la silla de ruedas había desaparecido detrás de la puerta, cuando el corazón le atronó en los oídos y el desasosiego y el miedo le provocaron escalofríos en la nuca. Hazel se despojó del sombrero, miró de un lado a otro para comprobar que nadie la veía y se internó en el pasaje que discurría junto al edificio, donde pocos meses atrás un chico que aún no conocía por el nombre de Jack Currer le había mostrado una entrada secreta.

Del *Tratado de anatomía del doctor Beecham o Prevención y cura de las enfermedades modernas* **(17.ª edición, 1791), del doctor William R. Beecham:**

La misión de un médico es proteger y servir a sus semejantes. Esa es la única directriz que debe guiar a aquellos que adquieran un compromiso con esta ilustre profesión: ayudar a los que necesiten ayuda. El propósito del estudio debería ser la ampliación del conocimiento, pero nunca la fruición de saber más. Dejen el ansia de conocimiento a los filósofos. La vida de un médico es demasiado corta como para malgastarla en disertaciones improductivas; si emplea la mente, también debería estar empleando las manos.

33

El pasadizo de piedra era más lóbrego de lo que Hazel recordaba, y más angosto. Las telarañas se le adherían a la falda e intentó reprimir un estornudo, provocado por el polvo que flotaba en el aire y que se dejaba ver en las finas franjas de luz que se colaban por las rendijas de la madera astillada. La oscuridad se volvía más profunda a medida que Hazel avanzaba; el ambiente más frío. Llevaba diez pasos recorridos cuando empezó a lamentar profundamente su decisión; debería estar en el salón de actos de la universidad, respondiendo con una sonrisa de suficiencia a las burlas de Thrupp porque sabía que podía responder cualquier pregunta que el examen le planteara. Su hoja estaría limpia, su caligrafía sería impecable. Tal vez fuera la primera de la clase. Los minutos pasaban.

Sacudió la cabeza para ahuyentar los pensamientos. Todavía podía llegar al examen. Tenía mucho tiempo. El suelo adquirió una ligera pendiente y Hazel oyó la queda cadencia de unas voces procedentes del otro lado de una puerta que no veía en la penumbra.

—... significa que no sentirá nada. Se lo aseguro.

—... yo mismo me he sometido a la intervención...

—Hemos escogido a este porque es joven, ¿lo ve? Los tres peniques que más valen la pena, se lo aseguro.

Hazel giró la pesada perilla de piedra y se encogió al escuchar el chirrido. Esperó por si se dejaban oír gritos, por si el ritmo o el talante de las voces empezaban a cambiar, pero no la habían oído. Hazel empujó la puerta unos centímetros, solo lo suficiente para que entrara una rendija de luz. Luego, al no percibir señales de alarma en los hombres del escenario, abrió la puerta lo suficiente para deslizarse de lado.

El aroma de la paja fue lo primero que percibió; habían esparcido paja limpia por el suelo del escenario y debajo de las gradas, probablemente para absorber la sangre. Hazel dio gracias en silencio por todas las clases de etiqueta que su madre le había impuesto para que aprendiera a desplazarse con andares silenciosos, como correspondía a una dama, y se deslizó a través de las sombras sigilosa como un suspiro, tan adentro como se atrevió.

A falta del camuflaje que le proporcionaban las piernas de cien hombres colgando de la grada, Hazel no tenía más remedio que guardar cierta distancia, de tal modo que solo distinguía figuras vagas en el escenario. Había un hombre sentado en una cama quirúrgica, hablando con tono jovial. Su voz resonaba por todo el anfiteatro. El cuerpo velado seguía en la silla y el hombre del sombrero de copa se erguía tras él con aire amenazador. Y en el centro del escenario, blandiendo el frasco azul del *ethereum* en una mano y un pañuelo de encaje en la otra, había un médico.

El doctor se había envuelto con un delantal de carnicero, y un extraño artilugio le ocultaba la cara. El aparato recordaba a unos anteojos de seguridad, solo que en lugar de dos cristales había solamente uno: una enorme lupa circular en el centro del rostro que ocultaba su identidad y lo convertía en un ser salido de la mitología griega. Allí estaba: el hombre de un solo ojo con el que había soñado Jeannette, un distorsionado cíclope con un ojo de cristal montado en latón. El iris magnificado brillaba azul y ondulado a través de la lente como agua de mar.

—El secreto de la operación es el *ethereum*, milord. ¿Quizá vio mi presentación a comienzos de la estación?

La figura tendida en la cama se incorporó sobre los codos.

—No tuve ese placer, doctor.

El médico humedeció el pañuelo con el líquido azul opalescente.

—Bueno, pues el efecto es portentoso. Los pacientes lo comparan con una buena noche de sueño. Se despertará dentro de unas horas totalmente descansado. En el peor de los casos, se parecerá a haber pasado una mala noche. Sentirá un poco de dolor en el ojo nuevo, pero en principio debería ir amainando a lo largo de las próximas semanas. Y la visión borrosa mejorará día a día.

—Estoy impaciente, doctor, se lo aseguro. —El paciente era el barón Walford, enfundado en un sencillo camisón de lino blanco, pero inconfundible. Se humedeció los labios con satisfacción y se recostó en la mesa—. Haga lo que tenga que hacer, doctor —añadió—. No veo el momento de librarme de este horrible ojo de cristal para siempre.

La lupa ocultó la expresión del médico. Acercó el pañuelo empapado de *ethereum* a la cara del barón y luego se volvió hacia la figura velada.

—Si me hace el favor, señor —le dijo el doctor al hombre del sombrero de copa.

Retirando el velo del individuo sentada en la silla, el ayudante del médico dejó a la vista a un muchacho, un chico de cabello rubio tan sucio que casi parecía castaño, con las manos atadas sobre el regazo y una mordaza en la cara para impedir que gritara. El joven forcejeaba contra sus ataduras, zarandeando el cuerpo adelante y atrás con la intención de liberarse. Aun desde la distancia, Hazel distinguió el terror total y absoluto de su rostro, que por momentos adquiría un tono bermellón.

—Vamos, vamos —le dijo el médico con tono meloso, y volvió a humedecer el pañuelo con *ethereum* para pegarlo en la cara del rehén. El chico se debatió una vez más antes de perder las fuerzas—. Listo —anunció—. Vamos a trasladarlo a la mesa. Señor, si es tan amable...

El hombre del sombrero de copa ayudó al doctor a transportar al chico de la silla a la mesa alargada que presidía el escenario, justo al lado de la cama en la que el barón Walford yacía con el mismo aire apacible que si durmiera. El muchacho estaba lánguido como un muñeco de trapo.

—Ha sido una pesadilla encontrar el color adecuado —dijo el hombre del sombrero con una voz cascada como grava—. Doce tuve que atrapar antes de dar con el tono exacto. ¿Caoba, verdad? Dígame usted si sus faros no son de color caoba.

—Sí, sí —respondió el doctor—. Imagino las dificultades. Pero habida cuenta de lo que paga el caballero aquí presente, bien merece que le demos exactamente lo que quiere.

El otro carraspeó.

—¿Y cuánto paga? ¿Por este tipo de operación?

—Vamos, vamos, Jones, ya sabe que no me gusta hablar de dinero. Es de mal gusto. Pero le digo una cosa, paga lo suficiente como para tener derecho a pedir que su nuevo ojo haga juego con el otro. —El médico se ajustó la lupa y eligió un escalpelo de la mesa—. La operación en sí no tiene complicación, en particular porque el cliente carece de ojo. La cuenca ya está a punto. Ahora solo necesitamos...

El escalpelo se hundió en la cara del muchacho, que seguía inconsciente aunque con las muñecas atadas, con un

289

chasquido líquido y nauseabundo. El chico no se movió mientras el cuchillo del cirujano hendía debajo de la frente para trazar un profundo corte hasta la nariz.

—Allá vamos —dijo el médico, y extrajo el ojo izquierdo del chico de su órbita—. Jones, por favor, tráigame extracto de mungo, polvo de plata y el emplaste que guardo en el tarro negro de la vitrina, si es tan amable.

El otro miraba la brecha en el rostro del joven con una horrible sonrisa lobuna. Asintió y, obediente, fue a buscar los tres ingredientes que el cirujano le había pedido.

—Es magia lo que usted hace, doctor —murmuró el hombre del sombrero de copa mientras el doctor untaba con sumo cuidado una gota del emplaste en la cuenca vacía del barón y procedía a trabajar con la órbita ocular del muchacho.

—No tiene nada que ver con la magia, Jones —respondió el cirujano con cierta impaciencia, mientras seguía aplicando ingredientes a la cuenca—. No es nada más que ciencia. Y, por supuesto, un conocimiento del cuerpo humano que décadas de práctica me han permitido perfeccionar.

Soltó una risita, todavía concentrado en la operación que tenía entre manos.

Hazel estaba paralizada por el horror. Tenía la voz atascada en la garganta, los pies clavados al suelo, pesados como si fueran de acero fundido. Su mente repasaba las medidas que debería estar tomando, las acciones que debería estar llevando a cabo: interrumpirlos con un grito, arrancar de un golpe el escalpelo de la mano del médico o, cuando menos, correr a pedir ayuda, ir a buscar al jefe de policía, arrastrarlo por el pasadizo del callejón y obligarlo a mirar lo que estaba pasando. En las profundidades de su mente asomaba el examen. Seguramente ya habría comenzado, pero tal vez si corriera todavía llegaría a tiempo. Sin embargo, su cuerpo no obedecía a su pensamiento. El terror que la habitaba había cambiado a un ser viviente, un monstruo que transformaba en hielo sus venas y sus músculos en agua. No podía hacer nada más que seguir mirando al cirujano ejecutar la horrenda operación de unir el ojo color caoba del muchacho al rostro abotargado del barón.

Cuando dio por concluida la cirugía, el médico se apartó y examinó su obra ladeando la cabeza. Enjugó el cuchillo en el delantal antes de extraer de un bolsillo un minúsculo frasco de algo dorado y reluciente. Iluminaba el rostro del doctor desde abajo, brillante como una vela.

—Ya está. Ahora una gota para mantener la infección a raya y asegurarnos de que el ojo nuevo arraiga —murmuró, e inclinó el frasco con delicadeza de tal modo que una sola gota se derramara sobre el rostro del barón.

—¿Qué hacemos con él? —preguntó el hombre del sombrero, señalando con la cabeza al chico herido. Un río de sangre manaba de su órbita hueca hacia la mesa y la paja del suelo—. Está sangrando mucho.

El doctor, que solo estaba pendiente del barón, no le prestaba demasiada atención.

—Ah —dijo—. Tapónele la herida con algodón para detener el sangrado. —Haciendo un ruidito compungido, se volvió un instante a mirar al muchacho—. No estoy seguro de que vaya a sobrevivir, pobre diablo. Lo dejaremos aquí unas horas, a ver si se recupera. Si muere, déjelo atrás del hospicio. Ya sabe qué hacer, Jones. Si alguien preguntara, son fiebres romanas. —Volteó de nuevo hacia el barón y se inclinó para observar su trabajo, los cientos de minúsculas venas que había conectado y sellado para otorgarle al hombre el ojo por el que había pagado—. Uno de mis mejores trabajos, diría yo, Jones.

—Y también uno de los más rápidos —comentó el otro—. Ha operado en la mitad de tiempo que otras veces.

—Bueno, lo he intentado —dijo el doctor. Tenía el cabello aceitoso tras el esfuerzo. Se retiró la lente de aumento para enjugarse el sudor de la frente con una mano enguantada y se dio la vuelta hacia la grada del anfiteatro quirúrgico para mirar en la dirección exacta en la que se encontraba Hazel—. Al fin y al cabo, hoy teníamos público.

34

Antes de que Hazel pudiera moverse, el hombre del sombrero de copa le había rodeado el codo con su áspera mano. Se había desplazado como un sabueso entre las sombras, tan rápido y silencioso que, para cuando Hazel gritó, ya la estaba empujando hacia el escenario del anfiteatro.

—Señorita Sinnett —dijo el doctor Beecham mientras se enjugaba la sangre de los guantes—. Bienvenida. Le confieso que estoy encantado de que haya decidido presenciar mi operación esta mañana. Disfruto de un pulso más firme cuando hay alguien admirando mi trabajo. Qué tedioso es ejecutar una obra de arte en una sala desierta, interpretar una sinfonía que nadie ha de oír. Y es usted una de las pocas personas, creo yo, capaces de apreciar la importancia de lo que acaba de acontecer aquí. Los demás —señaló con un gesto al barón dormido, cuyos ojos había protegido con algodón— se contentan con obtener lo que quieren. Pagan el precio y se dejan hacer. Carecen de curiosidad y de interés alguno en la ciencia que no sea satisfacer sus banales caprichos. Resulta trágico que sus vidas sean tan pobres, a su manera. Que presten tan poca atención al mundo más allá de sus propios cuerpos. Pero usted, Hazel Sinnett, usted lo entiende. El examen se celebraba esta mañana, ¿no es cierto? Supongo que esto significa que ha renunciado usted a nuestra pequeña apuesta. No importa, en realidad, ni lo más mínimo. Me hace mucho más feliz verla a usted aquí.

»Usted entiende hasta qué punto es milagroso tomar una parte viva de un hombre y trasplantarla a otro, restaurar el don de la vista gracias a, bueno, el regalo de nuestro generoso donante. Tardé años en ser capaz de hacerlo con los ojos. Con los dedos fue muy fácil. Apenas requieren tiempo. Las extremidades completas, una progresión natural a partir de ahí. El corazón, en cambio, todavía no lo acabo de dominar. Aún estoy trabajando en el trasplante de este órgano principal. Pero soy optimista. El corazón vendrá a continuación.

Forcejeando contra la mano de hierro del hombre con el sombrero, Hazel balbuceó. Todas las preguntas que quería formular burbujearon en su pecho al mismo tiempo y la única que surgió de sus labios fue:

—¿Qué está haciendo?

Beecham dejó de frotarse los guantes.

—¿Que qué estoy haciendo? Querida mía, pensaba que ya lo habría comprendido.

Hazel apartó el codo del hombre que la sujetaba y Beecham levantó la mano para indicarle a su lacayo que podía dejarla.

—Usted... está secuestrando personas. Atrapa a los pobres y opera a su costa. Usa el *ethereum* y les arrebata partes del cuerpo. Extremidades, ojos.

—«Arrebatar» es una manera muy fea de expresarlo —dijo Beecham con una leve mueca—. Usted ha vivido en una burbuja, señorita Sinnett. Dudo que conozca la realidad de lo que sucede en la ciudad vieja de Edimburgo entre los verdaderamente pobres y desamparados. Esas personas son ladrones y bandidos. Pierden extremidades e incluso la vida de maneras horribles, a diario. Este ladronzuelo de aquí podría haber muerto de hambre o de tisis, en una reyerta o de mil maneras distintas. Una pelea con cuchillo en un *pub* lo podría haber dejado tuerto mañana y a nadie le importaría. Yo solo aporto orden al caos. Yo doy sentido a sus existencias.

—Es usted un asesino —escupió Hazel.

—Es posible —dijo el doctor Beecham con indiferencia—. Pero también soy un dador de vida. Salvo vidas con los cuerpos que sacrifico. La pobreza es la verdadera asesina, señorita Sinnett. Yo no creé a los pobres que sufren compartiendo una mugrienta habitación entre veinte, que trabajan veinte horas al día por un pedazo de carne. ¿Acaso eso se puede considerar vida?

Hazel miró al muchacho de cabello rubio y el río de sangre que manaba de donde antes estuviera su ojo. Tenía el cabello apelmazado por la humedad roja, pero su pecho aún subía y bajaba con respiraciones superficiales.

—¡Podría morir! Ese chico se está muriendo y usted lo habrá matado porque el barón quería un ojo nuevo.

El doctor Beecham rio en voz baja.

—Sí, supongo que en este caso todo ha sido un tanto banal, ¿verdad? Los ricos desean lo mejor. Todo empezó con una nueva muela. La mayoría de los cirujanos, si no es que todos, son capaces de implantar dientes procedentes de otra boca. Pero yo soy el único capaz de hacer más. Y casi todos quieren más. Y están dispuestos a pagar. No todos los trasplantes que hago se deben a la vanidad, querida mía. Solamente este año he operado, deje que recuerde, dos hígados, un útero y un pulmón. En todos los casos, para extender las vidas de aquellos que dedican la vida al arte, a la literatura, a la música y a las ciencias. Tomados de los pobres diablos que están condenados a la miseria y al trabajo duro. Así pues, dígame, ¿está mal lo que hago?

Hazel no podía despegar los ojos del chico que sangraba en la mesa con respiraciones cada vez más débiles.

—¡Por favor! —gritó—. Por favor, se está muriendo.

Una sombra de decepción atravesó el semblante del doctor Beecham, pero al momento la remplazó por una cuidadosa máscara de afabilidad. Chasqueó la lengua con desaprobación.

—Me habría gustado que fuera capaz de entender las connotaciones de lo que ha presenciado, señorita Sinnett. De veras. —La rabia se abrió paso en su voz—. ¿Acaso no ve lo que he hecho? ¿No es capaz de apreciarlo? —Hundió un dedo enguantado en la ensangrentada cuenca del chico que yacía en la mesa, presionó y lo retorció—. No, me parece que no. Seguramente vivirá, diría yo. Si el choque tuviera que matarlo, ya habría sucedido. Opino que le he hecho un favor, en realidad. Estaba pidiendo en la calle cuando mi socio lo encontró, y me han dicho que los mendigos con deformidades físicas suscitan más compasión por parte de los transeúntes. Seguramente me daría las gracias si pudiera. La humanidad es mucho más que la suma de patéticos individuos, y solo unos pocos escogidos son capaces de obrar milagros. ¿Piensa usted que Dios se lamenta cuando un insecto muere aplastado bajo las piedras de las torres, catedrales y universidades que construyen los hombres?

Hazel negó con un movimiento de la cabeza.

—Usted no es Dios —le espetó.

Beecham rio con ganas.

—Si usted supiera, señorita Sinnett, las cosas que he conseguido a lo largo de mi vida... las cosas que he logrado en el cuerpo humano. ¡Las cosas que puedo hacer! Pero no... Me estoy adelantando.

—¿Qué pensaría su abuelo? ¿Ya no se acuerda de lo que dice el doctor Beecham en su tratado sobre proteger a las personas y hacer la función de... de un vehículo para la mejora de la humanidad?

—¿Mi abuelo? ¿Qué pensaría mi...? ¡Ja! Ja, qué buena broma, muy buena, ya lo creo. —Beecham volvió a reír, esta vez a carcajadas. Se enjugó una lágrima—. El que escribió esas palabras era un necio. Un necio joven que aún no había vivido nada. Se lo aseguro, señorita Sinnett, soy mucho más sabio que ese abuelo mío que escribió esas palabras hace tanto tiempo.

Hazel frunció el entrecejo, pero antes de que pudiera decir nada, los interrumpieron unos golpes en la puerta que había detrás de Beecham.

—Otra entrega —dijo una voz amortiguada al otro lado.

—Entre —respondió Beecham.

Llegaron dos hombres cargando con una camilla en la que yacía un cuerpo cubierto con una sábana. Los hombres tenían un aspecto extraño: uno era bajo y calvo, el otro quedaba casi oculto tras un enorme bigote de morsa. A Hazel le parecían familiares, aunque no acababa de ubicarlos.

—Encontramos a este robando cuerpos en Greyfriars anoche —dijo el hombre del bigote. Al hablar reveló una fila de dientes repulsivamente amarillos—. Iba solo. Me parece que le dimos un susto de muerte.

A Hazel se le encogió el corazón. Avanzó un paso, pero el hombre alto que tenía detrás le pasó un musculoso brazo por el cuello para impedir que se moviera.

—Ni se le ocurra, señorita —le gruñó al oído.

El doctor Beecham aspiró por la nariz con desdén.

—Trasladen al barón a la camilla y coloquen el cuerpo sobre la mesa. El barón puede convalecer en la sala de recuperación.

Con un asentimiento, los dos hombres que portaban la camilla se pusieron manos a la obra. Dejaron el cuerpo envuelto en la sábana sobre la mesa, junto al chico que sangraba. Luego trasladaron al barón Walford a la camilla y se lo llevaron del anfiteatro de operaciones.

—¿Un cadáver? —preguntó Hazel con voz queda.

—Todavía no —dijo Beecham, lacónico.

En cuanto los dos hombres cerraron la puerta al salir, Beecham retiró la sábana del segundo cuerpo.

—¡No! —Hazel forcejeó contra el hombre que la sujetaba. Él aumentó la presión. Ella le dio un pisotón e intentó clavarle el codo en el vientre, pero el hombre ni se inmutó. Tendido sobre la mesa, con un aire tan apacible como si durmiera, estaba Jack—. ¡No! —aulló Hazel de nuevo—. ¡No, se lo ruego! Cualquiera menos él. Por favor.

El doctor Beecham se volvió hacia ella. Parecía intrigado.

—¿Conoce a este chico?

Hazel sopesó lo que debía decir.

—Yo... —Se le quebró la voz. Negó con la cabeza—. Por favor, deje que se marche.

—Me fascina qué puede llevar a una jovencita de su posición social a asociarse con un resurreccionista. Cómo llegaron a coincidir de buen comienzo. Realmente fascinante.

Las lágrimas corrían ahora a raudales por el rostro de Hazel, se encharcaban en su nariz y en su boca.

—Por favor —suplicó con un hilo de voz—. Por favor.

—Señorita Sinnett, estoy a punto de enseñarle una lección muy importante. He tenido una vida muy larga. Sí, más larga de lo que pueda imaginar. Y los apegos, como ese débil vínculo, sea cual sea, que la une al chico tendido en la mesa, no nos hacen ningún bien. Los placeres son efímeros. La ciencia, el conocimiento adquirido, el aprendizaje acumulado... eso es lo que perdura. Eso constituye un legado. Las personas como usted y como yo, señorita Sinnett, somos capaces de desbancar al mismo Dios. —Su semblante se oscureció—. Los apegos acarrean sufrimiento. Tal vez crea que conoce el sufrimiento, señorita Sinnett; sin duda yo también lo creía cuando tenía su edad. Pero la grandeza requiere la capacidad de vencer esos impulsos humanos. Sentimentalismo. Sensiblería.

Hazel no podía hablar. Se retorcía para liberarse, aunque sus músculos perdían fuerza por momentos y tenía la sensación de que la cabeza le daba vueltas.

—Me parece que tomaré su corazón —declaró el doctor Beecham. Un sonrisa pequeña y malvada bailaba en la comisura de sus labios—. Hace tiempo que quiero probar el trasplante con un corazón. Será perfecto. —Señaló con un gesto al primer chico, que seguía tendido sobre la mesa. La sangre ya no brotaba de su ojo, ahora cubierto por una masa coagulada y café. Tampoco respiraba—. Aquí mismo tenemos un cuerpo listo para acogerlo. Veamos si el resurreccionista puede resucitarlo.

—No puede hacer eso —dijo Hazel—. No puede.

Beecham se limitó a ofrecerle una sonrisita triste y tomó un escalpelo. El cuchillo medía veinte centímetros de largo y estaba salpicado de manchas de intervenciones anteriores, pero seguía tan afilado que Hazel atisbó el brillo del filo.

Jack empezó a removerse en la mesa.

—¡Jack! —gritó Hazel—. ¡Jack, por favor, despierta!

El hombre alto le tapó la boca con la mano para ahogar sus gritos.

Beecham acercó la cuchilla al pecho de Jack. Un chorro de sangre salpicó la mitad izquierda de la cara del doctor, que adquirió un aspecto demencial. Extrajo la hoja y, cuando alzaba de nuevo el escalpelo para practicar la segunda incisión, los ojos de Jack se agitaron mientras se estremecía contra la mesa.

El doctor Beecham suspiró. Dejó el escalpelo y tomó el frasco azul de *ethereum*. Con lentitud y deliberación, mientras la sangre burbujeaba al salir de la herida de Jack, el cirujano humedeció otro pañuelo.

—Hay tan poca gente que sabe hacer un buen trabajo... —dijo en el mismo instante en que Jack abría los ojos.

Los dedos de Hazel palparon una pluma recién afilada en el bolsillo de su abrigo. A partir de ese momento, fue como si todo sucediera al mismo tiempo. La extrajo con un movimiento raudo y apuñaló en el pecho al hombre que la retenía. Este trastabilló hacia atrás, sujetándose la herida, de la cual sobresalía la pluma en un ángulo perfecto de noventa grados.

—¡Jack! —gritó Hazel—. ¡Jack, el pañuelo!

Jack recuperó el sentido al mismo tiempo que el doctor Beecham se daba la vuelta para averiguar qué había hecho Hazel y descubría a su cómplice tirado en el suelo. El muchacho se sentó y arrancó el pañuelo de los dedos laxos del cirujano. Actuando por impulso, presionó el pañuelo contra la cara del doctor Beecham con una fuerza sorprendente y lo mantuvo ahí hasta que el médico cayó sobre el heno ensangrentado, debajo de la mesa del escenario.

Hazel y Jack se quedaron un momento parados, jadeando y desorientados. Por fin, ella corrió hacia el muchacho y le echó los brazos al cuello. Cuando se despegó, Jack se desplomó allí mismo, incapaz de sostenerse sobre las piernas. Beecham le había practicado una sola incisión a la izquierda del corazón, pero era profunda.

—Hazel —resopló Jack. Su rostro ya perdía el color.

—Vamos a buscar ayuda —susurró ella—. Shhh. Shhh. Todo va bien. Te vas a poner bien ahora.

Hazel se pasó el brazo de Jack por los hombros y logró llevarlo hasta la silla de ruedas abandonada a un lado del escenario. La parte delantera de su vestido estaba empapada de sangre, pero ella apenas lo notaba. El doctor Beecham yacía en el escenario, inconsciente por el efecto de su propio *ethereum*. El hombre al que Hazel había apuñalado con la pluma había caído a su lado. No sabía si estaba vivo o muerto; solo podía pensar en sacar a Jack de allí para ponerlo a salvo.

Un remolino de colores y olores los envolvió cuando salieron a la calle. Todo zumbaba a su alrededor, todo los deslumbraba y nadie se detenía a ayudarlos. Tenían que encontrar un sitio seguro, un sitio tranquilo. Hawthornden estaba demasiado lejos; Jack podría estar muerto para cuando llegasen al carruaje. Hazel no sabía dónde estaba el hospital más cercano.

—Le ruego me disculpe —le dijo a un hombre que los adelantó a grandes zancadas. A Hazel le temblaba la voz y seguramente pensó que estaba loca, porque le lanzó una mirada compasiva y siguió caminando sin detenerse. El sonido explosivo de un orinal vaciado en la alcantarilla llegó a sus oídos. Tenía que sacar a Jack de las calles.

—Todo va a salir bien —le aseguró en murmullos. Jack solo pudo gemir—. Sigue presionando la herida, si puedes.

En ese momento, avistó en South Bridge el reflejo de un rayo de sol sobre un sombrero de copa color gris perla.

—¡Bernard!

El sombrero volteó. Bernard levantó una mano para protegerse del sol y distinguir quién gritaba su nombre.

—¿No es...? Caramba, Hazel. ¿Qué haces aquí? ¿Qué es...?

—Bernard, luego te lo explicaré todo, te lo prometo. ¿Puedo llevarlo a la Casa Almont? Lo apuñalaron y me temo que va a morir.

Bernard dudó solo un momento.

—Sí, por supuesto. Ven, deja que te ayude.

Juntos llevaron a Jack por Lothian Road, pasando junto a Saint Cuthbert, a un ritmo mucho más rápido del que jamás habría alcanzado Hazel de haberlo hecho sola.

—¿Quién es? —preguntó Jack con voz ronca conforme se internaban en Princes Street. Giró la cabeza para mirar a Bernard con una expresión vacua.

—Shhh. Guarda silencio —le dijo Hazel—. Ya llegamos.

En un gesto que lo honraba, cada vez que Bernard miraba a Hazel boquiabierto, como si estuviera a punto de formular una de las muchas preguntas que sin duda le cruzaban el pensamiento, sacudía la cabeza un poco y regresaba la mirada al frente. Por fin, llegaron a la entrada de servicio de la Casa Almont.

—Hay un dormitorio en el primer piso que está vacío —informó Bernard. Dos lacayos se apresuraron a ofrecer auxilio cuando los vieron acercarse, y ayudaron a Hazel a subir a Jack por la escalera de servicio hacia una pequeña alcoba con un catre situada en la zona de los criados. Aunque había una ventanita sobre la cama, el cuarto estaba sumido en sombras.

—¿Nos pueden traer una vela, por favor? ¿Y una palangana con agua? Y una sábana de lino, si pueden prescindir de alguna —pidió Hazel.

Con Jack tendido en la cama, la joven pudo examinar el alcance de la herida, los daños que el cuchillo de Beecham habían infligido al pecho del chico. Procedió a retirar la camisa con sumo cuidado, ya que parte de la tela se había pegado a la piel como una costra de sangre seca. La herida era más profunda de lo que había pensado; la carne de alrededor exhibía un tono rosado, inflamado y encendido, y en la zona del corte, de varios centímetros de largo, sangre fresca y oscura burbujeaba. Bernard hizo una mueca horrorizada antes de sufrir arcadas y abandonar la habitación. Hazel puso manos a la obra.

Una vez que limpió la piel de Jack, Hazel respiró aliviada, dejando salir el aliento que tenía la impresión de haber contenido en el pecho durante horas. El corte era profundo, sin duda, pero no había afectado ningún órgano vital, y al ser una incisión tan limpia, Hazel pudo suturarlo con facilidad y mantener la piel unida para prevenir la infección.

En algún momento de la tarde, Jeanette entró en la habitación con la cabellera oculta bajo una cofia de criada. Iba cargada con un montón de sábanas limpias y traía pedernal para encender la chimenea.

—Cuando Hamish, quiero decir, el lacayo mencionó que una dama doctora estaba en la casa, me imaginé que era usted. —Posó los ojos en el vientre del muchacho—. Ese es Jack —dijo con un semblante tan inexpresivo como el de una niña aturdida—. Es Jack el que está ahí. Es Jack.

Hazel asintió.

—Jack —repitió confundida, como si no fuera capaz de aceptarlo. Avanzó un paso y le dio a Hazel las telas—. No es posible que Jack esté herido. A Jack nunca le pasa nada. Jack no puede morir.

—No creo que vaya a morir, Jeanette —la tranquilizó Hazel—. Me parece que se va a poner bien.

Al oírlo, Jeanette lanzó una risa extraña, semejante a un ladrido.

—¡Pues claro que sí! Si tiene a una médica como usted.

Hazel esbozó una sombra de sonrisa.

—Todavía no soy médica, Jeanette.

—Más que muchos farsantes del asilo —susurró la criada. Parecía haber recuperado las energías y se acercó a la chimenea para ocuparse del fuego—. Usted al menos quiso escucharme. Cualquier otra persona me habría tomado por loca.

Cuando el fuego chisporroteó en el hogar, las dos mujeres se sentaron un rato en la cabecera del muchacho hasta que Jeanette se puso de pie.

—Voy a buscarle algo para cenar. Debe de estar muriendo de hambre.

Hazel no se había acordado de la comida en todo el día. Ni siquiera sabía cuánto tiempo llevaba en la habitación con el chico, solo que la ventanita cuadrada, antes iluminada por el sol, ahora mostraba el ocaso. Jack seguía durmiendo, pero su respiración era profunda y tranquila. Sus ojos se agitaron y Hazel distinguió los capilares rojos que le recorrían los párpados. Deslizó un dedo por su mejilla, por la pálida piel que la sombra de una barba incipiente oscurecía.

El gesto emanaba tanta paz e intimidad que Bernard, de pie en el umbral, bajó la vista incómodo. Dio media vuelta y se anunció un momento más tarde con unos rápidos golpecitos en la puerta agrietada.

—Vi a una doncella a punto de subir con tu cena y se me ocurrió traértela yo —explicó Bernard al mismo tiempo que depositaba un plato de pollo asado en el pequeño estante empotrado en el pasillo. Se sentó en la segunda silla de la habitación.

—Espero no interrumpir nada, amor mío.

—Pues claro que no —respondió Hazel apartando la vista.

—Bien. Y él... ¿cómo está?

—Se pondrá bien —dijo Hazel volteando a mirar a Jack. ¿Siempre fue tan apuesto? ¿Sus labios siempre habían exhibido un arco de Cupido que alojaría a la perfección la yema de un dedo? ¿Sus orejas siempre habían sido tan aterciopeladas y curvadas como caracoles? ¿Siempre había tenido un cabello tan espeso y rizado? Su pecho, lo veía a través de los vendajes, era ancho pero cóncavo en la zona de la clavícula. Hazel quería recostar la cabeza en ese pecho por siempre.

—Supongo que ahora ya puedes contarme qué demonios está pasando —pidió Bernard, que se esforzaba por hablar en un tono amistoso.

Hazel le ofreció un relato completo: le habló de los cuerpos a los que les faltaban las extremidades y los órganos y, por último, de lo que había visto cuando se había colado sigilosamente en la Academia de Anatomistas.

—Secuestran a hombres y mujeres pobres en las calles y venden sus cuerpos, pieza a pieza. Usan una sustancia, *ethereum*, para dejarlos inconscientes mientras él los opera. Y Beecham tiene algo más, una especie de frasco o algo así que utiliza durante la cirugía para que las partes arraiguen. No sé cómo exactamente, no sé qué es, pero Jack, bueno, este chico y yo apenas si logramos escapar con vida.

—¿Y este chico es...?

—Un resurreccionista. Un ladrón de cuerpos que vendía cadáveres de los cementerios a los médicos y anatomistas para las disecciones. Yo se los compraba. Para mis estudios. Pero es un hombre respetable... Lo es. Trabaja en Le Grand Leon. Es una buena persona.

Bernard asintió. Su rostro no delató ninguna emoción, pero tampoco apartó la mirada de Hazel. Como no decía nada, Hazel volvió a empezar:

—Bernard —dijo imprimiendo a su voz un tono serio—. Está pasando algo grave. Algo real. No sé cuántas personas han muerto ni cuántas más van a morir o a sufrir daños a manos del doctor Beecham. Necesito que hables con el jefe de policía o con tu padre y se lo cuentes todo, pero debes ser tú. A ti te creerán; tienen que creerte. Eres un vizconde.

—El hijo de un vizconde.

—No importa. Sabes que eso da igual. Yo intenté hablar con el jefe de policía y no me hizo el menor caso. Pero ahora lo he visto con mis propios ojos, Bernard, te juro que es cierto. Me crees, ¿verdad? ¡Hoy le puso un ojo nuevo al barón Walford! Dime que me crees.

—Te creo, Hazel —asintió Bernard—. Al fin y al cabo, eres mi prometida. Tenemos que confiar el uno en el otro. —Se puso de pie con un gesto rígido—. Voy a hablar con ellos y te contaré. —Le depositó un beso seco en la mejilla—. Hasta entonces, mi amor.

Hazel no apartó los ojos de Jack. Si lo hubiera hecho, habría visto algo que ardía como brasas de carbón tras los ojos de Bernard.

35

Pasaron dos días antes de que Jack estuviera lo bastante recuperado como para viajar en carruaje al castillo de Hawthornden, y otra semana más —junto con la avena de la cocinera y los cuidadosos cambios de vendaje de Hazel— antes de que empezara a caminar. El corte cicatrizaba sin infectarse, y solo un día después de que Jack diera un lento paseo por los jardines del castillo sin doblarse de dolor, le dijo a Hazel que ya iba siendo hora de que volviera a Le Grand Leon.

—Solo para echar un vistazo —aseguró. Allí tenía unas pocas libras escondidas en un hueco de las tablas del techo y dos camisas limpias. Aunque Hazel había frotado con ganas la camisa que Jack llevaba puesta cuando lo hirieron, la pechera todavía conservaba la huella rojiza de la sangre, y él no se sentía cómodo con las ásperas telas de las elegantes prendas que habían pertenecido al hermano de ella, el que murió. Hazel accedió, siempre y cuando le prometiera regresar por la noche.

—Tenemos que aplicar los ungüentos y cambiar el apósito para que cicatrices bien. Sería el colmo que tuvieras que lidiar con una infección a estas alturas.

—Sí, lo que tú digas. —Jack titubeó y luego se inclinó como para besarla. En vez de hacerlo, parpadeó rápidamente unas cuantas veces al mismo tiempo que abría y cerraba el puño—. Adiós, pues —dijo, y se marchó antes de que ella pudiera reaccionar.

Hazel se asomó por la ventana para ver cómo Jack y el carruaje desaparecían tras la curva, donde las pocas hojas resecas que aún se aferraban a los árboles contra la escarcha del invierno le tapaban la vista.

Jack no se había detenido a pensar en lo difícil que le iba a resultar trepar al nido que se había construido en las vigas del teatro sin que se le abrieran los puntos. Tuvo que dejar de subir por la escalera de mano para recuperar el aliento. Estaba considerando si valía la pena seguir subiendo cuando oyó unos fuertes golpes en la puerta principal del teatro.

La llamada era enérgica e insistente. Qué raro. El teatro llevaba meses cerrado. Jack había entrado por la entrada del escenario, a través del callejón, y el señor Anthony tenía todas las llaves. Nadie que llamara a la puerta principal tenía motivos para estar en Le Grand Leon.

Jack esperó, atento a los ruidos del edificio que se asentaba, los crujidos de la madera y la corriente fría que soplaba por las uniones del techo que las vigas no acababan de cerrar. La llamada se repitió, impactos imperiosos de unos nudillos decididos. Como los golpes no cesaban, Jack cojeó por el vestíbulo sembrado de polvo hacia la puerta principal, no sin antes rodear con los dedos el mango de su pequeña navaja por lo que pudiera ser.

—¿Jeanette? ¿Eres tú? —gritó. No recibió respuesta.

Cuando abrió la puerta, se encontró cara a cara con el jefe de policía, dos miembros de la Guardia Real y el juez de paz. Jack intentó salir corriendo por puro instinto de supervivencia, pero el jefe de policía le aferró los brazos por la espalda para inmovilizarlo.

—¡Eh! —gritó Jack—. ¡Eh! ¿Qué hace?

—Quedas detenido por el asesinato de Penelope Harkness, Robert Paul, Mary McFadden y Amelia Yarrow. Y, sin duda, de muchos más. Qué asco.

El policía escupió sobre las botas de Jack.

—Tiene que ser un error. Se equivoca de hombre, se lo aseguro.

Uno de los guardias hurgó en el bolsillo de Jack hasta encontrar la navaja. Se la enseñó al magistrado antes de guardársela en el bolsillo con un rictus de repugnancia.

—¡Eh, eso es mío! ¡Devuélvamela!

El magistrado carraspeó y miró a Jack por encima del hombro, aunque ambos tenían la misma altura.

—Nos dijeron que te encontraríamos aquí. Parece ser que tus amiguitos de Fleshmarket no son tan dignos de confianza como te gustaría pensar. Ladrones, asesinos, traidores. Dios tenga piedad de sus almas.

—Miente —lo acusó Jack, que forcejeaba contra la implacable presión—. Está mintiendo. ¡Esto es absurdo! ¿Por qué iba yo a asesinar a alguien?

—¿Has vendido cadáveres a la Academia de Anatomistas?

A Jack se le secó la boca y tuvo la sensación de que se le hinchaba la lengua.

El juez sonrió.

—No es difícil imaginar que un joven con iniciativa como tú tomó en algún momento la decisión de prescindir de la intermediaria, por así decirlo. Por qué perder tiempo esperando un funeral cuando podías asesinar a alguien con tus propias manos.

—Eso es mentira —susurró Jack a duras penas—. Yo nunca he matado a nadie. Vendo cadáveres, pero los desentierro.

El magistrado le hizo caso omiso.

—Muy oportuno cometer los asesinatos durante un brote de fiebres romanas. Pocas personas estarían dispuestas a acercarse lo suficiente como para comprobar la causa de la muerte.

El jefe de policía asintió.

—Incluso tuvo el valor de recurrir a mí después de convencer a una joven dama de la existencia de una retorcida conspiración. Para despistar. Intentó hacer lo mismo con el hijo del vizconde. —Miró a Jack con desdén—. Gracias a Dios y al rey que el joven lord Almont fue lo bastante listo como para descubrirte a la primera de cambios. ¿A cuántos inocentes más habrías sido capaz de asesinar en beneficio propio?

—¡Hablen con Hazel Sinnett! —pidió Jack—. Hablen con ella, la dama que vive en el castillo de Hawthornden. Vayan a buscarla y tráiganla, ella lo aclarará.

El jefe de policía le clavó el codo en el estómago con tanta fuerza que le cortó la respiración. Jack se dobló sobre sí mismo, pero los dos guardias impidieron que cayera. Sintió que se le abrían los puntos y la sangre de la herida empezó a manar hasta empapar la camisa.

—No te atrevas a decirnos lo que debemos hacer, asesino. ¿Cómo te atreves a manchar el nombre de un miembro de la alta sociedad?

La Gaceta Vespertina de Edimburgo

RESURRECIONISTA JUZGADO POR ASESINATO

Ayer se inició el juicio contra Jack Ellis Currer, acusado de asesinato. Ningún proceso judicial en estos últimos años había despertado un interés tan vivo entre la población: en las horas previas a la llegada del prisionero al estrado, las puertas de los tribunales sufrieron el asedio de una enorme cantidad de público que intentaba obtener algún atisbo del que sin duda será un juicio histórico. Lord Mclean y otro miembro de la nobleza aguardaban ya sentados en el estrado minutos antes de las diez.

Currer, un hombre de estatura alta, iba vestido con un abrigo raído de color azul marino. Nada en su fisionomía indicaba tendencias particularmente malvadas, salvo quizá el corte rotundo de su barbilla y el intenso ceño. Durante las diligencias del día, Currer parecía profundamente preocupado, aunque no dio muestras de remordimientos.

El doctor William Beecham III fue llamado al estrado, donde testificó que había visto a Currer rondando por la Academia Real de Anatomistas de Edimburgo en busca de clientes que compraran sus macabras mercancías. Bernard Almont, de la Casa Almont, hijo del vizconde de Almont, testificó más tarde que había escuchado la confesión completa de los labios del propio Currer, quien contó sus fechorías al creerse próximo a la muerte tras haber sido apuñalado en un juego de cartas que acabó mal. Currer llevaba un tiempo viviendo de manera ilegal en el teatro Le Grand Leon, actualmente cerrado, donde la policía lo capturó.

Edmund Straine, médico de la Academia de Anatomistas, también se encuentra detenido, acusado de la compra ilegal de cadáveres.

36

El día de Navidad, Hazel recorría la ciudad vieja con la cabeza alta y la mirada baja. Había decidido ir caminando desde Hawthornden, a lo largo de sinuosas avenidas cerradas por el hielo de diciembre y a través de sembradíos que se extendían áridos a lo largo de kilómetros. Le dolían los pies, pero apenas reparaba en ello. Tan solo era mínimamente consciente de que le sangraba el talón y la humedad se abría paso a través de sus medias hasta el cuero de la suela de su bota. El viento y el mundo le habían arrebatado la capacidad de sentir, y ya nada le dolía.

Había transcurrido una semana desde el arresto de Jack. Su madre y Percy seguían en Londres y allí se quedarían durante el resto del año. Hazel estaba sola en la ciudad.

Reinaba el silencio en los angostos callejones de piedra, como si todo Edimburgo hubiera buscado consuelo en torno a las lumbres navideñas, aferrados a sus seres queridos mientras la amenaza de las fiebres romanas se cernía como niebla en el exterior. Hazel les había dado a Iona, Charles y la cocinera el día libre. Solo había una persona a la que deseaba ver ese día.

El aula seguía tal como Hazel la recordaba, como si no hubieran pasado meses, toda una vida. El hedor de la sangre y la podredumbre no persistía; habían limpiado la sala al final del semestre, y Hazel, al entrar, únicamente percibió el olor de la madera lacada y el alcohol.

El doctor Beecham estaba de pie atrás del estrado, organizando papeles.

—Un momento, señorita Sinnett —dijo sin alzar la vista—. Estoy ultimando preparativos para cuando lleguen los alumnos del próximo semestre después de las vacaciones. No creería la cantidad de trabajo que tengo pendiente. Cuánto papeleo, Dios mío. —Clasificó unas cuantas hojas en montones ordenados y, a continuación, suspiró mirando a Hazel—. Buenos días.

—Vine a devolverle su libro —dijo Hazel. Plantó el ejemplar del *Tratado del doctor Beecham* en un pupitre, levantando una pequeña nube de polvo al hacerlo. Del bolsillo de su capa extrajo el pequeño diagrama de la mano y los dedos que había caído de entre las páginas. Lo había guardado a buen recaudo, como una especie de amuleto que la ayudara a sentirse vinculada al médico y escritor que tanto había admirado. Lo había estado observando la noche anterior, según encajaba las extrañas piezas de su hipótesis. Examinó la prueba. Extrajo una conclusión.

—No tenía que devolvérmelo. Tengo varios ejemplares —comentó Beecham sin emoción.

—Ahora lo entiendo —dijo Hazel—. No me explico por qué me tomó tanto, cómo es posible que no lo hubiera deducido en todo este tiempo. No, sí lo sé. Porque carece de sentido. Y me parecía imposible. Pero siempre pensé que el primer doctor Beecham era el médico más capacitado del mundo, así que debería haberlo creído capaz de cualquier cosa. Debería haberlo creído a usted capaz de cualquier cosa.

En lugar de responder, Beecham se separó del estrado. Dobló los dedos enfundados en sus guantes negros y enarcó una ceja.

—Quítese los guantes —pidió Hazel.

Sin pronunciar palabra, Beecham obedeció. Retiró el cuero de las muñecas con cuidado, y luego, con sumo cuidado, fue despojando cada dedo hasta dejar sus manos desnudas.

Todos y cada uno de los dedos del doctor Beecham estaban moteados y muertos, diez dedos de diez manos distintas. Diferían en tono de piel y tamaño, y estaban cosidos a la mano del doctor Beecham con gruesos puntos negros, pulcros pero visibles.

—Como ve —señaló— mi manufactura no fue siempre tan exquisita como ahora. —Exhibió los dedos para que Hazel los viera girando la mano a un lado y a otro—. ¿Le importa? —Hazel hizo un gesto de asentimiento y Beecham volvió a enfundarse los guantes—. Perdí los dedos muy al principio. Antes de que hubiera perfeccionado mi pócima para el transplante de extremidades. Me temo que solo hice lo que pude. Es tan fácil lesionarse cuando la muerte nunca te alcanza... En fin. Descubrió mi pequeño secreto. ¿Le puedo ofrecer una taza de té?

—Entonces es verdad —dijo Hazel—. No hay más Beechams que usted. Es usted el autor del libro, el tratado. Usted...

—Resolví el enigma de la inmortalidad —apuntó el médico—. El sueño de cualquier médico, imagino. Parece ser que los demás sencillamente no eran tan listos como yo.

Los pensamientos en la mente de Hazel encajaron con un chasquido.

—Nunca hubo un hijo, y menos un nieto. Solo usted.

Beecham se volvió hacia la tetera del pequeño hogar que tenía detrás.

—En eso se equivoca, señorita Sinnett. Hubo un hijo. Dos hijos, de hecho: Jonathan y Philip. Y mi hermosa hija, Dorothea. Y mi esposa, Eloise. Muy al comienzo pensaba que la dificultad principal de la inmortalidad sería la deserción de mis órganos y extremidades, uno por uno. Y más tarde comprendí que sería ver fallecer a mis seres queridos. Cuando Eloise estaba muriendo de parto, le rogué que tomara mi elixir, le supliqué de rodillas que siguiera viviendo. Se negó. Pensé que era una necia. Buena parte del tiempo todavía lo pienso. Pero en días como hoy, en Navidad, bueno, a veces me asalta la idea de que tal vez ella tuviera razón. Desearía con toda mi alma volver a ver a mis hijos. Eloise está pasando la eternidad en su compañía, y yo sigo aquí. —Beecham se sirvió una taza de té—. Tome un té. Es un *oolong* maravilloso. Y yo no he tenido ocasión de platicar con nadie que no sea, bueno, yo mismo desde la muerte de mi esposa. Resulta liberador en grado sumo.

—¿Cómo lo hizo? —preguntó Hazel sin poder resistirse.

Beecham sonrió como un gato y, hundiendo la mano en el bolsillo del pecho de su casaca, extrajo un pequeño frasco de líquido dorado.

Visto de cerca, era denso como magma o mercurio líquido, viscoso y reluciente por momentos, dotado de una cualidad metálica pero translúcido igualmente. Era un universo encerrado en cristal, infinito y siempre cambiante.

—Creé un elixir —respondió—. Mi elixir. Si se está preguntando cómo se me ocurrió, supongo que la única respuesta es el miedo. Por miedo a la muerte. Por miedo a caer en el olvido. Sabía desde la infancia que estaba destinado a algo mucho más grande que la peletería en la que trabajaba mi padre y donde se esperaba que trabajara yo. Pero tardaría aún muchos años en perfeccionar mi tónico. Se convirtió en una obsesión. Si alberga la esperanza de saber qué contiene, señorita Sinnett, debo decirle que decidí hace mucho que no compartiría la fórmula con nadie. Digamos que la respuesta es «brujería». ¿Acaso no es magia cualquier forma de ciencia para aquellos que no la entienden? La trampa del conocimiento es que transforma el mundo en algo mecánico. Soy inmortal en un mundo en el que los milagros ya se han explicado.

Dejó el frasco sobre la mesa. Hazel, todavía de pie, clavó los ojos en él.

—Entonces, ¿qué significa «inmortal»? —quiso saber Hazel—. En un sentido estricto. ¿Envejece? No, supongo que no. ¿Puede morir asesinado?

—¡Interesante pregunta! Hacía mucho que nadie me formulaba una pregunta interesante... ¿Planea matarme, señorita Sinnett? La respuesta breve a las dos preguntas es no. Apuñalamientos, heridas de bala, estrangulación. Nada de eso me afecta. Imagino que un intento más sistemático podría acabar conmigo. Cortarme en pedazos y quemarme hasta reducirme a cenizas. Pero, como puede imaginar, soy reacio a experimentar a fondo. Por favor, siéntese. Si no acepta una taza de té, al menos puedo ofrecerle una silla.

Hazel ordenaba mentalmente sus ideas. Pasado un momento, se sentó enfrente del doctor Beecham y lo miró a los ojos.

—Va a matar a Jack Currer. Van a ahorcarlo por las muertes de personas que usted asesinó.

El vapor se arremolinaba sobre la taza de Beecham.

—Está enamorada —respondió él sencillamente. No era una pregunta, tan solo una observación—. En ese caso, le estoy haciendo el mayor favor del mundo, señorita Sinnett. El amor no es nada salvo la dilatada agonía de esperar a que llegue a su fin. El miedo a perder a los seres queridos nos empuja a cometer actos egoístas, necios y crueles. La verdadera libertad es liberarse del amor y, una vez que tu amor te ha dejado, dejar que cristalice en el recuerdo, perfecto por siempre.

—No merece morir —dijo Hazel.

—Todos merecemos morir —sentenció el doctor Beecham—. Es nuestro único derecho de nacimiento.

—¿Y qué me dice de Straine? —preguntó ella—. También está arrestado.

Beecham enarcó una ceja.

—¿Lo defiende? ¿Al hombre que frustró su ambición de ser médica?

—No —respondió Hazel—. No lo defiendo a él. Pero no es el verdadero culpable de los crímenes que le atribuyen. Defiendo la verdad.

Beecham bebió un sorbo de té.

—La verdad no existe, señorita Sinnett. Aun las supuestas verdades más básicas de nuestra anatomía se pueden manipular con el fin de adaptarlas a nuevos propósitos. La única verdad es el poder, y el único poder es dominar la supervivencia.

El médico recogió el frasquito de la mesa y lo miró fijamente. El contenido era dorado cuando Hazel lo vio por primera vez, pero, visto desde un ángulo distinto, adquiría un tono negro refulgente.

—Hoy sé que una sola gota del elixir —explicó Beecham—, muy diluida, basta para garantizar que los miembros y los órganos de un transplante se adapten al nuevo organismo sin problemas ni infección. Sé que se lo estaba preguntando. —Giró el frasco entre sus dedos—. Este es el mismo frasco que le ofrecí a mi esposa, Eloise, antes de que muriera. Lo llevo conmigo desde entonces. Le diré una cosa, señorita Sinnett. Dentro de cien años, la idea de que una mujer sea cirujana a nadie se le antojará una locura. Y menos todavía pasados otros cien. Resultará usted mucho más útil en los siglos venideros, y por si fuera poco, habrá aprendido lo suficiente para ser más brillante de lo que nadie podría aspirar a ser en una sola vida. Tenga. Quédeselo.

Hazel extendió la mano automáticamente y luego dudó. Lo cierto era que hacía un instante se había planteado tomar el frasco y salir corriendo, pero ahora vacilaba.

—¿Entrega el trabajo de su vida al primero que pasa?

—Al primero que pasa no, se lo aseguro. Es usted la segunda persona a la que le ofrezco el frasco en todo este tiempo, y la primera que me inspira la certeza de cederlo para un propósito excelente. No importa lo que piense de mí en este momento, señorita Sinnett, sé que acabará comprendiendo la magnitud de lo que he logrado. Las bases de las pirámides estaban sembradas de cuerpos, querida mía. Todo progreso requiere sacrificio humano. Eran la escoria de la sociedad. La ciudad ya había acabado con ellos y yo solo estaba dando uso a todas las piezas de la res.

A Hazel le zumbaban los oídos y el corazón le golpeaba el pecho como un martillo. Tomó el frasco.

—¿Cuánto tiempo se quedará? —preguntó mientras deslizaba el dedo por el cristal, cuyo contenido parecía estar permanentemente frío—. Quiero decir, en Edimburgo. ¿Cuánto tiempo antes de que la gente se dé cuenta de que no ha envejecido?

Beecham tomó otro sorbo de té.

—Ese momento no tardará, me temo. Creo que Estados Unidos será mi próximo destino. Es un país muy grande. Allí no resulta complicado desaparecer y volver a resurgir. ¿Segura que no quiere un té? O quizá algo más fuerte. Es Navidad, al fin y al cabo. Me parece que tengo un buen brandi añejo en alguna parte... Ah, sí. —Beecham extrajo una botella color ámbar de atrás del estrado. Añadió un chorrito en

318

su té y unos dedos en un vaso limpio para Hazel—. Insisto —dijo—. Es Navidad.

—Salud, pues —aceptó Hazel. Tomó un sorbo que le quemó la lengua y le abrasó la garganta al bajar.

Beecham levantó su taza de té.

—Por su compromiso —brindó con ojos brillantes—. Me enteré de que hace poco se comprometió. Hasta los catedráticos están al corriente de los chismorreos, me temo.

Hazel negó con la cabeza.

—Qué curioso —dijo—. Supongo que tiene usted razón. Perder a la persona que amas es la única libertad.

La mañana después de que arrestaran a Jack, Hazel había despertado libre de miedo o inseguridad. Ya no le asustaba una vida privada de la protección que le ofrecían un título o un castillo, ni la ira de su madre ni la decepción de su padre. Viviría como una bruja en un rincón escondido, suturando heridas y asistiendo el parto de niños, si hacía falta. Mendigaría en las calles, trabajaría de criada, navegaría al continente. El cambio fue pasmoso; una chispa en el cerebro, un milagro entre fluidos o corrientes eléctricas y la vida se le antojaba totalmente distinta. Por primera vez en diecisiete años, su existencia le pertenecía.

Había quemado todas las cartas que Bernard le había enviado por mensajero después de su rechazo, sin abrirlas siquiera. Tiró el ramo de lirios blancos que le mandó al arroyo que discurría debajo de Hawthornden.

Una vez apurado el brandi, Hazel se puso de pie y le dio las gracias al doctor Beecham por la bebida.

—Buena suerte en América —le deseó, y se dispuso a marcharse.

—Espero que se lo tome —dijo Beecham—. Decía en serio que el mundo aún no está preparado para usted. Me entusiasmaría ver lo que consigue a lo largo del próximo siglo.

Y yo por fin contaría con una mente científica que me hiciera compañía.

Hazel se volvió a mirarlo.

—El único uso que concibo para la inmortalidad —dijo— es descubrir si puede proteger a una persona de la horca.

Beecham se levantó del asiento, sorprendido y boquiabierto. Parpadeó unas cuantas veces antes de volver a sentarse.

—Sí —dijo en voz baja—. De hecho, la inmortalidad es más fuerte que un cuello roto y el estrangulamiento.

Hazel se marchó con un asentimiento, y Beecham se quedó a solas en el aula. El resplandor del fuego a contraluz le otorgaba menos apariencia de hombre y más de sombra.

37

No se permitían visitas en la cárcel, pero Hazel deslizó una libra en la mano del guardia y él la dejó entrar con un asentimiento.

—Cinco minutos —le advirtió antes de volver a darle la espalda.

Habían alcanzado el veredicto con rapidez. El estrado de los lores solo había tardado cuatro horas en declarar que Jack Currer era culpable y merecía ser ahorcado. Por su participación en la compra de los cuerpos, el doctor Straine perdió la licencia médica y fue expulsado de la Academia de Anatomistas, si bien, durante varios días, se concentró una muchedumbre en las calles pidiendo que también ajusticiaran a Straine.

Hazel los había oído mientras recorría la ciudad vieja, pero tan pronto como entró en la cárcel, los gruesos muros de piedra amortiguaron cualquier sonido procedente del exterior. Solo los gemidos apagados de la locura y el dolor resonaban por los pasillos de la prisión, en armonía con los chillidos de las ratas. Eran los quejidos del que sabe que no queda nadie dispuesto a escuchar.

Jack no había testificado en su propia defensa en el juicio. No puso excusas ni ofreció explicaciones. Mejor pasar por asesino que por asesino y loco. Hazel pensaba que estallaría en llanto cuando volviera a verlo, pero las lágrimas no acudieron. Las había agotado a lo largo de los últimos días. Ya no le quedaba dentro dolor ni alegría; era un ser adormecido y totalmente hueco.

Jack estaba más delgado que nunca, sentado contra la pared con la espalda encorvada y lanzando al suelo un dado que habían olvidado quitarle después del juicio. El cabello le caía sobre la cara, largo y lacio, y tenía los ojos enrojecidos de puro cansancio.

Cuando la vio, Jack se puso de pie y se dirigió a los barrotes. Sacó los brazos para poder tomar las manos de Hazel entre las suyas.

—Hazel —dijo—. Hazel, amor mío.

Le pasó un mechón de cabello castaño por atrás de la oreja. Jack estaba tan cerca, que Hazel distinguía las pecas en el puente de su nariz y notaba el calor de su aliento.

El puño de Hazel encerraba algo, un frasquito de cristal. Su extraña luminiscencia se filtraba a través de los dedos de ella. Jack lo miró fijamente. Escuchó con atención las palabras de Hazel mientras ella le describía con exactitud lo que contenía y el poder que le otorgaría. Hizo unas cuantas preguntas con voz baja. Hazel respondió.

Ella le pasó el frasco a través de los barrotes y Jack lo agarró y lo hizo rodar sobre su palma.

—Entonces, ¿es real? —se limitó a decir.

Hazel asintió.

Jack sostuvo el pequeño frasco contra la escasa luz de la ventanita para verlo mejor. Una pequeña galaxia se arremolinaba en el interior.

—¿Tú lo tomarías? —preguntó con suavidad—. ¿Si estuvieras en mi lugar?

—Jack, tienes que tomarlo. Por favor. Tómalo y vuelve conmigo. Ven a Hawthornden en cuanto puedas. Esto es para que podamos estar juntos. Para que podamos huir a alguna parte. Al continente. Para que volvamos a empezar.

Jack se echó a reír, carcajadas hermosas y radiantes que contenían toda la dicha y el dolor y el amor que había sentido por Hazel en el breve tiempo transcurrido desde que la conocía. Fue su risa la que por fin arrancó lágrimas a Hazel.

—¿De qué te ríes? —le preguntó, y al momento empezó a reír con él.

A través de los huecos de los barrotes oxidados, Jack unió los labios con los de ella y los dos saborearon la sal de las lágrimas.

—No. No no no no no. Hazel, si lo hago..., si decido tomar esto, seré un fugitivo toda mi vida. O al menos durante mucho tiempo. Durante mi primera vida y parte de la segunda. Tú —volvió a besarla—, mi preciosa —y una vez más—, mi perfecta Hazel —y otra—, mereces una vida de verdad. Te vas a convertir en una doctora brillante. Vas a ayudar a mucha gente y a cambiar infinitas vidas. Vas a transformar el mundo y no puedes hacerlo desde las sombras. No puedes crear medicamentos y remedios si estás huyendo. Ninguna de las mejores mentes que ha dado el mundo tuvo que trabajar duro para ganarse el pan antes de ponerse a estudiar. No, Hazel. No. No te puedo hacer eso.

—Tú no puedes elegir por mí, Jack. Soy yo la que debe escoger dónde vivir, y cómo. No es un buen motivo.

Jack enarcó las cejas.

—¿Ya estás discutiendo conmigo? ¿Están a punto de ahorcarme y no permites que me salga con la mía? —Sonrió—. Supongo que tienes razón. No es un buen motivo. Me hace parecer un héroe, cuando en realidad estoy siendo egoísta.

—¿Qué quieres decir? ¿Cómo vas a ser egoísta?

—Hazel, no imagino peor infierno que un mundo en el que te vea envejecer y te pierda y esté obligado a vivir un día más. —Las lágrimas fluían en silencio por el rostro de ella—. Para mí siempre tendrás diecisiete años, Hazel Sinnett. Siempre serás hermosa, terca y brillante. Serás el último rostro que vea cuando cierre los ojos y el primero que imagine cuando despierte.

—Entonces, ¿lo tomarás? —preguntó ella con voz baja—. ¿Tomarás el elixir?

—Todavía no lo sé —dijo Jack—. Tengo muchísimo miedo.

Una puerta resonó en alguna parte a espaldas de Hazel, y a continuación, se dejaron oír los pisotones de las botas del guardia.

—Es la hora, señorita. La visita ha terminado.

Hazel se inclinó para besar a Jack una vez más.

—Pasaré toda mi vida amándote, Jack Currer —prometió. Pasó la mano entre los barrotes para apoyarle la palma en el corazón y sintió la costura que ella misma le había practicado en el centro del pecho.

—Mi corazón te pertenece, Hazel Sinnett —dijo Jack—. Por siempre. Tanto si late como si no.

—Tanto si late como si no —repitió ella.

Ahorcaron a Jack Currer en el Grassmarket al día siguiente a las diez en punto. Los rumores decían que nunca se había concentrado tanta gente para presenciar una ejecución pública en Edimburgo, pero Hazel no asistió. Decían que compraron su cuerpo y lo llevaron al hospital universitario.

Nadie sabe si permaneció allí.

38

Cuando llegó la primavera y los hielos se derritieron y el caudal del arroyo que cruzaba Hawthornden creció, Iona y Charles se casaron en el jardín. La novia lucía un vestido rosa que Hazel le había encargado a una modista de la ciudad nueva, y se había decorado la trenza con florecitas blancas y hojas verdes.

—¿Segura que estará bien? —le preguntó Iona a Hazel después de la ceremonia y el baile, mientras Charles la esperaba junto al carruaje. La pareja se marchaba a Inverness para la luna de miel, y si bien volverían a Hawthornden pasado un mes, ya no vivirían en el castillo con Hazel. Charles e Iona ocuparían juntos una casita en el pueblo, como marido y mujer. Estando su padre en Santa Helena y su madre y Percy instalados en Londres, Hazel viviría sola en Hawthornden por primera vez en su vida.

Bueno, sola no. Durante todo el invierno, la planta baja de Hawthornden se había utilizado como hospital, donde Hazel trataba enfermos de fiebres romanas y cosas peores. Gracias al uso del corazoncillo, ni uno solo de sus pacientes había fallecido, y Hazel se concentraba para crear una inoculación capaz de prevenir por completo la transferencia de la enfermedad. Sin duda, el mismo doctor Beecham lo habría hecho, de haber contado con tantos enfermos de fiebres romanas como Hazel y si no hubiera temido que desapareciera tan conveniente tapadera para las mutilaciones y asesinatos que llevaba a cabo.

—Estaré de maravilla —aseguró Hazel. La verdad era que lo estaba deseando: los paseos en soledad por las mañanas, el tiempo de tranquilidad para estudiar, las tardes acurrucada con un libro junto a la ventana mientras la lluvia caía al otro lado del cristal.

—¿Seguro que no le importa que Charles y yo nos llevemos el carruaje?

—Pues claro que no, Iona. Tengo a *Miss Rosalind* si necesito ir a alguna parte. Quizá debería traer otro caballo a las cuadras —meditó Hazel—. Por si se siente sola.

Una semana después de la ejecución de Jack, *Betelgeuse* había desaparecido. Todo indicaba que habían robado el caballo durante la noche. Hazel, sin embargo, no había oído ruidos extraños procedentes de las cuadras. Era como si *Betelgeuse* se hubiera marchado solo.

Iona abrazó a Hazel.

—Por favor, cuídese mucho.

—¡Eres tú la que debería cuidarse! Ahora eres una mujer casada. Eso significa que se acabaron las tonterías —dijo Hazel mientras le enderezaba la trenza.

Iona sonrió de oreja a oreja.

—¡Yo convertida en una mujer casada! ¿Puede creerlo?

—Pues claro que sí —respondió Hazel—. Mereces todo lo que desee tu corazón... y más.

Iona volteó para mirar con orgullo a Charles, que se sacudía el polvo de los pantalones recostado contra la puerta del carruaje. Al momento, la doncella devolvió la vista a Hazel.

—Y usted, señorita. Merece tener todo lo que desee su corazón.

Hazel descubrió que un nudo en la garganta le impedía hablar. No pudo hacer nada más que abrazar a Iona por última vez y observar el carruaje, que traqueteó por el sendero del jardín antes de enfilar por la avenida.

Jack la visitaba en sueños de vez en cuando, con sus ojos cálidos y anhelantes. Durante los primeros meses, Hazel amanecía con las almohadas empapadas de lágrimas. E incluso cuando dejó de llorar, el dolor seguía alojado en su corazón, pesado como una piedra; ese mal presentimiento que aparecía justo antes de abrir los ojos, cuando recordaba que vivía en un mundo sin él. En ocasiones, lo imaginaba navegando a Francia o a las Américas, parado con orgullo entre las jarcias mientras las olas azotaban el barco, el chico al que había enseñado a montar y al que había besado en una tumba. A veces él le hablaba en sueños, inclinado hacia ella para susurrarle en voz baja frases y tiernas que nunca recordaba al despertar. Hazel intentaba quedarse allí tanto tiempo como podía, en ese tenue duermevela donde las sombras se transformaban en el orgulloso perfil de Jack, en el contorno de su cara. Lo veía: la ladera de sus mejillas, sus pestañas largas y oscuras, su ceño grave; los cien rincones de su piel que los labios de Hazel habían acariciado.

Sin embargo, el pálido fulgor amarillo de la mañana inundaba los recovecos de su alcoba y Hazel se levantaba para iniciar una nueva jornada de trabajo, sanando a los vivos.

Epílogo

La carta llegó al castillo de Hawthornden con los bordes quemados y amarillentos, doblada en lugares raros. Cualquiera habría pensado que había dado la vuelta al mundo dos veces y pasado buena parte de sus Navidades plegada en el pegajoso bolsillo de un niño. Estaba sellada en Nueva York.

La carta no llevaba firma, pero la mujer que la abrió sabía perfectamente quién la había escrito. La prendió sobre su mesa de trabajo, para poder verla mientras preparaba infusiones de corazoncillo, preparaba vendas y afilaba escalpelos. La leía con tanta frecuencia que veía las palabras escritas con letra angulosa cuando cerraba los ojos.

«Mi corazón sigue siendo tuyo —decía la carta— y te esperaré.»

Agradecimientos

Este libro empezó siendo un email disperso que le escribí a mi agente, Dan Mandel, en un vuelo de Nueva York a Los Ángeles. A Dan, muchas gracias por tu fe tanto en el proyecto como en mí, y por enviarme los mensajes de ánimo que necesito cuando estoy al borde de un ataque de nervios. Me gustaría dar las gracias a Sara Goodman y a todo el equipo de Wednesday, incluidas Alexis, Vanessa, Rivka y Mary por su incansable trabajo, y a Kerri Resnick y Zachary Meyer por una portada más hermosa de lo que jamás habría soñado. Tengo la inmensa fortuna de contar con una familia que está dispuesta a escuchar mis desvaríos y a celebrar mis logros, y estoy especialmente agradecida con mi hermana, Caroline, por leer cada uno de los borradores de este libro. Gracias de corazón a Katie Donahoe por sus correcciones, sus ideas y sus ánimos, y gracias a Ian Karmel, que me apoya de todas las maneras que se puede apoyar a una persona.

Utilicé diversos libros para investigar la sociedad del siglo XIX y la historia de la medicina, incluidos *De matasanos a cirujanos*, de Lindsey Fitzharris; *The Royal Art of Poison*, de Eleanor Herman; *Dr. Mütter's Marvels*, de Cristin O'Keefe Aptowicz; *The Knife Man*, de Wendy Moore y *The Lady and Her Monsters*, de Roseanne Montillo.